贻芳译丛

Sexual/Textual Politics: Feminist Literary Theory 2nd edition

性与文本政治：

女权主义文学理论

（第二版）

（挪威）托莉·莫伊 著
（Toril Moi）

卢婧洁 杨笛 译

江蘇鳳凰教育出版社

图书在版编目(CIP)数据

性与文本政治：女权主义文学理论(第二版) / (挪)托莉·莫伊(Toril Moi)著；卢婧洁，杨笛译. —南京：江苏凤凰教育出版社，2017.6

(贻芳译丛)

ISBN 978-7-5499-6577-9

Ⅰ. ①性… Ⅱ. ①托… ②卢… ③杨… Ⅲ. ①妇女文学-文学研究-世界 Ⅳ. ①I106

中国版本图书馆 CIP 数据核字(2017)第 161236 号

书　　名　**性与文本政治：女权主义文学理论(第二版)**

著　　者　(挪威)托莉·莫伊(Toril Moi)

译　　者　卢婧洁　杨　笛

责任编辑　孙兴春　韩宇新

装帧设计　李广玹

出版发行　江苏凤凰教育出版社(南京市湖南路 1 号 A 楼　邮编 210009)

苏教网址　http://www.1088.com.cn

照　　排　南京紫藤制版印务中心

印　　刷　江苏凤凰新华印务有限公司(电话：025-68037410)

厂　　址　江苏省南京市新港经济开发区尧新大道 399 号

开　　本　787 mm×1092 mm　1/16

印　　张　12.75

版　　次　2017 年 7 月第 1 版

2017 年 7 月第 1 次印刷

书　　号　ISBN 978-7-5499-6577-9

定　　价　44.00 元

网店地址　http://jsfhjycbs.tmall.com

公 众 号　苏教服务(微信号：jsfhjyfw)

邮购电话　025-85406265，025-85400774，短信 02585420909

盗版举报　025-83658579

苏教版图书若有印装错误可向承印厂调换

提供盗版线索者给予重奖

目　录

前 言

这一女权主义文学理论的著作，我相信，也是首次用英语出版的对此领域的全面性介绍，既是为广大读者也是为文学专业的学生而作。[①]我的目标在于通过具体翔实地论述两方面最具代表性的人物，介绍女权主义文学理论的两大主要研究流派，即英美派和法国派。尽管我希望能对该领域内的各主要发展趋势给予精确、全面的说明，但本书的意图并不在于全面介绍20世纪60年代后期至今出版的数量巨大的女权主义批评研究著作，也非概述从女权主义角度对文学作品进行

---

① 在肯·鲁斯文(Ken Ruthven)出版《女权主义文学研究》(*Feminist Literary Studies*)的几个月前我写下了这句话。鲁斯文的这部作品声称是"首部全面概述女权主义文学批评主导理论及其后续批评实践之作"。尽管我很高兴能够证明他的这本书是女权主义文学批评领域的第一部长篇综述，但是我也认为我并不需要改变我开篇的这句话，尤其是因为我从未将综述女权主义实用批评作为我写作本书的目的。《女权主义文学研究》是以从事英国文学研究的学者的角度探讨女权主义批评领域。这一研究方法似乎妨碍了鲁斯文讨论法国女权主义理论，因此他的书无法被称为一部全面深入探讨今日女权主义理论问题的作品。

我对于鲁斯文的研究存有异议的首要原因不是在于这部作品是出自男性之手：我同意他的观点，即原则上来说，男性可以成为女权主义批评家，但我并不同意他太过草率地不予考虑他们为何不试图在今日这一特定领域中占主导地位的政治原因。我也反对以下这一观点，即在对女权主义理论进行理性批评时，男性相对于女性应该具有一些优势："在某些方面，男性相较于女性更易于反对女权主义批评中更为荒谬的表现"，鲁斯文认为，"因为激进女权主义带有威胁性的言辞把那些严厉批评女权主义话语的女性定名为相当于黑人分离主义言辞中的'笨蛋白黑鬼'的人"(14)。

但是女权主义者们完全有能力调解她们自己内部的争辩，无须雇佣男性自由主义者来代表她们进行严词批评？

然而，《女权主义文学研究》的主要问题在于它试图将女权主义批评话语去政治化的做法。在鲁斯文看来，女权主义批评存在的目的在于"使人文学科和社会科学生产的所有话语中的迄今仍不可见的'社会性别'要素成为可见"(24)。与鲁斯文观点相反，这并不一定是一个女权主义行动：这也可能只是父权制侵略行为的一个例证。他的定义会使"你这样说因为你是个女人"成为彻底的女权主义的一句话。我的观点很简单，即只有一个女权主义批评和理论的政治性定义才能使我们有能力分析女权主义和性别歧视主义对这一或相似的论述使用间的差异。

的各类解读或阐释。本书关注的重点在于讨论女权主义批判实践中使用的方法、原则和政治。

女权主义批评的重要原则之一在于任何陈述都不可能完全中立。因此,我自身对女权主义领域的呈现具有鲜明的批判性。我在争辩中采取的立场通常会导致我与其他女权主义者意见相左,这使我看起来容易因与其他女性不够团结而遭到指责。女权主义者究竟是否应该相互批判?如果正如我所认为,今天的女权主义批评确实因为缺乏针对其方法论和理论选择的政治意蕴的具有批判性的辩论而遭到扼制,那么之前那个问题的答案无疑会是绝对的肯定。对于阵营内争辩的压制正是女权主义者一直反对的男性左派政治的显著特征。让姐妹情谊的观念扼制我们不同政治观念的讨论,这对女权主义斗争绝非是一个具有建设性的提议。当西蒙娜·德·波伏娃被问到人们是否应该像批判男性一样严厉地批判女性时,她答道:“我认为人们应该能够说,‘不,不,那没有用!写些别的东西,试试做到更好。为你们自己设立更高的目标!不要局限于做一个女人’。”(《今日的西蒙娜·德·波伏娃》,117)

女权主义批评的首要目标一直以来都具有政治性:它力图揭露父权制的伎俩,而非使之永存。因此我一直试图将本人对于其他女权主义者理论立场的批判设定在女权主义政治的视域之内:毕竟我们作为女权主义者首先必须能在这片领域中为我们的工作取得合法性。具有建设性的批判还是应当指明其言说的立场;只是标榜自己是以女权主义者身份言说并不足以承担那份责任。如同其他许多女权主义学者,我只是以一名在男性统治的职业领域中稍有立足之地的女性的身份在言说。同时我也在作为一个在英国教授法国文学的挪威人,一个身处法国和英语语系世界中的异乡客,因此也是一名用外语写作一些自己都身处其边缘的内容的女性的身份在言说。当然任何形式的边缘化都是相对的。我也在以一个受西方主流思想训练的欧洲白人的身份在言说,这正是为何我认为由欧洲大陆和英美女权主义提出的议题对于我自身批判和政治实践仍然至关重要。

最后一点:术语“英美”和“法国”不能单纯用来作为国家的分界,它们并非被用来标明评论家的出生地,而是他们研究工作所处的知识传统。因此我没有将许多深受法国思想影响的英美女性当做“英美”批评家来看待。

在此我要感谢剑桥大学克莱尔学堂授予我1981～1982年度汉布罗奖学金，尽管我事实上并没有在那里进行本书的写作，但在剑桥的那一年给予我时间去思考本书中提出的许多议题。凯特·贝尔西积极有力的支持推动本项目迈出了第一步。同时我也要感谢1983年夏天我的澳大利亚观众提出的诸多极具启发性的回应：他们给予我当时急需的鼓励和自信。我还要感谢佩妮·布梅拉、劳拉·布朗、特里·伊格尔顿和我的编辑特伦斯·霍克斯给予我建设性意见。

玛格丽特夫人学堂

牛津

说　明

《谁畏惧弗吉尼亚·伍尔夫?》(“*Who's afraid of Virginia Woolf?*”)一文曾发表在1985年《加拿大社会和政治理论期刊》(*The Canadian Journal of Social and Political Theory*)第9册冬/春卷,1～2页,与本书收录内容略有不同。

本书的第三章、第四章以及第八章的部分内容曾出现在论文《性与文本政治》(“*Sexual/textual politics*”)当中。该文被收录在弗朗西斯·巴克等主编的《理论的政治学——艾塞克斯文学社会学研讨会论文集》(*The Politics of Theory. Proceedings of the Essex Conference on the Sociology of Literature*)的第1～14页。该论文集已于1982年7月由艾塞克斯大学出版。

导言

谁畏惧弗吉尼亚·伍尔夫？对伍尔夫的女权主义解读

粗略来看，对本章节题目所提出的问题，其答案似乎是：诸多女权主义批评家，许多男性批评家若认为伍尔夫只不过是一个轻浮的波希米亚人或一个无关痛痒的布卢姆茨伯里派唯美主义者，这并不会令人感到讶异。然而，她那些英美女权主义后辈们对这位伟大的女权主义作家的排斥，则需要进一步解释。比如，著名的女权主义批评家伊莱恩·肖沃尔特(Elaine Showalter)，她就通过套用并改写伍尔夫作品的标题来表明她背离伍尔夫的微妙倾向。在肖沃尔特的笔下，《一间自己的房间》(*A Room of One's Own*)变成了《她们自己的文学》(*A Literature of Their Own*)，似乎有意表明她与自己在作品中细心发掘的女性作家传统之间保有一定疑问的距离。

在本章中，首先，我将研究一些来自女权主义者们对伍尔夫的负面回应。我将以肖沃尔特在《她们自己的文学》中论述伍尔夫的章节为例。她在其中使用了颇长的篇幅针对伍尔夫进行了严密的论述。接着，我将提几点想法，希望能促成一种不同的、更为正面积极的关于伍尔夫的女权主义阅读。最后我将总结女权主义者对伍尔夫作品回应中的一些显著特征。希望此论述能够揭示女权主义批判性阅读与渗透其中却常常不自觉的理论和政治假设之间的关系。

对伍尔夫的否定

肖沃尔特在其分析伍尔夫的那一章中，用了很大的篇幅研究伍尔夫的个人传记性和讨论《一间自己的房间》。她的章节题目《弗吉尼亚·伍尔夫和逃向双性同体》，展示了她处理伍尔夫的文本的方式。肖沃尔特将“双性同体”这一概念界定为“是对于一种情感范畴的完全平衡与掌控，这一范畴既包含了男性也包含了女性的要素”(263)。她竭力证明，“双性同体”对伍尔夫来说，是一个“迷思(神化)，帮助她逃避直面自己的痛苦的女性本质并使她可以遏制她的愤怒和野性”(264)。对肖沃尔特来说，伍尔夫对女权主义所犯的最大罪责是“即使是在表现女权主义冲突的时刻，伍尔夫仍想要超越它。她对经验的渴望事实上是希望忘却经验”(282)。伍尔夫坚持伟大的作家都有双性同体的特质，这在肖沃尔特看来，这种坚持正是她对于“焦虑不安的女权主义”(282)的逃离。而在《一间自己的房间》中，肖沃尔特认为她找到了伍尔夫的这种逃避。

在对这篇文章的讨论中，肖沃尔特一开始就声称：

> 这本书在文本和结构上最令人瞩目的是，它自始至终都引人入胜，戏谑幽默，以及它那会话式的表象……《一间自己的房间》所用的技巧与伍尔夫的小说中所用的技巧相仿，尤其是写于同时期的小说《奥兰多》(*Orlando*)：反复、夸张、戏仿、奇想以及多重叙事视角。另一方面，撇除表面那些自发性和亲密性的幻象，《一间自己的房间》其实是一本非常没有人情味、充满自我防御的书。(282)

在这里，肖沃尔特给我们制造了这样的印象：伍尔夫在《一间自己的房间》中对“反复、夸张、戏仿、奇想以及多重叙事视角”的使用仅仅促成了一种“引人入胜的魅力”，因此，在某种程度上，它分散了人们对于伍尔夫想要通过文章传达的信息的注意。她接着批评《房间》的无人格性。这种无人格性来源于伍尔夫使用了许多不同人格面貌作为“我”发声，导致主体位置频繁反复地转移和变化，使得批评家不得不应付一个视角多样性的难题，而找不到一个单独统一的立场。此外，伍尔夫拒绝将自身的体验充分清楚地揭示出来，反而在文本中坚持掩盖和戏仿它，迫使肖沃尔特不得不向我们指出“弗汉姆学院(Fernham)”实际上就是“纽汉姆学院(Newnham College)”，而“牛桥(Oxbridge)”就是“剑桥”，等等。

由这些技巧建立起来的持续不断的转换和多重的视角显而易见地惹恼了肖

沃尔特，使得她给出了这样的结论，“整本书都是在用这种方式揶揄、撩拨躲闪和逃避；伍尔夫玩弄着她的读者，拒绝表现完全的严肃，否认任何真挚的或颠覆性的意图”(284)。对于肖沃尔特来说，唯一可以让一个女权主义者正确阅读这本书的方式是坚持“与它的那些叙事策略保持距离”(285)；如果她能做到这一点，她就会发现，《房间》根本不是一部特别具有解放性的文本：

> 如果我们能将《一间自己的房间》视为女性唯美主义文学史中的一份文献，并与其叙事策略保持距离，就会发现，双性同体以及私人房间的概念并不像它们乍看之下那样解放或明显。它们有着一个阴暗面，属于放逐与阉割的层面。(285)

在肖沃尔特看来，伍尔夫的写作一直规避着批评者视角，拒绝被固着在一个统一的视觉角度。这种难以琢磨被诠释为一种对真正的女权主义即“愤怒且疏离”的心态的否定(287)，以及一种对于布卢姆茨伯里派“将政治与艺术分离”理念的贯彻(288)。在肖沃尔特看来，这种分离在伍尔夫“避免描述她自己的经历”这一事实中显而易见(294)。而正因为这种规避，伍尔夫无法真正创造出忠实的女权主义作品，由此，肖沃尔特很自然地给出结论，《三枚旧金币》和《房间》同样也成不了女权主义文本。

我自身的观点是，与《房间》的叙事策略保持距离等同于没有阅读这篇文章，而肖沃尔特对于作品展现出的不耐更多是在针对它的文本形式和文体特征，而不是她所说的从其内容中推导出来的观点。为了更充分地说明这一点，我们有必要先仔细了解一下在肖沃尔特的章节中涉及的关于审美旨趣与政治之间关系的理论假设。

肖沃尔特并没有在《她们自己的文学》中清楚地表明她自己的理论框架。但是，从我们现在所知的来看，我们有理由相信，她认为文本应该反映作者的经历，而读者所感受到的它所反映的经历越真实，文本的价值就越大。在肖沃尔特看来，伍尔夫的作品无法将任何直接经验传递给读者。这主要是因为伍尔夫作为一个上层社会女性，缺少作为一个合格的优秀女权主义作家所必需的负面经历。这在《三枚旧金币》中尤为明显，肖沃尔特认为：

> 这里，伍尔夫暴露出了自己与主流的女性经历的疏离。许多人因她的书中的阶级假设和政治上的天真而愤怒。更甚者，伍尔夫根本无法理解那些她所希望激励的女性们的日常生活；像她一贯的那样，她反抗那些她从未亲身知晓的女性经验，又回避描述她自己的经历。(294)

为了证实以上观点，肖沃尔特引用了利馥丝（Q. D. Leavis 也翻作利维斯）在《细察》(*Scrutiny*)上发表的那篇"残酷且精确的评论"："利馥丝将自己的注意力转向女性经验这一问题，并明确表示，在她看来，伍尔夫对此一窍不通。"(295)

自此，肖沃尔特明确地将有效的女权主义作品定义为能强有力地表现在特定社会框架中的个人经历的作品。根据这样的定义，伍尔夫的文章也不能非常政治化。事实上，肖沃尔特此处的立场非常偏向通常被称为批判现实主义或资产阶级（布尔乔亚）现实主义的写作模式，这妨碍了她真正认识弗吉尼亚·伍尔夫的现代主义价值。在肖沃尔特关于伍尔夫的章节中，唯一且间接提到的重要文学理论家只有马克思主义批评家乔治·卢卡奇(Georg Lukács)(296)，而这并非偶然。鉴于肖沃尔特自己并不是马克思主义者，因此，这种结盟可能会让一些读者感到好奇。但事实上，卢卡奇是现实主义小说的主要捍卫者，并视其为叙事方式的极致顶峰。在他看来，像巴尔扎克、托尔斯泰这样的伟大现实主义作家们，成功地再现了在社会情境中的人类生活的总和，由此也就再现了历史的根本真理："人类不断向上的进化"（卢卡奇，3)。卢卡奇自称为"无产阶级人道主义者"，他认为"无产阶级人道主义的目标是重建人类的完整人格并将它从阶级社会的扭曲和分裂中解放出来"(5)。他将那些艺术中的伟大经典传统解读为在艺术领域之外根本无法实现的历史条件之下，人类维持这一完整人(total human being)的典范的企图。

在艺术中，不论是作为私密个人这一面还是公共市民这一面，在人类主体的再现中都必须具备一定程度的客观性。而这一程度只能通过再现的"类型"[①]

① 译者注：凡原文中用斜体强调处，在译文中现用着重号标明。

(types)来维持。卢卡奇认为类型是“一种特殊的混合体，不论是在角色还是环境上，它都将普遍与特殊有机地结合在一起”(6)。他坚持“真正伟大的现实主义”高于其他任何艺术形式：

> 真正伟大的现实主义将人和社会描绘为完整的实体，而不仅仅是从它们各自的角度来展示其中的一方。以此为衡量标准，由完全的自省或彻底的外倾决定的艺术潮流都会使现实变得贫瘠，并扭曲现实。所以，现实主义意味着赋予角色和人类关系以独立生命的三维性和。(6)

根据这一艺术观点，对卢卡奇来说，任何“将完整人类人格在公共或私人领域分割开来”表现的艺术都是“对人的本质的损毁”(9)。由此，不难看出，卢卡奇美学的这一方面对不少女权主义者具有极大的吸引力。帕特里西亚·斯塔布斯(Patricia Stubbs)对于1880～1920年男性作家和女性作家的所有作品的主要批评在于它们缺乏对女性的私人生活和工作生活的总体的再现。斯塔布斯附和肖沃尔特对于伍尔夫作品的异议，认为伍尔夫的作品中“在创造女性新楷模、新形象这方面，并没有连贯一致性的意图”，并且“这种无法将她的女权主义贯穿其作品的情况，看上去，多少是出于她的美学理念”(231)。但是，这种对于新的、写实的女性形象的需求想当然地认为女权主义作家必定从一开始就想要使用现实主义虚构形式。因此，斯塔布斯和肖沃尔特反对，伍尔夫所具有的一种将所有东西都掩盖在“主观视角的迷雾”中的倾向(斯塔布斯，231)。在批判伍尔夫的过程中，她们也危险地附和着卢卡奇的斯大林主义的观点，即认为现代主义写作具有“反动”的本质。卢卡奇认为，现代主义意味着一种极致碎片化的、主观主义的、个人主义的心理主义的形式，这正是在资本主义中受压迫被剥削的人类主体的典型特征。[1]对他来说，不论是未来主义还是超现实主义，乔伊斯(Joyce)或普鲁斯特(Proust)

---

[1] 安娜·库姆布斯(Anna Coombes)在对《波浪》的阅读中，对于现代主义的破碎的、主观性网状结构，显示了一种真正卢卡奇式的厌恶，正如她曾写道：“我写作此文时的难题就是想将一个极力排斥政治与历史内容的话语政治化。当这一想法无法实现时，就只能油腔滑调地美化那些无法‘现实’整合的内容。”(238)

都是反人道主义者尼采的堕落的、退化的后代，而他们的艺术也因此极易为法西斯主义所利用。卢卡奇认为，只有坚定不移地信仰人道主义价值观的艺术才可能成为对抗法西斯的有效武器。正是这种对于总体化、人道主义审美的强调使得卢卡奇直到1938年仍声称，20世纪第一阶段的伟大作家毋庸置疑就是阿纳托尔·法朗士（Anatole France），罗曼·罗兰（Romain Rolland），以及托马斯·曼（Thomas Mann）和海因里希·曼（Heinrich Mann）兄弟二人。

当然，肖沃尔特并不像卢卡奇那样是个无产阶级人道主义者。尽管如此，在她的文学批评中仍可发现强烈且无疑的对自由个人主义式（Liberal-individualist）的传统资本主义（布尔乔亚）人道主义价值观的信仰，而非对无产阶级人道主义价值观的信仰。在卢卡奇看来"全人（whole person）"的和谐发展是被资本主义强加的不人道的社会环境所阻碍和挫败的地方，肖沃尔特调查的是父权制社会的性别歧视对女性潜力的全面压制。当然，对于女性在父权制之下，在通往完整和谐的人的发展之路上所遇到的特殊问题，卢卡奇并没有任何兴趣去关注。无疑，他天真地认为，一旦共产主义被建立起来，所有人，包括女性，都将获得自由。然而，同样，肖沃尔特在她的批评中对于反抗资本主义和法西斯主义的必要性也没有任何研究兴趣。她对于政治艺术的需求的坚持仅限于反抗性别歧视。因此，她并不称赞弗吉尼亚·伍尔夫在《三枚旧金币》中针对性别歧视和法西斯主义之间关系的极为原创性的详细理论说明，也不认可伍尔夫在这部作品中将女权主义与和平主义相关联的尝试。对此，她仅仅这样评论：

> 《三枚旧金币》让人觉得很虚假。它的语言总是显得空洞、口号化且充满陈词滥调；那些在《一间自己的房间》中显得非常有趣的反复、夸张以及修辞问题的文体把戏，在此已变得使人不悦且歇斯底里了。 (295)

肖沃尔特的传统人道主义显露得非常明显，她先是批评伍尔夫太过主观、消极，指责她想通过接受双性同体这一理念来逃避其作为女性的社会性别身份。而在之后的文学批评著作中，肖沃尔特又斥责多丽丝·莱辛（Doris Lessing）将"女性自我"消融在一个更大的集体意识中。这就更进一步体现了其传统人道主义的价值(311)。这两个作家有着相似的缺陷：两者以不同的方式同样否定了个体的一个基本需求，即接受一个统一的、完整的自我身份认同。伍尔夫和莱辛都彻底地动摇了统一的自我(unitary self)的观念，而这正是西方男性人道主义的核心概念，对肖沃尔特的女权主义来说也是至关重要的概念。

斯塔布斯和肖沃尔特所间接拥护的卢卡奇理论认为，政治大约就是以正确的现实主义形式再现正确的内容。弗吉尼亚·伍尔夫在斯塔布斯眼中是不成功的，因为她没能给出一幅"女性真实的画卷"，一幅能同时强调女性私人与公共两面的画卷。肖沃尔特则以她的立场谴责伍尔夫，认为她对于"[女性的经验]造就了[女性的]强大力量的方式"缺乏敏感性(285)。在这些批评中没有言明的假设是：好的女权主义小说应该展现读者能认同的强大的女性的真实面貌。确实，玛西娅·赫丽(Marcia Holly)在其题为《意识与本真性：走向女权主义美学》的文章中推崇的正是这一点，即新女权主义美学最好脱离"形式主义批评而坚持以本真性作为评价的标准"(4)。赫丽同样引用卢卡奇的话，认为作为女权主义者：

> 我们追求一个真正的革命艺术。当然，一个具有人道主义并因此负有革命性的作品并不一定有与女权主义相关的内容。革命的艺术是要根除关于人类境况的基本要素而非延续错误的意识形态。(42)

对于赫丽来说，这种普世化的人道主义审美直接导致在文学中追求再现强大坚定的女性，而这种追求会让人联想到1934年召开的苏联作家大会对于社会主义现实主义的诉求。我们现在大概也只是从需要坚强、快乐的拖拉机手和工厂工人，转向需要坚强、快乐的女拖拉机手。赫丽认为，"现实主义，首先需要的就是对那些作品无法逾越的问题(情感、动机、冲突)有一个连贯一致的(无自相矛盾的)认知"(42)。我们再次遭遇了肖沃尔特式的观点，即要求一个统一的视角，对伍尔夫使用流动的、多元的视角表示恼怒，拒绝将自己认同于其文本中任何一个"我"；论证已经兜了一圈又回到原点。

像肖沃尔特以及赫丽这样的女权主义者没能理解的是，她们所代表的传统的人道主义实际上是父权制意识形态的一部分。其核心正是那个天衣无缝、完整统一的自我——不论是在个体还是在集体层面，一般被通称为“（男）人（Man）”的自我。正如露西·伊里加蕾（Luce Irigaray）或者埃莱娜·西苏（Helene Cixous）的观点，这一完整的自我实际上是一个构建于自给自足、强大的菲勒斯（阳具）的模式之上的菲勒斯自我（phallic self）。它堂皇地自治着，将自身排除于所有冲突、矛盾和含混之外。在这种人道主义意识形态中，自我是历史和文学文本的唯一的作者：这个人道主义创造者是强有力的，有着阳性性力的，并且是男性——他与他的作品间的关系就如同上帝与他的世界间的关系。① 历史或文本只是这个独一无二的个体的“表达”：所有的艺术都成为自传，仅仅是一个通向自我和世界的窗口，其本身没有现实性。文本被降级成一个对“确定的”“男性化的”世界或自我的被动且“女性化”的反映。

从女权主义政治中拯救伍尔夫：一些另类的解读

到目前为止，我们讨论了不少当代女权主义批评中暗含的隐秘卢卡奇主义观点。这种批评的主要缺陷在于无法将伍尔夫这位20世纪最伟大的英国女性作家及其作品为女权主义之用这一事实清晰显现出来，尽管伍尔夫不仅是一位天赋异禀的小说家，还是一个公开宣称的女权主义者以及其他女性著作的忠实读者。当然，我们不能就此断言，如果女权主义批评家无法对于伍尔夫的作品生成一种积极的政治和文学评价，那么有错的就是她们自身的批评和理论视角而非伍尔夫的文本。但是，女权主义者对于伍尔夫的作品，除了负面评价之外，究竟能不能有其他的解读？让我们来看看如果使用其他的理论方法，是否能将弗吉尼亚·伍尔夫从女权主义政治中解救出来。②

---

① 关于这一点的进一步讨论，见本书讨论吉尔伯特和古芭的章节，英文原文第56～68页。

② 在此，“英美”这一术语必须理解为一种特定的文学研究方法，而不是对于批评家国籍的一种实际描述。对于肖沃尔特对伍尔夫的解读，英国批评家吉连·贝尔（Gillian Beer）在她的文章《超越决定论：乔治·艾略特与弗吉尼亚·伍尔夫》（Beyond determinism：George Eliot and Virginia Woolf）中提出了与我在本文中观点类似的异议。在她1984年的文章《主体与客体以及现实的本质：休谟与〈到灯塔去〉中的哀歌》（Subject and object and the nature of reality：Hume and elegy in *To the Lighthouse*）中，贝尔在一个更加哲学的语境中进一步发展了这一方法。

肖沃尔特希望文学文本能给予读者一种确实的保证，一个审视世界的固定视角。与之不同的是，伍尔夫看上去使用的是我们现在称为“解构”的写作形式，它致力于并因此揭示了话语的欺诈性。在她自己的文本实践中，伍尔夫揭示了语言是如何拒绝被固着于一个潜在的本质意义之上的。根据法国哲学家雅克·德里达(Jacques Derrida)的看法，语言被建构为一种无止境的意义延展(endless deferral)，因此，任何想寻找一个本质的、绝对稳定的意义的行为都将被视为是形而上的。没有什么终极要素、什么基础单位，或先验表示(transcendental signified)能自成意义，并借此逃脱与语义延展和差异(linguistic deferral and difference)进行无休止的相互作用。能指的自由运作绝不会产生一个最终的、统一的意义去作为其他所有(意义)的基础或解释它们。[①] 只有在这种文本和语言学理论之下，我们才能进一步解读伍尔夫在其小说和《一间自己的房间》中都使用的戏谑的视角转移和变换，而不仅仅将其视为一种就是为了激怒严肃的女权主义批评家而为的偏执。伍尔夫有意识地挖掘语言的游戏性和感官本性，并借此拒绝了构成将上帝、父亲(the Father)或者菲勒斯(阳具)颂为先验表示的父权制意识形态的基础的形而上的本质主义。

然而，伍尔夫所做并不限于非本质主义写作方式的实践。她同时对于男性人道主义者所持有的关于人类本质的自我身份认同的概念持有深深的怀疑态度。如果所有意义都只是一种关于差异的无止境的游戏，如果缺席(absence)与在场(presence)都是意义的基础，那么，自我同一(self-identical)的身份认同(identity)又算什么？人道主义关于身份认同的概念同样受到精神分析学理论的挑战。伍尔夫对这一理论并不陌生。弗洛伊德的主要作品的首批英文译本正是由弗吉尼亚·伍尔夫与雷纳德·伍尔夫夫妇创办的霍加斯出版社(Hogarth Press)出版的。1939 年当弗洛伊德抵达伦敦时，弗吉尼亚·伍尔夫曾去拜访他。有传言称弗洛伊德当时曾送给了她一支水仙花。

伍尔夫与弗洛伊德一样，相信无意识的驱动力(drive)和欲望不断地对我们的意识思维和行动施压。对于精神分析学家来说，人类主体(subject)是一个复杂的

① 关于德里达的思想以及其他形式的解构的介绍，请参见诺里斯(Norris)的作品。

实体,它的意识思维只是其中很小的一部分。然而,当一个人接受了这种对于主体的观点后,就再也无法坚持认为我们的有意识愿望和感情是源自一个统一的自我,因为我们无法了解形塑了我们的意识思维的无限的无意识过程。那么,意识思维必然被视为是对于结构的多重性(multiplicity of structures)的“多因素决定的(overdetermined)”表现形式,正是这种结构的多重性互相交错,生成了那个被自由人道主义者(Liberal Humanists)称为“自我”的不稳定群组(constellation)。这些结构不仅包括了无意识的性欲、恐惧以及憎恶(phobias),也包括许多我们同样没有意识到的相互矛盾的物质的、社会的、政治的以及意识形态的因素。反人道主义派可能会说,正是这种互相冲突的结构组成的高度复杂的网络生产出了主体及其经验,而不是相反。当然,这种认知并不会在任何意义上贬低个体经验的价值或真实性;但它确实意味着,除非通过研究它们的多重决定因素,否则这些经验无法被理解。而在这些决定因素中,意识思维只是其中之一,还很可能是具有潜在背叛性的因素。如果对文学文本使用类似的方法,那么随之而来的就是,在文学作品中寻找统一的个体自我,或者性别身份,或确实的“文本身份”都必然被视为彻底的简化(reductive)行为。

正是从这个意义上来讲,肖沃尔特推崇的对文本叙事策略保持超然的行为相当于根本没有进行阅读。因为只有通过从各个层面对具体的文本策略进行分析,我们才能揭露那些冲突、矛盾的要素,而正是这些要素、文字和结构促成了这个文本成为这个文本。人道主义对于一个统一的视角或思想(或者如赫丽所说,一个“对于世界不互相矛盾的认知”)的欲望,事实上是要求一个对文学作品作极简化的阅读。这样的阅读尤其是在针对像伍尔夫这样具有实验性的作家的时候,是无法抓住开拓性的文本生产所欲提出的核心问题。因此,在同是马克思主义者但一直是卢卡奇对手的贝托尔特·布莱希特(Bertolt Brecht)那里,一个“对世界不相互矛盾的认识”是绝对反动的。

法国女权主义哲学家朱丽娅·克里斯蒂娃(Julia Kristeva)曾指出,洛特雷阿蒙(Lautréamont)、马拉美(Mallarmé)等人的现代派诗歌构成了一个“革命的”写作模式。现代派诗歌是这样的一种写作,它充满突兀的转换、省略、中断以及明显的无逻辑构造,它用身体的节奏和无意识设法突破了传统的社会意义那严肃的理性防线。克里斯蒂娃将这种传统意义视为维系着整个象征秩序(symbolic order)的结构,包含了所有人类的社会和文化制度。因此,在现代诗歌中象征语言的碎片化对她来说就类似于且预示着一个彻底的社会革命。在克里斯蒂娃看来,这也意味着,有一种特定的写作实践,它本身就是"革命的",类同于性别和政治的转变,而它的存在本身就进一步证实了从内部转变正统社会象征秩序的可能。[①] 依此出发,人们可以说,伍尔夫在其散文中拒绝遵从所谓的理性或逻辑的写作模式,摆脱虚构技巧的做法,就像她在她的小说中确实施展的许多技巧那样,正意味着一种类似的与象征语言的决裂。

克里斯蒂娃也指出,许多女性因为她们与前俄狄浦斯(恋母)情结中的母亲形象(pre-Oedipal mother-figure)的强大关联,她们有能力运用那些被她称为无意识的"间歇性力量"(spasmodic force)扰乱她们的语言。但是,如果这些无意识的悸动打算完全接管主体,那么主体将堕入前俄狄浦斯或想象的混乱中,并发展出某种形式的精神疾病。换言之,如果一个语言主体允许这种力量破坏象征秩序,那它同样也将冒着极大的坠入疯狂的风险。在这样的语境下,伍尔夫自身不断遭受精神疾病周期性侵扰的经历就与她的文本策略以及她的女权主义关联在了一起。因为这个象征秩序是一个父权制的秩序,被"父亲律法"(Law of the Father)所统治,而任何试图扰乱它,让无意识的力量偷偷越过象征的抑制的主体,都将他自己置于反叛这一体制的境地。在精神病权威的魔爪之下,伍尔夫本人遭受着父权制的极度压迫。她的《达洛维夫人》(*Mrs. Dalloway*)不仅包含了对于此职业的极致嘲讽攻击[以威廉姆·布莱特肖爵士(Sir William Bradshaw)的角色为代表],也通过塞普蒂莫斯·史密斯(Septimus Smith)这一角色极有洞察力地再现了一个屈服于"想象"混乱的思想。确实,塞普蒂莫斯可以被看成克拉丽莎·达洛维的负面对照。她自己避开了疯狂这一险恶的深渊,为此付出的代价却是:压抑自身的激情和欲望,成为一个被父权制社会高度赞赏的冷漠但聪慧的女人。通过此种方式,伍尔夫在揭露了无意识冲动侵入所带来的危险的同时也揭露了成功保持精神正常的主体所需付出的代价。由此,她在对所谓的"女性化的"疯狂的过

---

① 这里,我对于克里斯蒂娃立场的介绍是基于她的《诗性语言的革命》(*La Révolution du language poétique*)。

高估计与对于象征秩序的价值观过于仓促的拒绝之间维持了一个不稳固的平衡。①

对于朱丽娅·克里斯蒂娃来说,显而易见,并非是一个人的生理性别,而是他所占据的主体地位决定了他们的革命潜力。她对于女权主义政治的看法反映了这种对于生物决定论(Biologism)和本质主义的拒斥。她认为,女权主义的斗争必须被历史地和政治地视为一个三层斗争,它们可以简要总结为以下三点:

1. 女性要求拥有公平地使用象征秩序的权力。自由主义女权主义。平等。

2. 女性以差异的名义拒绝男性象征秩序。激进女权主义。被赞颂的女性气质。

3. (这是克里斯蒂娃自己的立场)女性拒绝男性气质与女性气质在形而上的层面的二元对立。

第三个立场解构了男性气质与女性气质的对立,也必定会挑战有关身份认同的特定观念。克里斯蒂娃写道:

> 在我强烈支持——抑或我想象的?——的第三个观点中,这种将男/女的二元对立视为两个相互对抗的实体间的对立的观点,应该被理解为是属于**形而上学**的。在新的理论和科学的场域,当身份认同的概念本身都遭遇了挑战,所谓"身份认同"乃至"性别身份认同"又能意味着什么呢?
>
> (《女人的时间》,33~34)

这里仍需要提一下第二与第三立场之间的关系。如果对于第三立场的辩护意味着对于第二阶段的全盘否定(我并不认为是这样),这将是一个令人痛心的政治错误。因为对于女权主义来说,有一点在政治方面非常关键,即保护作为女人

---

① 女权主义批评家芭芭拉·希尔·瑞格尼(Barbara Hill Rigney)曾试图证明,在《达洛维夫人》中"疯狂变成了一种自我的避难所而非自我的迷失"(52)。在我看来,这一论点在文本中缺少证据,看起来更多的是基于批评家保存其莱因(Laingian)分类理论的欲望而非对于伍尔夫文本的反应式阅读。

的女人以抗衡父权制的压迫，因为它正是因为女人身为女人而蔑视她们。但是“未解构”形式的“第二阶段”女权主义，尚未意识到社会性别身份的形而上的特质，存在着成为倒转形式的性别歧视的风险。这一风险来源于不加鉴别地接管父权制为了将女性固定在她们的位置上而设置的形而上的分类，尽管“第二阶段”女权主义试图将新的女权主义价值赋予这些旧的分类。因此，采纳克里斯蒂娃的“已解构”的女权主义，从某种意义上来说，似乎一切照旧——我们在政治斗争中的立场并未改变，但从另一个意义上说，它彻底改变了我们对这一斗争的本质的意识。

在此，我感受到了克里斯蒂娃的女权主义与大约60年前的弗吉尼亚·伍尔夫的立场之间的互相应和。从这一角度来看，《到灯塔去》通过拉姆齐夫妇(Mr. and Mrs. Ramsay)形象的塑造，展现了对于强大的永恒固定的社会性别身份的形而上的恪守的破坏性的本质，又通过莉丽·布里斯科(Lily Briscoe)(一个艺术家)这一形象来代表解构这种对立的主体，她意识到这一对立的有害影响，在一个仍然僵化的父权制秩序中，尽其所能，活得像一个她自己定义的女人，不去管那社会会强迫她遵照的有严重危害性的性别身份定义。我们必须将伍尔夫的双性同体的关键概念置于这样的语境中。这并不是像肖沃尔特所说的对于固定社会性别身份的逃避，而是认清了它们形而上的虚假本质。这绝不是因为害怕而逃避社会性别身份，伍尔夫对于它们的摈弃来源于认清了它们是什么。她已然了解女权主义的斗争目标应该正是解构男性气质与女性气质那致命的二元对立。

卡罗琳·海尔布伦(Carolyn Heilbrun)在她于1973年出版的精彩著作《朝向雌雄同体之认同》(*Toward a Recognition of Androgyny*)一书中，以类似的术语展现了她对于雌雄同体的定义，她将之描述为是一个“具有无限可能因此也就具有基本不可界定性”的概念(xi)。当她后来意识到她必须区分雌雄同体和女权主义，并因此将伍尔夫明确定义为一个非女权主义者时，她的这种区分看似基于这样一种认知，即只有克里斯蒂娃所说的三层斗争中的前两个阶段才算是女权主义的策略。她承认在现代社会，“因为男性现在掌握的权力，以及女性在政治上的弱势”(xvi～xvii)，所以很难将雌雄同体的支持者与女权主义者区分开来，但她仍拒绝承认女权主义者事实上是有可能渴望雌雄同体的。与海尔布伦相反，我和克里斯蒂娃都强调,一个强烈要求对性别身份解构的理论才绝对是真正的女权主义的。伍尔夫的问题主要是她对于女权主义的目标的过于前瞻性的理解是否使她在她那个时代的女权主义斗争中无法站在进步的政治立场一边。从《三枚旧金币》(以及《一间自己的房间》)来看,这一问题的答案很显然是"不"。在《三枚旧金币》中,伍尔夫敏锐地意识到自由女权主义以及激进女权主义(克里斯蒂娃所说的第一和第二立场)可能有的危害,并支持"第三阶段"的立场;但是,除了这些异议,她最终坚定地支持女性在经济独立、教育、进入职业行业中的权利,而这些则都是20世纪二三十年代女权主义的核心议题。

南西·托平·巴赞(Nancy Topping Bazin)对伍尔夫的雌雄同体概念的解读与那些将其视为对二元论的解构的观点正好相反。她认为伍尔夫的雌雄同体概念是一个男性气质与女性气质的联合体,男性气质与女性气质的本质内涵在伍尔夫的作品中是被完全保留了的。因此,她指出,《到灯塔去》中的莉丽·布里斯科应该被解读为像拉姆齐夫人一样女性化,而小说的雌雄同体的解决方式体现在男性化和女性化的"追求真理的方式"(138)的平衡中。与之相反,赫伯特·马德(Herbert Marder)在其《女权主义与艺术》(*Feminism and Art*)中,进一步推进了将拉姆齐夫人视为雌雄同体的典范的那些传统老套的讨论:"拉姆齐夫人作为妻子、母亲、女主人,是在世的雌雄同体艺术家,用她的整个存在创作着它"(128)。海尔布伦无疑是反对这种解读的,她指出:

> 只有通过摸索,穿过情感的迷雾和错位的传记式的信息,我们才能发现拉姆齐夫人与她丈夫是一样的片面、一样的否定生活,绝不是雌雄同体和完整的。(155)

因此,大量与马德一样将拉姆齐夫人以及达洛维夫人解读为伍尔夫眼中的女性气质典范的批评家们,要么暴露了他们残余的性别歧视(认为性别在根本上是不同的且应该一直如此),要么就是坚守了克里斯蒂娃所称的"第二阶段"女权主义,认为女性与男性不同,而且是时候推崇她们自己性别的优越性了。我认为,这两者都是对伍尔夫文本的误读,就像凯特·米利特(Kate Millett)写道:

弗吉尼亚·伍尔夫赞美了两位家庭妇女，达洛维夫人和拉姆齐夫人；在《海浪》中记录了洛达的自杀悲剧却没有解释其原因，而在用人物莉丽·布里斯科表达女性艺术家的挫败感时，可能因为缺乏说服力，所以显得极富争议，甚至可以说是很不成功。（139～140）

那么，结合德里达和克里斯蒂娃的理论，似乎能给未来的女权主义者解读伍尔夫带来极大的希望。但很重要的是，我们必须意识到克里斯蒂娃观点的政治局限性。虽然她"主体的政治"(the politics of subject)的观点对革命理论有着极大的贡献，但她坚信主体内部的革命在某种程度上预示着之后的社会革命，而这种论断会对唯物主义的社会分析造成严重的问题。克里斯蒂娃理论的力量在于她强调语言的政治也是一种物质和社会结构，但她没有或很少考量其他冲突的意识形态和物质结构，而这些必然是剧烈社会变革的一部分。这些和其他一些问题将在克里斯蒂娃的专章中讨论（149～172 页）。尽管如此，值得注意的是，"解决"克里斯蒂娃的问题的答案绝不存在于快速回归卢卡奇，而在于在一个更大的女权主义意识形态的理论中整合并重新评估她的观点。

马克思主义女权主义批评家如米歇尔·巴雷特(Michele Barrett)曾强调伍尔夫政治的唯物主义层面。她在《弗吉尼亚·伍尔夫：女性与写作》(*Virginia Woolf: Women and Writing*)的导论中说：

弗吉尼亚·伍尔夫的文评为我们提供了一种从未有过的对于女性写作发展的叙述，她对于前辈以及同侪的分析极富见地，而她对于构成女性意识的物质条件的坚持也恰到好处。（36）

但是，巴雷特仅将伍尔夫视为一个散文作家和批评家，她似乎认为，当涉及沃尔夫的小说时，沃尔夫的审美理论，尤其是雌雄同体艺术的概念，"持续地抵抗着她在《一间自己的房间》中提出的唯物主义者立场的意涵"(22)。正如我之前所说，如果用克里斯蒂娃的理论来解读伍尔夫，将伍尔夫的写作政治明确置于她的文本实践中,就不会出现这种将审美和政治二元对立起来的情况。而与其大部分散文作品相比,这种实践当然是在小说中要更加凸显。

另一批以简·马库斯(Jane Marcus)为核心的女权主义批评家们坚持对伍尔夫的作品作激进的解读,而不去诉诸马克思主义或后结构主义理论。简·马库斯声称伍尔夫是一个"穿着维多利亚式裙子的游击战士"(1),并将她视为社会主义和女权主义共同的捍卫者。然而,马库斯的文章《从我们的母亲回想去》(*Thinking back through our mothers*)非常明确地表明,想要有说服力地论证这一点是极为困难的。她的文章以这样的主张开头:

> 写作对于弗吉尼亚·伍尔夫来说是一种革命的艺术。她对于英国父权制文化以及其资本主义和帝国主义的形式和价值观极为疏离,这种疏离是如此强烈以致她在写作时内心充满了恐惧和决心。一个穿着维多利亚式裙子的游击队员,她在准备发起进攻时因恐惧而战栗着,她对敌人进行突袭。(1)

我们应该相信这第一句话和后面的句子之间存在着因果联系吗——写作对于伍尔夫来说是一种革命行为因为可以看出她写作的同时在颤抖?或者,这一段话应被看成一种扩展性隐喻,用以展现所有在父权制之下写作的女性的恐惧?不论是哪种都无法告诉我们任何关于伍尔夫本身写作实践的明确信息。再或者,也许第一句话才是主张,后面的句子是为了证实前者?如果是这样,那论证仍然不成功。因为马库斯在此无疑使用了传记式证据来支持她对于伍尔夫写作本质的分析:读者必须依靠传记情况而非文本来被说服。但是,伍尔夫在桌前写作是否有颤抖的习惯真的有那么重要吗?难道不是她究竟写了什么才是关键?这种情感主义式的论证在马库斯一篇泛论伍尔夫和德国马克思主义批评家瓦尔特·本杰明(Walter Benjamin)之间所谓的相似性["伍尔夫和本杰明都在法西斯的暴政之前选择了自杀而非流亡"(7)]的文章中再次出现。但是,本杰明是在西班牙边界自杀的。他作为一个被流放的德国犹太人,正逃离纳粹统治的法国,他非常害怕被交给盖世太保。而伍尔夫的自杀发生在她自己的后花园,在未被占领的英国。不管我们多么希望伍尔夫的个人生活富有政治性,她与本杰明的自杀之间的区别难道我们就能视而不见吗？马库斯传记式的类比力求将伍尔夫塑造成一个非凡的个体，因此反而跌入了在20世纪30年代美国"新批评主义"出现之前十分流行的历史传记批评的老套。激进女权主义的阅读方法究竟能不加变化地接管这种传统手法到何种程度，这仍待进一步的讨论。

我们已经看过当代英美女权主义批评倾向于使用传统的美学范畴来解读伍尔夫。她们主要依靠自由人道主义式的卢卡奇美学，布莱希特对此颇有异议。而我所倡导的反人道主义的解读才能产出对伍尔夫美学思想中的政治性更好的理解。这样的解读，仍待更多人的进一步参与。目前，在对伍尔夫的研究中，唯一整合了后结构主义思想的某些理论优点的作品，是由一位男性，佩里·梅塞(Perry Meisel)写就的。尽管它绝对不是反女权主义或者非女权主义的作品，但它主要关注的是沃尔特·佩特(Walter Pater)对伍尔夫的影响。据我所知，梅塞是唯一一位把握住了伍尔夫的文本中的激进解构本质的批评家：

> "差异"(difference)是伍尔夫和佩特的作品的支配性原则。由此，任何类别之间的所谓天然的或固有的特质都不复存在，甚至性别之间也不例外。因为所有特质，所有语言，乃至性的语言，都是通过差异而从自身中生成的。(234)

梅塞还精明地点出，正因为这种"差异"原则，所以我们不可能选出任何一篇伍尔夫的作品，然后认为它比其他的作品更有代表性或更"伍尔夫"，因为，她的作品间的显著的区别(divergence)"禁止我们认为在伍尔夫的写作生涯中有哪一刻比其他时候更有决定性"(242)。梅塞总结道："面对一个将自我和作者错置或去中心化的话语，一个歪曲了我们评说中通常适用的分类的话语，倘若仍然坚持自我以及作者的连贯性"(242)就实在是一个错误。

我们对于女权主义对伍尔夫的接受的研究，得出的结论充满了矛盾性。它表明，伍尔夫尚未受到她的英美女权主义后辈们足够的欢迎和赞赏。时至今日，她要么因为不够女权而被她们拒绝，要么在排除她的小说的基础上被赞赏。女性批评家们或多或少无意中认同了传统的男性学院派等级制中的人道主义美学范畴，并因此极大地削弱了她们对这一制度的挑战的冲击力。在这一传统中，批评家的官方政治观点成为女权主义和非女权主义批评家的唯一区别。女权主义批评家由此不知不觉间将自己置于一个无法将弗吉尼亚·伍尔夫解读为进步的女权主义天才作家的境地。而她对此绝对当之无愧。女权主义的文学批评应该公正地对待其伟大的母亲和姐妹,并向其致敬:这才应该是我们的目标。

第一篇　英美女权主义批评

第一章　两部女权主义经典

自女性获得选举权后，20 世纪 60 年代，女权主义首度作为西方世界一个重要的政治力量重新出现。现今许多女性将贝蒂·弗里丹(Betty Friedan)于 1963 年出版的著作《女性的奥秘》(*The Feminine Mystique*)视为美国女性在战后的富裕社会中变得愈加不快乐的首个迹象。女性明确以女权主义者的身份加入特别的女性组织的最初动议来自民权运动中的积极分子，之后，参与反越战抗议活动的女性们也加入了其中。[①] 因此，“新的”女权主义者们在政治上是坚定的活动家，从不惧怕站出来为她们的观点而战。女权主义与女性为争取民权与和平的抗争之间的关联，既不新鲜也不是巧合。许多 19 世纪的美国女权主义者，比如伊丽莎白·凯迪·斯坦顿(Elizabeth Cady Stanton)以及苏珊·B.安东尼(Susan B. Antony)，最初都是活跃在废奴运动中。在 19 世纪和 20 世纪，这些参与到反种族主义斗争中的女性们很快意识到，那些禁锢了黑人的价值观与策略，也同样反映了迫使女性屈从于男性的价值和策略。在民权运动中，当黑人和白人男性解放论者都竭力拒绝将他们的理想延展到女性受压迫的问题上时，女性们理所当然地愤怒了。斯托克利·卡迈克尔(Stokely Carmichael)曾说过：“女性在学生非暴力统一行动委员会(SNCC)中的唯一职务就是趴着[②]”(1966)，埃尔德里奇·克利弗(Eldridge Cleaver)则说：“女人？我想她们应该运用两腿间的影响

① 此处信息是基于罗宾·摩根(Rubin Morgan)在论文选集《姐妹情谊力量大》(*Sisterhood is Powerful*)中所撰的导言。

② 译者注：此处原文为 prone，原意为俯卧，有双关，既可意会为俯首帖耳、乖乖听话，也可理解为有性暗示的“暖床”。

(Pussy Power)"(1968)[①],类似的言论使得许多女性与男性主导的民权组织变得疏离。在其他政治进步的运动中(反战运动,各类马克思主义团体),女性经历着同样的矛盾,即男性活动家们的平等承诺与他们对于女性战友们的粗暴的性别歧视行为之间的差距。20 世纪 60 年代后期,女人们开始越来越频繁地建立她们自己的解放组织,这既是对她们原先所涉入的其他形式的政治斗争的一种补充,也(为其她女性)提供了另一种政治参与方式。

到 1970 年,在"新"女性运动中已经有许多不同的政治思想存在。罗宾·摩根(Robin Morgan)就曾直接将贝蒂·弗里丹建立的(美国)全国妇女组织(NOW)定义为一个中产阶级的、自由主义以及改良主义的组织,并宣称"新女权主义运动的唯一希望,是在当下某种才刚刚起步的革命女权主义(revolutionary feminism)的政治"(xxiii)。虽然摩根在这里对于"革命"的定义很模糊(它是指反资本主义,分离主义,或是两者皆有?),但是很显然,现代女权主义的两大类型已经具体化为女性运动广谱内部的冲突派别。在 1970 年出版的由罗宾·摩根编辑的《姐妹情谊力量大:女性解放运动文选》(*Sisterhood is Powerful*: *An Anthology of Writings from the Women's Liberation Movement*)一书中,光参考书目和联系方式就长达 26 页。这充分证明了到 1970 年为止,在美国,我们今日所认知的妇女运动已为大家所接受。

那么,文学批评在这一运动中又扮演了何种角色?在《姐妹情谊力量大》中那密密麻麻数十页的参考书目中,仅有五部作品是完全或部分与文学有关:弗吉尼亚·伍尔夫的《一间自己的房间》(1927)、西蒙娜·德·波伏娃的《第二性》(*The Second Sex*)(1949)、凯瑟琳·M.罗杰斯(Katharine M. Rogers)的《恼人的伴侣》(*The Troublesome Helpmate*)(1966),玛丽·埃尔曼(Mary Ellmann)的《思考女性》(*Thinking About Women*)(1968)以及凯特·米利特的《性政治》(*Sexual Politics*)(1969)。这些作品之后成了英美女权主义批评井喷式发展的基础。《姐妹情谊力量大》中只选载了一篇论述文学的文章(即凯特·米利特作品的第一章)。

---

① 引自摩根,35~36 页。

如果我们以罗宾·摩根的选择作为评判依据，那么，文学批评在新女性运动的早期根本算不上一个主要议题。和大多数其他激进批评家一样，女权主义批评家也可以被视为一个与社会和政治变革相关的战斗产物；她在其中的特定任务就是尝试将普遍的政治行动扩展至文化领域。这种文化/政治的战斗必定是要双管齐下：它必须既通过制度变革也通过文学批评作媒介来努力实现其目标。因此，对于很多女权主义批评家来说，一个核心问题就是如何将政治参与和传统意义上的"好的"文学批评整合在一起。因为，如果现存的关于"好的"的标准是由中产阶级白人男性制定，那么女权主义作品就几乎不可能满足这一标准，而这一标准正是她们在试图挑战和颠覆的。那么，有抱负的女权主义批评家就只有两个选择：从学术制度内部努力改革那些标准，以产出一种明智审慎的批评话语，力求能在保持其女权主义的同时不过度倾覆学术机制；或者，抛弃学术衡量标准，将之视为反动的且对她的作品没有任何意义的评价标准。

尤其是在女权主义批评的早期阶段，一些女权主义者，比如莉莲·S.罗宾逊(Lillian S. Robinson)就有意识地选择了第二种方案：

> 有些人尝试着将女权主义批评家塑造成真诚的女人，声称每一个"有价值的"系科都应该存上一个。我对于女权主义批评是否能在学院批评中获得尊重并不太感兴趣；我更关心的是让女权主义批评家能为妇女运动所用。(35)

然而，这并不是面对这种明显的两难困境时的最典型反应。如同其他所有文学批评家一样，20世纪80年代的女权主义批评家们绝大多数都是在学术体制内工作，并因此不可避免地深陷于为了工作、终身职位、升职的职业奋斗中。这种女权主义批评的职业化并不一定是一种负面的现象，但正如我们后期将要看到的那样，从20世纪70年代到80年代早期，在女权主义批评家们的作品中，批评标准与政治参与之间真实或明显的冲突不断以各种面貌复现。凯特·米利特成功的原因之一可能就在于没有其他女权主义批评家能像她那样成功地缩小了体制内外批评之间的距离：《性政治》绝对是全世界最畅销的博士论文。这本书不仅让米利特在一所名牌大学获得了学位，同时也对全世界不论是身处妇女运动内部还是外部的读者们带来了巨大的政治冲击。

凯特·米利特

《性政治》分为三个部分："性政治""历史背景"以及"文学反映"。在第一部分中，米利特探讨了两性间权力关系的本质，第二部分则概述了19世纪和20世纪女权主义斗争的命运和它的反对者们，在最后一部分中，米利特则着手展示她在前文中描述的性的权力政治是如何在戴维·赫伯特·劳伦斯(D.H. Lawrence)、亨利·米勒(Henry Miller)、诺曼·梅勒(Norman Mailer)以及让·热内(Jean Genet)的作品中得以实施。此书确立了女权主义文学研究方法作为一个不可忽视的批评力量的地位。其巨大影响使它成了之后所有英美系女权主义批评作品的"母亲"和先驱，而20世纪七八十年代的女权主义者十分乐意承认米利特开创性的论文对她们的影响，或是受其启发，或是由其作品出发提出异议。她的批评代表着与当时仍在文学界占统治地位的美国新批评主义意识形态的决裂。在对新批评派的英勇抗争中，米利特指出，如果要正确理解文学，就必须研究其社会和文化的语境。她的这一观点与之后的所有女权主义批评家一致，虽然她们在其他方面可能有所分歧。

然而，米利特的批评研究中最出众的方面是她敢于对于文学文本进行"背道而驰"式解读的魄力。她研读米勒或梅勒的方法没有1969年时对于作者的权威和意图的传统性尊重。她的分析公然地设定了一个作者之外的角度，并由此展示了读者与作者/文本之间的冲突是如何明确地揭示出作品中潜藏的假设。米利特作为一位文学评论家的重要性就在于，她不懈地维护读者设定其自身观点的权利，并拒绝公认的文本和读者之间的等级差异。因此，作为读者，凯特·米利特既不唯命是从也不淑女：她的风格就像是一个不屈不挠的街童，试图处处挑战作者的权威。她的方法摧毁了盛行的读者/批评家作为(作者)威权主义话语[①](autho-

① 译者注：此处"authoritarian"直译为独裁主义或威权主义，但其词根"author"又有"作者"的意思。而原文中特意变体强调了这一词根，使其具有双关性。

ritarian discourse)的被动/女性化的接受者的形象。而这正符合了女权主义的政治意图。

对于之后的女权主义批评家来说，不幸的是，米利特研究的积极方面与其一系列较不成功的策略纠结在一起，这极大地影响了《性政治》作为一部女权主义文学研究的价值。在欣然接受米利特的重要性的同时，许多女权主义者也很沮丧地注意到，她极端不愿意承认女权主义前辈们对她的影响。她对于父权制政治的观点很明显深受西蒙娜·德·波伏娃在《第二性》中的开拓性分析的影响，但是这一联系从未被米利特承认。对于波伏娃的论文，她仅蜻蜓点水般提到两次。玛丽·埃尔曼的著作《思考女性》中包含了许多对于诺曼·梅勒作品的讨论，而且其引用的许多梅勒的原文与米利特之后在自己的作品中选择的引用片断完全相同，但米利特仅简要提及了埃尔曼的"机智的作品"，而没有承认其直接的影响。而凯瑟琳·M.罗杰斯关于文学中厌女症的研究也只是在米利特的一个普通脚注中被提及，尽管她关于男性厌女症(misogyny)的文化缘起的论述与米利特的论点惊人地相似，但也在沉默中被忽略。

一位女权主义作者未能给予其女权主义前辈应有的承认，这十分令人惊异。而这种情况，在米利特对待女性作家方面也明显存在。我们已见识了她以一小段简述打发了弗吉尼亚·伍尔夫，事实上，除了唯一例外的夏洛蒂·勃朗特(Charlotte Brontë)，《性政治》完全只针对男性作者。米利特似乎在有意识或无意识地希望压制更早的反父权制作品的存在迹象，尤其当她的先驱是女性时：例如，她详尽讨论约翰·斯图亚特·穆勒(John Stuart Mill)而非玛丽·沃斯通克拉夫特(Mary Wollstonecraft)；她选择阅读法国同性恋者让·热内的作品，将其视为对性别角色和性政治具有颠覆性的观念的代表，却从未提及如伊迪丝·华顿(Edith Wharton)或多丽丝·莱辛(Doris Lessing)等女性作家。这样的情况强化了我们对她在这方面的印象。米利特似乎为了产出她自己的作品，必须不惜一切代价拒绝任何可能的"母职人物"(mother-figures)。

然而，米利特之所以肤浅地对待其他女性作者和理论家还有更为具体的原因。米利特将"政治的本质"定义为权力，并试图证明"不论目前的表现有多么缄默，性统治(Sexual dominion)获取的仍然可能是我们文化中最普遍的意识形态，并提供其最基础的有关权力的概念”(25)。她对于性政治的定义，简而言之，即占统治地位的性别试图维持并扩展它对从属性别的权力的过程。她整本书都是对这一单一主张的详细阐释，在修辞上精心架构，以期展示贯穿文化生活的这一过程的持久性和普遍性。米利特选择所有议题和例证的标准在于它们是否有能力证明这一论点。作为一个修辞论述，此书因此显得非常统一，是击中父权制要害(腹腔神经丛)的有力一拳。每一处细节都有机地服从这一政治要旨，而有人可能会说，这正是米利特不愿承认她强大的女性前辈们的真正动机。因为，如果花费太多篇幅来分析女性作家们的颠覆性模式，那么这将在不经意间削弱她自己关于性权力—政治的残酷、包罗万象、单一庞大的特性的论述。米利特对于性意识形态的观点无法解释这个显而易见的事实，即：纵观历史，少数杰出女性确实设法抵抗住了父权制意识形态的全部压力，开始意识到她们所受到的压迫并对男性权力发出反抗的声音。唯有一个作为矛盾的建构的意识形态的概念，以间隙、滑动和前后矛盾为特征，才能使女权主义有能力解释最严苛的意识形态压力是如何产生他们自身的缺漏。

米利特的有限的父权制压迫理论同样解释了为什么她不愿承认凯瑟琳·M.罗杰斯对文学中性别歧视的研究的贡献。在她关于男性厌女症的研究中，罗杰斯罗列了产生这一现象的各种文化缘由：(1) 对于性的拒斥或罪恶感；(2) 对于男性曾经为了赞颂女性而将之理想化的反抗；(3) 父权制情绪，希望女性保持对男性的服从。罗杰斯认为，这最后一个理由是“厌女症最重要的缘由，因为它在社会中最广泛且牢固”(272)。米利特自己的论点与罗杰斯的第三个命题极为相近，这是人们都以为她会承认的一个事实。但是，米利特没有提到罗杰斯作品的这一部分，而是不断论证她自己的理论，即父权制压迫是唯一的缘由。她化约式的理论方法导致她简单地使用权力政治概念来解释所有文化现象，比如她在探讨典雅爱情(courtly love)的传统时说：

> 我们必须承认骑士姿态是统治团体将其臣民提升到显著位置所玩的一场游戏……正如社会学家雨果·贝格尔(Hugo Beigel)所观察到的，典雅爱情和浪漫爱情都是男性从他的全部权力中让渡的“奖励”。两者都曾产生遮掩

> 西方文化的父权制特质的效果，两者都倾向于将完全不切实际的美德加在女性身上，最终将女性困于一个狭窄且常常极具强制性的行为范畴内。　(37)

米利特论点的修辞要求，同样迫使她有时需要对相反的理论进行并不精确或删节式的描述。她有关弗洛伊德及后弗洛伊德理论的叙述影响广泛。从一开始她就致力于证明“在当时的性政治意识形态中，西格蒙德·弗洛伊德无疑是最强大的个体反革命力量”(178)。但是，在弗洛伊德身上，任何对于矛盾的修辞性化约都必然产生特别具有破坏性的影响，因为他的文本本身就以难以被固着于单一的、统合的位置上而著称。这不仅仅是因为他无意识的理论，也因为他不断修正他自己的立场。米利特对此采用的方法极为唐突，她丢弃了所有弗洛伊德自己关于(研究的)试探性与不确定性的供述，只将其视为弗洛伊德“谦恭的困惑不解的时刻”。如此之后，她开始她所谓的对精神分析理论的野蛮摧毁。而这所谓的摧毁现在也可被证实是基于她单方的误读和误解。她对弗洛伊德及其精神分析理论进行了最后的抨击，彻底且不留余地地声称精神分析学是一种生物本质主义，即一种将所有行为化约为先天性别特质的理论：

> 现在，我们可以从科学的角度声称女性是天性顺从的，而男性则是具有支配性的、性欲更强的，因此他们有权利在性上征服那些享受被压迫状态并活该如此的女人。因为她天性虚荣、愚蠢，即使算是人类也近乎未开化。一旦这种偏执的观点获得了科学的声望，反革命的进程就可能更加畅通无阻。　(203)

米利特对于弗洛伊德的拒斥主要是基于她对她所认知的弗洛伊德的阴茎妒羡、女性自恋以及女性受虐情结理论的厌恶。但是这些对弗洛伊德的解读现在已受到其他女权主义者极大的挑战。朱丽叶·米歇尔(Juliet Mitchell)和杰奎琳·罗斯(Jacqueline Rose)曾令人信服地论证过弗洛伊德并没有将性别身份作为天生的生理本质，而弗洛伊德精神分析理论事实上将性别身份视为一种不稳定的主体位置，是在儿童的社会化的过程中被文化性地或社会性地建构的。至于米利特对于阴茎妒羡和女性自恋和受虐情结的诠释，也同样已被其他女性所挑战：萨拉·

考夫曼(Sarah Kofman)和乌尔里克·普罗考普(Ulrike Prokop)都曾在不同语境下将弗洛伊德关于自恋的女性的论述释读为女性权力的一种表征，而叶琳娜·卡瑟古埃特·斯密格尔(Janine Chasseguet-Smirgel)则给出了有说服力的案例论证了女性的阴茎妒羡可被视为小女孩需要与母亲分离，建立自我身份认同感的表现。对卡瑟古埃特·斯密格尔来说，这一过程对于后期女性创造力的发展至关重要。

米利特关于弗洛伊德的论述的另一个有趣方面是她有效地压制了所有对于弗洛伊德可以说是最根本的洞见的指涉：即无意识欲望对于有意识行为的影响。正如科拉·卡普兰(Cora Kaplan)曾令人信服地论证，米利特的性意识形态理论将性意识形态视为被一个有意识、有组织的男性阴谋利用来反对女性的一套错误的信念，但她忽略了一个事实，即并非所有的厌女症都是有意识的，而且即便是女性，也有可能无意识地内化性别歧视的态度和欲求。在她对于《性政治》的讨论中，卡普兰强调了米利特的这一观点对其作品中需要讨论的作者对象的选择的影响：

> 像穆勒(Mill)和恩格斯(Engels)这样反叛了自身社会性别身份的人是被允许支持矛盾的，但女权主义本身必须是实证主义的(positivistic)、完全有意识的、有道德的以及政治正确的。它必须清楚它想要什么，而且由于许多女性想要的东西充满矛盾和困惑，仍然与父权制想要她们成为的或想要她们去渴望的东西相纠缠，所以米利特就不让她们暴露太多她们的“弱点”了。 (10)

在20世纪70年代上半叶，至少在朱丽叶·米歇尔于1974年出版其著作《精神分析与女权主义》(*Psychoanalysis and Feminism*)之前，米利特对于精神分析理论孜孜不倦的负面论述在英美女权主义者中几乎一直无人挑战。直到1976年，帕特丽夏·迈耶·斯帕克斯(Patricia Meyer Spacks)(35)还将《性政治》中对于精神分析理论的论述誉为书中最强有力的观点之一。虽然，正如我们所见，如今已经发展出大量各式各样、高度发达的针对弗洛伊德理论进行的女权主义解读和挪用，但米利特对精神分析理论的谴责仍然被妇女运动内外的女权主义者们广泛接受。在这一点上，她的观念的持续影响力也许与这样的事实相关：她的性压迫理论视性压迫为一种针对女性的有意识的、单一庞大的阴谋，这一理论引出了一个富有诱惑力的乐观结论，即一个彻底的解放是可能的。在米利特看来，女性是一个被压迫的存在，缺乏一个重要的桀骜不驯的无意识；她不得不依靠拆穿占支配地位的男性父权制的虚假意识形态，来摆脱它并由此获得自由。但是，如果我们和弗洛伊德观点一致，认为所有人类——甚至女性——都可能内化他们的压迫者的准则，并令人担忧地认同于他们的迫害者，那么，解放就不再能被单纯视为作为父权制统治基础的错误信念被理性揭示的合理结果。

米利特的文学批评也因为同样持续的修辞化约破坏了她对于更普世的文化理论的批判而留下缺憾。她对于夏洛蒂·勃朗特的《维莱特》(*Villette*)的解读就是这样一个例证。帕特丽夏·斯帕克斯就曾指出，这其中包含了一些严重且基础性的误读：虽然勃朗特已经让露西接受了保罗·伊曼纽尔的求婚，米利特却认为"露西(Lucy)即使在保罗(Paul)这个暴君收敛后，也不会嫁给他"(146)；当事实上，勃朗特故意将保罗的生死存疑，留给读者自己来构建文本的结局，米利特仍评论道："变得和善的看守也必须尽量躲避；变成爱人的保罗也得溺亡"(146)。当然，我们可以赞同斯帕克斯的看法，她认为，虽然米利特的解读在方式和精确度上存在不足，但它们在激情与政治参与方面非常突出。米利特雄辩的、愤怒的控诉充满力量，这确实给予了这份关于现代文学中展现的针对女性的男性性暴力的研究可观的学术权威性：毋庸置疑，她所攻击的作家(主要是亨利·米勒与诺曼·梅勒)确实展现了男性在贬抑女性的性与性征(sexuality)方面的低俗趣味。但是，如同她的文化分析一样，米利特的批判性解读是被一个完整单一的性意识形态概念所引导，这使她无法涉入她所研究的作品中那细致微妙之处、反复易变之地以及暧昧模糊之所。对米利特来说，似乎所有东西都是二元对立或背反的，是彻底的黑或无垢的白。虽然她承认《维莱特》中的露西·斯诺是受困于她所处时代的性和文化的矛盾中，她却仍严厉斥责勃朗特的"虚构手法过于含蓄，一直游走于多愁善感的泥淖，这也是那个时代情感要求她陷入其中"(146)。她对于突然冲入现实主义小说《维莱特》的浪漫主义("多愁善感的")话语十分排斥，认为这只是一种老套手法。然而，之后的女权主义批评家们，尤其是玛丽·雅各布斯(Mary Jacobus)[《被埋葬的书信》(*The buried letter*)]认为,正是在这种侵入造成的裂缝和错位中,我们能够找到小说中一些关于性与女性气质的更深层的含义。

作为一位文学批评家,米利特几乎不关注或彻底忽略文学文本的形式结构:她的作品完全是内容分析。在她论述需要时,她毫无疑问会假设作者、叙述者以及主角的身份,像"保罗·莫瑞尔当然就是劳伦斯他自己"(246)这样的话比比皆是。《性政治》中主要探讨文学的部分使用了"文学反映"作标题,这似乎暗示存在一个有关文学与她之前所探讨的社会、文化之间的关系的理论,一个有点机械且过分简单化的理论。但是,米利特事实上未能确切展示文学反映的是什么,或更准确地说,它是如何反映的。这标题让我们悬在半空,假设文学领域与某些其他领域间存在一种关系,一种既没有进行明确陈述也没有详细探索的关系。

由此,《性政治》很难成为后辈女权主义批评家们的范本。事实上,即使是米利特对于假设作者是神一样的权威而读者/批评家只能谦卑地倾听的等级制阅读模式的激烈抨击,也有其局限性。她之所以能生产出这样令人敬佩的反传统的阅读形式,是因为她的研究论及的文本正是她极端厌恶的作品:那些男性作家肆意假想并炫耀男性性优势的作品。与之相反,20世纪70年代和80年代间的女权主义批评则主要关注于女性作家的文本。由于米利特避开了所有女权主义的或女性作家的文本(除了《维莱特》),所以她不必面对如何阅读女性的文本这一难题。它们是否也同样可以用如此绝妙的反作者权威的方式来解读?或者阅读女性文本的女性是否必须采用老派的、恭敬的屈从于作者的立场?凯特·米利特的批评,完全专注于针对恶劣的男性的批评,因此,对于以上问题无法给予我们任何指导。

玛丽·埃尔曼

玛丽·埃尔曼《思考女性》(1968)的出版早于凯特·米利特的《性政治》。我选择在米利特的作品之后讨论它,这在某种程度上反映了一个事实,即埃尔曼这一杰出的著作总的来说在女权主义者中的影响不及米利特的作品。埃尔曼作品的受欢迎度之所以较小，可能很大程度上缘于《思考女性》没有独立于文学分析之外去处理父权制的政治和历史的面向。正如埃尔曼自己在前言中所说："我最感兴趣的是作为文字的女性（women as words）"（xv），她的研究方法使她的书对那些有文学旨趣的女权主义者们颇具吸引力，虽然这本书很明显是为大众读者而作，而非某个专业学术领域的人士。比起米利特作品中密密麻麻的注释和参考书目，埃尔曼的脚注则相对稀少且大多充满讽刺，她甚至没给她那些更加学院派的读者们任何参考书目去细读。埃尔曼的书与米利特的作品一起，构成了通常被称为"女性形象"批评的灵感源头，这一批评旨在在男性作家的作品中以及男性评论家评论女性作品时所使用的批评范畴中搜寻女性的刻板印象。这类批评将在下一章中详细论述。

《思考女性》的主要论点是各个层级的西方文化都渗透着被埃尔曼称为"性别类推（thought by sexual analogy）"的现象。据埃尔曼称，对此最佳的描述就是我们总体趋向于"根据我们原初、简单的性别差异来理解所有现象（无论它们如何多变）；并且……将几乎所有经验用性别类比方式来归类"（6）。这一思维习惯深深影响着我们对于世界的认识："通常，不仅性别术语，而且关于性别的观点也被强加于外部世界。所有的形式都被纳入我们关于男性与女性性情的概念中"（8）。埃尔曼文章的目的就是为了揭示这种性别思考模式的荒唐且不合逻辑的本质。因此，她先为我们列举了一个这样的社会，在其中性别类推被视为正当，之后再拿我们自身的处境与之对照：

> 男性比女性强壮，但女性在生殖上的作用则比男性更加持久和艰巨。这些事实在一个完全务实的（虽然不是理想的）社会里将会是极为重要的，以至所有的男性和女性都将全身心投入到对它们的演示中去——即在使用体力中和而完成生育中。两性的生活将不再有中场休息，用以认识到他们自身的单调乏味，或者，更常见的，用来描述这种被他们的理智所掩饰的对单调乏味的复杂执迷……
>
> 但是，休闲是最不会被忘记的，而且当我们逃脱扮演性别角色的迫切需要时，我们更加地沉溺于性别类推这一嗜好之中。当性别角色本身已呈现出

一种前所未有的无关紧要性，此时，这两者之间的比重就显得尤为荒谬了。奇怪的是我们好像遭遇了这样一种境况，它使得性生理学显得几乎多余，因此性生理学在其急切和慷慨的自我表现中显得滑稽可笑。 (2～3)

在我们现代世界中，女性生殖能力在社会意义上几乎已经过时了，而男性的身体力量也变得无谓。因此，我们应该不再需要以"男性＝强壮和积极"与"女性＝软弱和被动"这样的性别刻板印象来思考。但是，正如《思考女性》以翔实的资料所论证的那样，这种以及类似的性别范畴仍影响着人类生活的各个方面，尤其是在所谓的智识活动(intellectual activities)方面。正如埃尔曼所指出的，在这些智识活动中，受精、怀孕、妊娠以及分娩的隐喻仍占据着核心地位。

埃尔曼的第二章"菲勒斯(阳具)批评(phallic criticism)"针对的是文学批评领域中的性别类比。她对这一现象的分析从以下片断可探知一二：

男性在探讨女性的作品时，总有种倒置的忠诚，最终都会如期地抵达一个专注点，即女性特质的事实。女性的作品被当做女体本身来对待，而批评则开始对胸部和大腿进行智识测量，这也是其最快乐的时刻。 (29)

"菲勒斯(阳具)批评"中最可笑的例子之一是，埃尔曼滑稽地模仿了一个男性评论家对弗朗索瓦兹·萨冈(Françoise Sagan)的点评。为了简洁，我先援引男性的评论，再拼贴埃尔曼的反击：

可怜的老弗朗索瓦兹·萨冈。不过是又一个过时的老人家，被最新的文学潮流和青春匆匆掠过。乍看起来，她在美国的事业类似于那些中世纪佳丽们的一生，成熟于14岁，15岁失去童贞，30岁即已老去，40岁就成了丑陋老太婆。

以下摘自一篇关于法国通俗小说作家弗朗索瓦兹·萨冈的新小说的评论：

> 可怜的老弗朗索瓦兹·萨冈……乍看起来，他在美国的事业类似于那些中世纪吟游诗人们的一生，14岁自慰，15岁交配，30岁阳痿，40岁就前列腺出问题了。(30)

在她书中篇幅最长的一部分，埃尔曼总结出了男性作家和评论家提供的11种关于女性气质的主要刻板印象：不定型性(formlessness)、被动(passivity)、不稳定性(instability)、封闭(confinement)、虔诚(piety)、物质性(materiality)、灵性(spirituality)、非理性(irrationality)、依从(compliancy)，以及最终的"两种根深蒂固的形象"——巫婆(the Witch)和悍妇(the Shrew)。题为"语气的差异(Differences in tone)"的第四章则探讨了"男性的身体赋予其主张以可信度，而女性则剥夺它"的看法(148)。埃尔曼的观点是男性传统上都选择以断言和权威的模式来写作，而女性则被囚于感性的语言中。但是，自20世纪60年代起，许多现代文学试图抵抗或颠覆写作的权威模式，这为女性写作的新模式创造了条件：

> 我希望能定义是什么情境使得现在的女性能很好地写作。其实很简单，以往她们不曾拥有过身体的或智力的权威，现在她们没有理由去抗拒一种反权威的文学。(166)

鉴于埃尔曼本身在现代女性作家中偏爱多萝西·理查森(Dorothy Richardson)、艾维·康普顿-伯内特(Ivy Compton-Burnett)以及娜塔丽·萨洛特(Nathalie Sarraute)(但是很奇怪弗吉尼亚·伍尔夫不在其中)，由此我们可以看出她对于权威和传统现实主义的厌恶会将她引向何方。

埃尔曼认为，我们有意识或无意识地给予了男性声音比女性声音更多的权威。这一观点在丹麦女权主义批评家皮尔·达勒鲁普(Pil Dahlerup)于1972年在瑞典发表的文章《一个评论家的无意识态度(Unconscious attitude of a reviewer)》(1972)中曾有出色的说明。达勒鲁普在此文中探讨了某个男性评论家对于丹麦诗人塞西尔·博特克尔(Cecil Bødtker)的诗评。塞西尔在丹麦是一个无性别化的名字，这个批评家在给她的第一部诗集(1955)做的评论中自动假设了他面对的是一位男性诗人。这篇热情洋溢的评论充满了主动动词，相较而言，其中的形容词就用得很少，即使有，也绝对是非常正面的，比如“充满快乐的”“热烈的”“丰富的”等等。一年之后，这同一位评论家评论了塞西尔·博特克尔的第二部诗集。如今，他已发现她是个女人，虽然他仍钟情于她的诗作，赞美的词汇却经历了一个有趣的转变：现在，塞西尔·博特克尔的诗顶多是“令人愉悦的”了。而诗评中的形容词翻了三倍，且不仅是性质上的改变(“漂亮的”“健康的”“务实的”)，而且还显示出令人担忧的使用修饰语(“稍微”“有点”“或许”——这些在第一篇评论中完全没有出现)的倾向。此外，形容词“少”或“小”突然占据了这位评论家用语的中心，而它们在“男性”评论中只出现过一次。达勒鲁普认为：“男性诗人很明显不会写一篇‘小’诗。”她的结论是，批评家的态度无意识地揭示了这样一个事实：正如玛丽·埃尔曼所说，男性评论人就是无法给予一个他们确知是女性的声音以同等级的权威。即使他们确实给了一个女性好的评价，他们也自动地选择那些会使女性的诗作显得迷人又甜美(就如女性应该是的那样)的形容词或词组，而不是严肃且意义重大的(像男性应该是的那样)。

埃尔曼的最后一章的题目是“回应”，主要探讨的是，面对她在前四章中描述的那些父权制的攻击，女性作家们所使用的各种策略。她展示了女性作家们是如何为了自身颠覆性的目的，而利用男人们创造的关于她们以及她们的作品的刻板印象的，以及这些女性作家们又是如何懂得要这样做的。比如简·奥斯汀(Jane Austen)，她就是利用自己的风趣和反讽来削弱作者的权威的声音——或者，用埃尔曼的话来说就是，“我们假设权威和责任与有趣是不相容的”(209)。但是，埃尔曼对于简·奥斯汀散文的赞赏同时也与她自身的写作方式有关。《思考女性》就是反讽的典范之作，埃尔曼的风趣，贯穿全书(虽然在“回应”这一部分较少)，恰如我们所见，正是她的论辩中的重要部分。埃尔曼的冷嘲性幽默极大地促成了评论界对她的书的热捧。虽然，非常讽刺的是，有些批评家抵挡不住诱惑，在表达他们的赞美之情时使用了那些正好属于埃尔曼所谴责的刻板印象范畴的措辞。比如收获出版社(Harvest)版的《思考女性》的背面就出现了以下热诚的好评：“性别愚昧扭曲了我们关于女性的想法，这一点从未被如此清晰地揭露出来。但是终于，我们可以给予她最佳和最热情的赞扬:玛丽·埃尔曼写了本有趣好笑的女权主义著作。”换言之:我们都知道女权主义者们是无趣枯燥的禁欲者,因此,我们更有理由称赞埃尔曼在这一规律上的例外。或者,正是那些本该获得“无性别化”的肯定的作品,对它们的赞赏却往往会被性别类推传染影响,正如埃尔曼在探讨这个问题时所说:

> 在此情况下,当一篇作品摒除了批评家通常厌恶的女性作品中的内容时,批评家们就会产生极大的热情去解释这篇作品是通过何种方式做到这一点的。他本已不再奢望能看到女性建造出的鸟舍,而现在此处竟然真有了一个由女性造的鸟舍。他此时颇感愉悦甚至到了允许自己对所研究的文本表示男性妒羡的地步:那可是个异常坚固的鸟舍啊!　(31)

但是,埃尔曼对于反讽的大量使用对她自己的论述究竟有什么影响呢?帕特丽夏·迈耶·斯帕克斯觉得埃尔曼以“一种女性独特的声音”(23)在写作,她话语中有种特别的女性气质,蕴涵在她的论述之中,展示着“一种特别女性化的机智风趣的品质与功能”(24)。斯帕克斯接着道:

> 一个新的类型展示在她面前:不是无形的被动性或不稳定的无目的性,而是避而不谈的女性智谋。擅自对她发起攻击的敌人发现她并不在他瞄准她时所在的地方。她将女性表现得如同流动的水银,总是耀眼夺目又飘忽不定、流动无常。　(24)

斯帕克斯在这里规避了反讽的概念,也许是因为反讽从未被认为是女性特有的模式。相反,她聚焦于针对“避而不谈”的指责,并试图创造一种新的女性刻板印象以适应埃尔曼的写作方式。但是,这无疑忽略了埃尔曼的风格的关键点。我将试着说明,正是通过使用讽刺的手段,埃尔曼成功展现了:第一,所谓男性气质和女性气质的概念是由社会构建的,它并不涉及世界的任何真实本质;第二,她所描述的女性刻板印象总是解构其自身。我们可以通过进一步细读她对“母亲”的刻板印象的展现来了解这一点：

> “母亲”对于说明“自爆倾向”(the explosive tendency)尤其有效：每一种刻板印象都有其限度；膨胀到一定程度，刻板印象就会爆炸。它的毁灭有两种形式：(1) 完全的庸俗化(total vulgarization)以及(2) 以劣势为新的核心将碎片式的优势进行重组。在第二种形式中，构成之前完美典范的要素组成了现在的憎恶对象。 (131)

埃尔曼在书中只有少数段落会明确概括她的修辞策略背后的理论，以上段落正是其中之一。大多数时候，她满足于通过实际举例来说明刻板印象是如何既是完美理想又令人心生恐惧，既有包含性又具排他性——例如，她先论证了“母亲”作为一个刻板印象是如何从令人崇敬的偶像滑落到具有阉割能力的、充满攻击性的贱人，之后，她接着说：

> 但是，我们对于母性(maternity)的不信任，与我们对于那些不参与母职的人的憎恶相比，只是一种无恶意的成见了。人们一旦涉及过于长久的处女状态就会烦躁易怒，这一点从未改变：毫无疑问，在我们身后以及我们身前，伸展着一个无限的空间，其中充斥着对老姑娘、老姑婆、女学究、干巴的老处女等等的侮辱。 (136)

这里，复数代词“我们的”和“我们”的使用充分表明叙述者正在指出的是一个“我们全都”沉溺其中的情况，而她的第一句话以它强有力的悖论暗示“我们”要么是疯了，要么是太蠢才会继续这样无逻辑的实践。这里运用的叙述策略促使读者(“我们”)拒绝它所描绘的愚蠢，同时，又利用“我们”以及“我们的”之中包含的安抚性，缓和了这一打击。如果叙述者把她自己也包括在了这一渎职行为的例证中，“我们”至少没必要觉得自己是一个人*独自*愚蠢。但这并不是埃尔曼在此巧妙使用第一人称复数的唯一作用。它同样还让读者无法拒绝第一句话中的悖论所暗含的意思：既然叙述者没将自己置身事外，相反，而是将自己置身我们之中，“我们”就失去了一个方便攻击的外在靶子。在这些语句中，即使我们觉得有这样的倾向，我们也找不到任何例证用来攻击一个仇恨男性、阉割男性的贱人（castrating bitch）。因此，读者们唠唠叨叨地怀疑叙述者终究只是在愚弄他，叙述者完全没有将她自身算作“我们”中的一员，但这样的怀疑因为找不到目标，所以他的日益增长的攻击情绪也就在点燃这一情绪的行动中被平息。

这种叙述技巧，在我看来并不能被标签为“女性化的难以捉摸”，因为它是一个整体修辞计划中的必不可少的一部分，这一计划试图用这种同时激发又熄灭读者进攻欲的方式解构我们的性别分类。埃尔曼的反讽的效用在于揭示父权制意识形态两个完全不同的方面。在前面引用的第一段中，她抽象地阐述了所有刻板印象是如何具有自我解构性，又易于转化成自身不稳定的对立面，并由此论证了这样的刻板印象只能作为服务于占统治地位的父权制意识形态的语言的结构体而存在。但是，不同于米利特，埃尔曼从未堕入这一统治的意识形态形成了一种连续的统合体这样的虚假想象中。相反，她的两段话都详细地说明了，当这种意识形态的一个面向遭遇另一个面向时，它内部自我矛盾的混乱就会立即浮现。

《思考女性》中关于这种解构性、去中心性（decentring）的例子非常丰富。埃尔曼最喜爱的方法就是把矛盾的论述并置，不给读者任何作者评论，比如下面这段：“当男性在追寻真理时，女性则满足于谎言。但是，当男性在追寻多元或变化时，女性却以对当前责任徒劳无功的尊重进行反驳。”（93～94）此处可辨识的叙述者声音的缺失与之前段落中虽被怀疑叛变但仍具安抚性的“我们”的作用相似：由于权威性评论被剥夺，读者无法了解叙述者希望读者接受的高级立场，她不得不继续阅读，以期找到一个有助于理解诠释的指导方针。事实上，这样的“支柱点（anchoring points）”在《思考女性》中是可以找到的。在刚刚引用的段落前面就有一段相当直白的陈述：“无论如何，欺诈与虔诚之间的不协调只是再现了为了对比而对逻辑做出的必要牺牲”（93）。虽然这里看上去已经很明显，叙述者发现了这种对立很不协调，以及其中对逻辑的牺牲，但是，这种评估仍需迎接挑战：对逻辑的牺牲被描绘为“必须”，而光这一形容词就足够把读者扔回不确定中。对谁来说是必须？或，为了什么更高的目的？叙述者是否核准了这一必须性的评价？在这里，反讽因为主导了这个句子的前半部分的具有评估性的“不协调”一词而变得较弱，但是反讽并没有完全消失。即使在埃尔曼允许她的话语被固定在某一特定立场时，她仍小心谨慎地去避免完全瘫痪：在她的语句之中，总是留有一些不安定的机智风趣的痕迹。

帕特丽夏·斯帕克斯将埃尔曼的风格描述为本质上女性化的，如同一个“女性批评家展现女性魅力是如何与男性的强大相对抗”的范例(26)。此时，她(斯帕克斯)正好落入了那个埃尔曼力图解构的形而上的圈套中。毕竟，《思考女性》就是使用性别类推来思考潜在恶果的一本书，绝不是推荐我们继续这样的实践。为了保证读者抓住这一重点，埃尔曼先是非常清楚明白地宣告“判定一个语句是否有性别特征似乎并不可能”(172)，并引用弗吉尼亚·伍尔夫的话来强化她的观点。对于埃尔曼来说，性征(sexuality)在语句构建或修辞策略层面是看不出来的。因此，她赞扬简·奥斯汀的反讽正是因为它有能力让我们跳出性别类推的领域(或至少在别处)来思考“简·奥斯汀……她能想象出一个场景，这一场景在我们现在看来明显是一元论的(singularly monistic)：没有一种性别显得更好或更坏”。(212)

作为她的解构计划的一部分，埃尔曼由此推荐，为了我们自身的政治目的，去充分利用性别刻板印象的所有价值。这至少是她自己在《思考女性》中的实践。帕特丽夏·斯帕克斯之所以坚持认为埃尔曼的风格是难以捉摸的，正是因为她确信，在埃尔曼作品“迷人的”表面背后隐藏着极大的“女性的愤怒”(27)。这里的暗含意思是，在斯帕克斯看来，凯特·米利特让她的愤怒通过激昂的语句表达出来，虽然它们有时显得混乱且令人困惑；而玛丽·埃尔曼则将相同的愤怒隐藏在她优雅的机智风趣之下。这种论断基于两点假设：女权主义者必须不惜代价地在任何时候保持愤怒、任何的文本不确定性，比如由反讽创造的那种，最终都能通过指涉一个隐含的，本质的且单一的缘由而得以解释。但是，正如俄国理论家米哈伊尔·巴赫金(Mikhail Bakhtin)在其极富影响的关于拉伯雷(Rabelais)的研究[《拉伯雷与他的世界(*Rabelais and His World*)》]中展现的，愤怒并不是我们唯一可用的革命态度。嬉笑可以拥有同样颠覆性的力量，正如狂欢节能颠覆旧有的等级秩序，抹去固有的差异，并生产新的且不稳定的差别。

埃尔曼那由精明练达所打磨出的机智妙语让我们开怀大笑。但是，归根到底，它也许并没有用拉伯雷式的狂欢方式让我们发笑。那么，我们应该如何评价她的著作的影响？政治上来说，讽刺家是极难被精准攻击的，因为几乎不可能对他的文本给出有说服力的定论。在讽刺的话语中，每一个立场都在削弱自己，由此，有政治参与意图的作家就被留在这样一个情境中：她的讽刺性话语可能反而会解构她自己的政治观念。玛丽·埃尔曼对这一两难处境的解决方式是，在她自己的文本中提供足够的非反讽式"支柱点(anchoring-points)"以保证她发声的立场足够明确。但是，这种方法带有很明显的风险，它可能削弱它试图保存的嘲讽性。埃尔曼选择从一个相当"直接"的立场来撰写最后一部分——"回应"，而把讽刺留给了其他那些探讨针对女性的男性话语的章节。由于在书中，以更为传统的方式写作的最后一部分与使用反讽的方式的部分处理的并不是相同的问题，这就使埃尔曼得以保留一个空隙，一个讽刺话语所必需的不确定性的存在空间。[①]

这样，我们就没理由再去论证玛丽·埃尔曼的讽刺散文与凯特·米利特的明确的愤怒相比，在本质上没有那么令人不安。在畅销书领域，米利特的作品的英国竞争者是杰梅茵·格里尔(Germaine Greer)的《女太监(*The Female Eunuch*)》(1970)。它同样依靠的是反讽，而且，在女性运动中也依然极具影响力。[②] 帕特丽夏·斯帕克斯对于埃尔曼的文章的反应很典型。这种一方面认为刻板印象属于本质主义范畴，另一方面又明确规定愤怒是女权主义者的根本情绪的看法，正是当时大多数女权主义者对待《思考女性》的态度。尽管 20 世纪 70 年代早期的女权主义批评家们已经打起了被称为"女性形象"批评的女权主义批评的标牌，她们也常常援引埃尔曼作为她们的先驱之一，但是，在她们对文本的阅读中，她们仍然会继续采用那些恰恰是埃尔曼想要解构的范畴作为她们自身解读的模板。

---

① 既然在理论上与实际中已经越来越无法区分讽刺性话语和非讽刺性话语，那么最终，有人可能会认为所有的话语都是讽刺性的。关于这一问题与文学文本的关系，参见库勒(Culler)对此的探讨。

② 本书没有探讨《女太监》一书是因为它并不是一本以文学批评为主的作品。但是，格里尔在其题为《浪漫》的一章中，也尝试了对通俗浪漫小说进行解读。

第二章　“女性形象”批评

“女性形象”这种文学研究方法已被证明是极具创造力的女权主义批评分支，至少，对它催生的实际作品的数量来说是如此：在这一标题下，专门的参考书目几乎能列出成千上万条。接下来我们将探讨它的目的和方法，为了限制所引用的参考书目的数量，我将主要参考一本核心论文集中的文章。这本论文集被相当合时宜地命名为《小说中的女性形象：女权主义视角》（*Images of Women in Fiction: Feminist Perspectives*）。20 世纪 70 年代初，在美国高校内，关于文学中的女性的绝大多数课程都是集中于研究男性写作中的女性刻板印象（利杰斯特，28）。《小说中的女性形象》作为第一部以迅速扩张的学术市场为目标的精装版教科书出版于 1972 年。此书显然符合师生们的强烈需求，因为这本书在短时间内一版再版。[①] 那么，此书所展现的“女权主义的”视角究竟是何种视角？在序言中，它的编辑苏珊·考普曼·科尼隆（Susan Koppleman Cornillon）说，此书的想法来自她教授女性研究的个人经历：

> 在每一堂课上，我都极度渴望能有书籍将文学视为是关于“人”的书写来研究。这卷书就是为了满足这一需求所做的一次尝试……这些文章引导我们进入小说再回归现实，回到我们自己和自己的生活……这本书将会是提升意识的有力工具，不仅服务于课堂，也服务于那些学术世界以外致力于个人成长的人。
>
> （x）

---

① 我没能直接参考其 1972 年的初版。因此，我的评论是基于其 1973 年的再版。

这里展现的女权主义文学研究的新领域在本质上关注的是，通过连接文学与人生，尤其是读者的生活经历，来帮助个人成长并提升个体的意识。这样的基本观点在所有21位(19位女性，2位男性)供稿人的文章中得以体现。这些文章主要研究的是来自19世纪和20世纪的作家们，有男有女，且不论男女作家，他们都因其创造的“不真实的”女性角色而受到严厉批评。实际上，编辑在她的文章《小说的虚构》[①]中指责女性作家在这方面比男性作家更恶劣，因为与男性不同，她们背叛了她们自己的性别。

在“女性形象”批评中，阅读行为被视为一种作者的生活(“体验”)与读者生活的交流。而当读者成为评论者时，她(作者)的责任就是提供她自身生活叙述，以使得她的读者们能意识到她言说的立场。在《小说中的女性形象》里的一篇文章中，弗洛伦斯·豪(Florence Howe)简要地陈述了在批评中对自传的需求：

> 我从自传开始是因为正是在我们关于我们自己的人生的意识里，女权主义和文学的关联开始存在。当然，我们从生活中学到的正是一种关于文学以及关于其教师—评论家的基本假设。 (255)

对于读者学习作者经验的权利如此强调，很大程度上支持了女权主义的基本论点，即没有一个文学批评是“价值中立的(value-free)”，我们全都从一个被文化、社会、政治以及个人因素所形塑的特定立场发声。女权主义者们认为，将这样有局限性的视角呈现为“普世的”，其本身就是一种专制与操控。而唯一民主的方式就是，在一开始就为读者提供所有关于个人视角的局限性的必要信息。这一原则的重要性怎样高估都不为过：至今它都还是所有女权主义批评家的基本假设之一。

然而，如果我们对于清楚表达自己立场的可能性过于乐观，那么问题也就出现了。比如，阐释学理论曾指出，我们不可能完全把握我们自己的“理解视阈(ho-

---

① 译者注，小说的英文 fiction 本身也有“虚构”的意思在里面，所以这里也可理解为“虚构的虚构”“虚构的小说”或“小说的虚构”。

rizon of understanding)”:总会存在我们尚未意识到且未陈述过的盲点、基本预设以及“前理解”(pre-understandings)。精神分析学更进一步提醒我们,我们心灵的最强大动力最终往往是曾被我们压抑最深的那些。因此,这让我们很难去相信我们能够完全认识我们自己的视角。正因为这个原因,人们能够有意识地构想出的偏见,很可能反而是最不重要的。这些理论上的难点并不仅仅是困扰我们中的哲学家们的抽象问题:它们返回女权主义批评家的文本中彰显自身,而她正尝试在自己的作品中实践其自传理想。在她试图将自己的个人经历作为理解其研究旨趣的必要背景进行陈述的过程中,她可能吃尽苦头后才发现,比如,在这样的语境下,根本没有明显的界限去限定究竟应该有多少“相关的”细节可以加以考虑。于是,她面临这样的阅读风险,她更像是一个多多少少有些非自愿的裸露癖患者而非一个平等主义批评论的坚定支持者。这种情况的一个极端例子可以在一本研究西蒙娜·德·波伏娃的女权主义书中看到。在此书的中间部分,批评家突然决定花费16页的篇幅来对她自己的生活和她对于波伏娃的感受进行自传式的论述。[①] 这种自恋式的对个人自我的深入探究只会夸张扭曲女权主义批评家们创造的极富价值的原则:即任何批评都不是中立的,因此,我们有责任让我们的读者足够清楚我们的立场。至于这是否总是得通过对批评家的情感和个人生活进行自传式陈述才能完美达成,这一点仍然有待商榷。

当我们继续阅读《小说中的女性形象》,我们很快会意识到研究小说中的“女性形象”等同于研究男作家和女作家创作的小说中**虚假的**女性形象。在文学中女性的“形象”总是通过与“真实的人”相对立来进行定义,而文学总是不知何故,从未成功将这种“真实的人”传达给读者。在科尼隆的书中,“现实”与“经验”被视为文学的最高目标,所有形式的小说都必须提供的基本真理。这一观点偶尔会导致一种近乎荒谬的“极端写实主义”(Ultra-realist)立场,比如,科尼隆曾指出现代美国女性人生的一个重要部分被用于刮腿毛以及去除身体其他各个部位的体毛。她正确地强调了男性对剃除体毛的女性的需求具有侮辱和压迫的性质,但是,她接着论证自己的文学观点:“然而,尽管女性受剃腿毛奴役这件事上附着着那么多

① 参见阿舍尔(Ascher),第107~122页。

的内容，我从未见过任何一个小说角色剃毛或拔毛。”(117)

我并不会惊讶于如果科尼隆所说确实是正确的——剪脚趾甲以及丢弃卫生巾似乎同样被小说主题所忽略——但是她的抱怨是基于一个高度可疑的观点，即艺术能够且必须精确地、无一遗漏地反映生活的每个细节。《小说中的女性形象》中所倡导的极端反映论(reflectionism)(或者，卢卡奇词意中的“自然主义(naturalism)”)有强调作家们总在不断选择他们希望运用在其文本中的元素的优势；但是，反映论并没有承认这是文本创作中的一个基本事实，而是假设艺术家的选择性创造需要和“现实生活”对比，并由此推断艺术家对于“现实世界”的认识是对他的作品的唯一限制。这样的观点坚决拒绝将文本的生产视为一种由许多不同且互相矛盾的文学和非文学的决定因素(历史的、政治的、社会的、意识形态的、体制的、文类的、心理学的，等等)构成的高度复杂、“超定”(over-determined)的过程。相反，写作被看成一种对外部现实几乎忠实的复制，对于这一外部现实我们都拥有平等且无偏见的进入权，我们也因此能够以作家创造了一个有悖于我们所了解的、不正确的现实的模型为理由对他进行批判。这方法中有着绝对的经验论成分，这一观点未能考虑到的一个命题，即现实不仅是我们构建出来的东西，而且还是一个有争议的构建。

文学作品由于根据具有压迫性且令人不悦的意识形态假设来选择和形塑它那虚构的世界，那么它们可以且理所应该被批判，但这不应该与没有表现“真实的人生”或没有展现“对真实经验的真实表达”所混淆。这样一种对于本真性(authenticity)的坚定要求不仅将所有文学都折合成了相当简化形式的自传，而且它还会发现自己已把大部分的世界文学排除在外了。这些批评家们没能意识到的是这样一个事实，即虽然莎士比亚在他的人生中可能从未发疯，也未曾在荒原上裸体奔走，然而大多数人仍认为《李尔王》读起来足够“真实”。很明显，科尼隆书中的撰稿人们[除了约瑟芬·多诺万(Josephine Donovan)这一明显的例外]在面对文学文本时都坚持一个相当简单的内容分析模式。极端反映论就是无法接受形式和文类会对文本生产产生制约的观念，因为承认这些制约就等于承认小说中根本无法实现对现实的完全复制。

在这一方面，更大的问题显然是现代主义与现实主义的对立。完全可预见的是，此书中的许多文章将大肆抨击现代主义，以及它那被含混地称为“形式主义”的旅伴。现代主义者们遭到指责，原因在于他们“躲在形式主义的怀抱中以寻求安慰，在他那其他问题都不重要的信念中获得安全感”而忽视“基于阶级、种族和性别的排斥”(286)。但这还不是全部：

> 现代主义，相比之下，追求增强孤立。它迫使艺术作品、艺术家、批评家以及读者脱离历史。现代主义拒绝给予我们将我们自身理解为物质世界中的行动者(agents)的可能性，因为，所有一切都被移至一个观念的抽象世界中，在其中互动将被最小化，或者，它的意义及真实后果将被清空。我们比以往任何时候都更无力于诠释这个世界，更别说改变它。(300～301)①

在另一篇文章中，女权主义批评被简明地定义为“一种唯物主义文学研究方法，它试图除去那种认为文学可以与现实分离的形式主义错觉”(326)②。这一段落中提及的“形式主义”批评家们指的似乎就是美国的新批评派，因为她们关心文学作品的形式，甚至以牺牲历史和社会的影响因素为代价。然而，在这点上，值得注意的是，虽然自凯特·米利特之后的美国女权主义批评家们都坚持反对新批评的非历史主义，但这并没能阻止她们不加批判地接受来自新批评的审美理念。

在《小说中的女性形象》里，对于“现代主义”文学和“形式主义”批评的双重拒绝凸显了英美女权主义批评根深蒂固的现实主义偏见。她们坚持对“现实世界”真实可信的复制是文学的最高价值，这使得女权主义批评家不可避免地对于非现实主义的文学形式充满敌意。但是，对“现实”整体完全复制的要求与所谓的“现实主义”小说之间其实并没有必然的联系。至少有两部著名的文学作品尝试将现实作为整体掌握，然而因为它们试图无所不包，所以注定会失败，《项狄传》(*Tristram Shandy*)与《尤利西斯》(*Ulysses*)这两部作品最终都以最激进的方式淘气地僭越了传统的现实主义。而且，有些女权主义批评家反对乔伊斯(Joyce)描绘摩

① 罗宾逊(Robinson)与福格尔(Vogel)在文集中的文章。

② 卡兹·斯多克(Katz-Stoker)的文章。

莉·布卢姆(Molly Bloom)的夜壶以及月经周期(并没提到剃腿毛),因为,尽管它们毋庸置疑是现实主义的,恰恰是这些因素将她展现成一个生理决定的、扎根现实的生物,没有任何一个女性读者会因此真正欣赏她。

在这种情况下,对于现实主义的需求就与另一种需求,即在文学中再现女性角色典范(female role-models)的需求,相抵触了。这一时期的女权主义读者不仅希望见到她自己的经历被反映在小说中,还力求与强大、令人印象深刻的女性角色产生认同。谢利·利杰斯特(Cheri Register)在其1975年发表的文章中简要地总结了这种需求:“一部文学作品应该提供榜样,通过塑造‘自我实现的(self-actualizing)、并不依靠男性来实现自我身份认同的’女性来灌输一种对女性身份认同(feminine identity)的积极意识。”(20)[①]但这有可能与对本真性的追求相冲突(不少女性是“真正地”软弱且平庸的);在这一点上,利杰斯特毫不含糊:“在此,必须注意的是,虽然女性读者需要文学典范供其效仿,但是角色不应该理想化到令人难以置信。对本真性的需求高于其他所有要求”(21)。

利杰斯特在此处对词汇的选择(“应该”“需求”“要求”)反映了这一早期女权主义批评具有很强的规范性(或者像她喜欢的那样,称之为指导性)的一面。“女性形象”批评家们根据她们自己对于何为“现实”的标准,贬低那些她们认为缺乏“本真性”和“现实经验”的文学。当对一部作品的本真性程度有疑问时,利杰斯特推荐了几款测试:“一种读者可以用来测试本真性的明显方式是,将角色的生活与作者的生活进行比较,”(12)她建议道。我们还可以使用社会学的数据来检验作者作品的社会层面,尽管内在情绪应该受制于另一种控制模式:

> 虽然,收集有限的时间范畴内的一系列作品,并对其进行统计数据的研究以判断它们反映女性就业、教育程度、婚姻状况、生育率等情况的精确度,这样的方法很有效用,但它无法测量单一女性主人公的内在焦虑的本真性。最终的测试必然还是来自那些熟悉“女性现实”的女性读者的主观回应。她是否可以识别出自己经历的某些方面呢? (13)

① 此处里杰斯特(Register)援引马丁(Martin)。

尽管利杰斯特急切地警告我们,要警惕过分简单化约的结论,因为“女性的现实并不是僵化单一的,反而有着许多微妙的差别和变化”(13)。但是,这种家庭女教师心态(governess mentality)(“老大姐在监视你”综合征 the“Big-Sister-is-watching-you①” syndrome)必须被视为在一个崭新且快速扩张的研究分支中不可避免的肆意妄为。在 20 世纪 70 年代,这种方法导致了一大批已发表和未发表文章,它们以颠倒的社会学视角来研究文学:小说被阅读以便将文学作品中的经验主义社会学数据(比如在外工作或做家务的女性的人数)与相对应的作者人生中的“现实”世界的经验数据相比较。

如今要指责这种批评是很容易的:我们可以责难它,因为它没能认识到文学的“文学性”,因为它有一种危险的反智主义(anti-intellectualism)的倾向,因为它对于文学与现实、作者与文本之间的关系的极端幼稚的理解,以及因为它对于某些女性作家们的作品的过分苛责。它完全不去考虑这些女作家们因当时写作的意识形态环境而无法满足 70 年代女权主义批评家们对她们的要求。虽然我们无法不强烈谴责这些早期女权主义批评家们在理论上(甚或是文学上的)意识的诸多不足,但她们对于女权主义事业的热情和责任感堪为表率。对于受教于非历史主义、唯美主义化的新批评话语中的一代人来说,女权主义对于所有批评话语的政治本质的坚持,以及她们将历史和社会学的因素纳入考虑范围的意愿,在当时肯定令人既耳目一新又兴奋刺激;很大程度上,这些正是当今女权主义批评家们仍然力图保持的品质。

---

① 译者注:此处的 Big-Sister-is-watching-you 应该是仿自 Big-Brother-is-watching-you。它最初来自乔治·奥威尔(George Orwell)的名著《1984》,其中有一个被称为 Big Brother 的角色。他从不露面,却是统治阶级的领袖,仿佛随时都在监视他的臣民,无处不在,全知全能。后来常被引申为“政府在监控着人民”或“民众无时不处于被观察被检视的境地”的意思。这里作者虽然应该不是完全使用这一层意思,但有可能确有双关。

第三章　女性书写与书写女性

走向女性中心的视角

然而，过分简单化且不加区别的“女性形象”批评这一研究方法很快就开始明显地失去其启发性力量了。大概自1975年起，人们的兴趣开始完全聚焦在女性作家的作品上。早在1971年，伊莱恩·肖沃尔特就开始提倡将女性作家作为一个群体进行研究：

> 女性作家不应该被当做一个基于写作方式相似或在文体上呈现出相似的特定的女性化风格这一假设的特定群体来研究。但是，女性确实有着可供分析的特殊的历史，其中包含了许多复杂的考量，比如，她们与文学市场关系的经济学；女性地位的社会和政治变迁对个体的影响，以及针对女性作家的刻板印象的内在含义和对她的艺术自主权的限制。[①]

肖沃尔特的观点逐渐获得认可。《小说中的女性形象》中有两位男性撰稿人，而且关于男性作家的分析要多于对女性作家的分析，且书中经常对女性作家的作品持负面态度。到了1975年，这样的情况被决定性地改变了。在这一年，当谢里尔·L.布朗(Cheryl L.Brown)和凯伦·奥尔森(Karen Olson)开始编辑她们的文

---

① 引自利杰斯特(Register)，第13～14页。

选《女权主义批评:关于理论、诗歌和散文的文章》(*Feminist Criticism*: *Essays on Theory*, *Poetry and Prose*)时,她们惊讶(并沮丧)地发现“研究女性文学的女性批评家的作品并没有被大量出版,而对此有兴趣的学生和老师想找到它们也并不容易”(序言,xiii)。为了对这一偏见进行弥补,她们的文选(直到 1978 年才出版)中并没有男性撰稿人,且所有文章或是研究理论性的问题或是研究女性作家的作品。这种以女性为中心的研究方法如今在英美女权主义批评中已变成一种主导趋势。

在进一步研究这部强势的女权主义研究“第二阶段”的主要作品之前,需要指出的是,并非所有评论女性作家的女性批评家们的书都是女权主义批评的范例。在女权主义批评的早期,许多非女权主义的作品因为这些分类上的混乱而享有相当的影响力,比如 1974 年帕特丽夏·比尔(Patricia Beer)的《读者,我嫁给了他》(*Reader*, *I Married Him*)。在她的序言中,作者明确将自己与其他“以女性解放为主题的”(ix)作品相区别,认为这些作品都有一个严重缺陷:

> 不论她们宣称要做什么,事实上,她们将文学当成了一大片你可以在其中汲取自己论争的证据的沃土,因需篡改和删节,你的论争比其他人的艺术作品更重要。这一修辞方法似乎令人感到遗憾,因为,小说和戏剧本身的内容是如此丰富,如果作者或读者不是把它们仅仅当成一种实现目的的手段的话,那么它们将会更具启发性。 (ix)

比尔自己的作品似乎能幸免于这种糟糕的倾向,因为“尤其是小说,不借助于任何人的论述,可以非常精确地展现事物的本来面目或曾经的模样”(ix)。换言之,作者明确相信那种所谓的“价值中立”的学术,即使这正是女权主义者们一直指责的思想,因为事实上它们总是服务于现存的等级秩序和权力结构。同时,比尔看似还深信自己可以通过她正在研究的小说把握真正的现实,尤其是因为她自己是免于女权主义倾向的。其他类型的政治性参与很显然并没有那种力量以扭曲比尔所追求的那种对现实的真实再现,或者,即使它们可以,她也没提到。她的书不是为了狂热者而写,而是写给有识别力的读者:“(我觉得)这一主题可能会引起对小说和妇女解放事业有所关注的读者们的兴趣，他们并不一定必须是英国文学专业的学生或妇女解放运动的支持者”(ix)。

作者既被“女性解放”的标签吸引又否定它。她很明显希望将它从她的书中驱逐出去，但又同时渴望提到它(在半页之中就有两次)，因为她知道，她的主要读者可能正是来自这种“修辞方法”的支持者中。如果女权主义批评是一种政治批评，通过一种与所有形式的父权制和性别歧视斗争的决心所维系，那么，帕特丽夏·比尔的书就绝对不是一部女权主义批评作品。她的序言的大部分(以及贯穿她全书论点)都是呈现一种使用自由主义边缘政策的欲望。将自身定位于“好的自由主义者”所追求的那种中间位置，她既不是一个“妇女解放运动”的支持者，也不是它的反对者；相反，她承认小说和“女性解放事业”都包含一种深切的“关心”。这种类型的“伪女权主义”批评对使用女权主义文学研究方法的学生来说没有什么实际意义。

在20世纪70年代后期，出现了三部重要作品，它们将女性作家们视为特定的女性文学传统或一种“亚文化”的一部分来研究。这三部作品是：艾伦·莫尔斯(Ellen Moers)的《文学女性》(*Literary Women*，1976)，伊莱恩·肖沃尔特的《她们自己的文学》(1977)以及桑德拉·吉尔伯特(Sandra Gilbert)和苏珊·古芭(Susan Gubar)的《阁楼上的疯女人》(1979)。总的来看，这三本书合在一起标志了英美女权主义批评已走向成熟。在长久的期待之后，终于有了关于英美文学史上的女性作家的重要研究。既称职又坚定，富于启发性又鼓舞人心，这些著作立刻就在女性学者和学生中收获了一个庞大且热情的读者群。如今，莫尔斯、肖沃尔特、吉尔伯特和古芭显然已经在女权主义批评的现代经典中占据了重要的地位。

这三本书都依据如伊莱恩·肖沃尔特所说，“女性文学传统来自女性作家与她们的社会之间那仍在持续演变的关系”(12)，尝试在文学中定义一种特殊的女性传统。换言之，对这些批评家们来说，是社会而非生理形塑了女性独有的洞察世界的文学观点。但是，这种方法的基本相似性不应该阻碍我们意识到，这三本极具影响力的著作之间存在的有趣的分歧与差异。

“文学女性”

《文学女性》是艾伦·莫尔斯经过一个关于女性和文学的漫长思索过程而得出的结果。这个过程始于1963年。那一年，贝蒂·弗里丹(Betty Friedan)出版了她的《女性的奥秘》(*The Feminine Mystique*)。正是这本书改变了莫尔斯在女性作家是否有必要被作为单独的群体来对待这一问题上的看法。“从前”，她写道，“我有一个狭隘的观点，认为以性别为基础将重要的作家从文学史的通识课中分离出来是无用的。但是，许多事改变了我的想法”(xv)。改变看法的原因，首先是这种区分所得结果令人信服；其次，是事实上“我们早就在不知不觉地对重要女性作家实施着一种隔离”(xv)；最后，是对于女性历史的真正本质有了一种更深的理解。莫尔斯的情况反映了许多女性学者的成长过程：一开始，她们怀疑所有将女性从历史发展的主流中区分出来的尝试都是一种反平等主义的形式。到了20世纪60年代，她们开始接受这样的观点，即如果将女性纳入“(男)人”这一普遍范畴并由此使她们噤声的常见父权制策略必须被有效遏制，那么将女性视为一个特殊群体就有其政治的必要性。

《文学女性》是对此的首个尝试，它将女性写作的历史描述为与主流男性传统平行或在其掩盖之下的“一个激荡奔驰的潜流”。而且，因为它首次尝试对此未知领域绘制图景，因此获得了广泛的赞誉(36)。蒂莉·奥尔森(Tillie Olsen)将《文学女性》视为一个“催化剂，一本里程碑式的著作，它权威性地确立了女性文学创作的范围、深度以及种类……读完它后，无人可依然如故。”[①]艾伦·莫尔斯在1977年时绝对配得上这一赞誉，但是随着女权主义批评发展的步调，在1985年拾起《文学女性》阅读的读者可能就不会体会到蒂莉·奥尔森那时的喜悦。《文学女性》仍是一本写得很好且有趣的书，虽然有时惯于使用多愁善感的夸张，比如，当莫尔斯极为喜爱乔治·桑(George Sand)和伊丽莎白·芭蕾特·布朗宁(Elizabeth Barrett Browning)时：

---

① 引自妇女出版社(Women's Press)版《文学女性》的扉页。

> 她们是多么不可思议的奇迹般的存在啊！她们的人生故事散发着磁铁般的魅力，将整个世界吸引到她们面前——包括所有能装点、服务于女性写作生命的美好与祝福。(5)

然而，发现新领域的狂热现在已经逐渐褪去，于是，1985年的读者可能会觉得艾伦·莫尔斯的书无论是作为文学史或是文学批评都并不是那么令人满意。它太专注于细枝末节，忽视了任何一种可发挥批评作用的文学理论，且受限于它那过于狭隘的历史观以及历史与文学的关系理念，以至于它作为历史编纂学也不具说服力。

莫尔斯将历史首先视为一个好故事，或者是一个引人入胜的、旨在引发认同或产生共鸣的情节：

> 改变了我对于文学女性的历史的看法的最主要的因素就是历史本身，在我写这本书的时期的历史就那么戏剧性地展开着，是活生生呈现着的文学史。我从中学到的是，一个人必须了解女性的历史才能理解文学的历史。(xvi)

对于她来说，历史只是中世纪意义上的编年史：小心地记录下编年史家认为与他的特定视角相关的所有事物。在这个意义上，编年史家坚信，她对于事件的说法，那常常展现为未经加工、无条理的"事实"，构成了"历史"。同样，艾伦·莫尔斯也坚信，她作为她的历史的作者，并没有对其施展影响："是文学女性她们自己，并非我的学说，完成了这本书的组织——她们关心的问题，她们的语言。"(xii)这种对于登记记录事件保持中立的可能性的信念，在这样一本书中出现，听上去非常不协调，毕竟此书在方法上是公开宣布的女权主义。

莫尔斯信任传统的美学和文学范畴，尤其是她相信我们就是知道哪些作家是"伟大的"(《文学女性》的副标题是"伟大的作家们")，而这避免了面对这样一个事实，即正是这些关于"伟大"的标准极为严重地妨碍了将女性纳入文学经典，因此"伟大"这一范畴对于女权主义者来说总是极为有争议的。作为18世纪晚期至20

世纪的英国、美国及法国的女性写作领域的概述，《文学女性》及其对于这些作品的情节梗概、对个人信息和生平轶事的强调，不失为一部有用的初级入门书，但是现在，它最多只能被看成一部开拓性的作品，为了更成熟的女权主义文学史能在它出版后的一两年内出现而铺垫的基石。

“她们自己的文学”

伊莱恩·肖沃尔特不同意莫尔斯将女性文学强调为一个国际运动，“脱离且不屈从于主流的一个潜行激流”（引自肖沃尔特，《她们自己的文学》，10），相反，她与杰梅茵·格里尔一样，强调了“女性文学声望的转瞬即逝”或在有生之年成名的女性作家们在其后世的记录中却消失得无影无踪的事实。肖沃尔特评论道：

> 因此，每一代女性作家都发现自己在某种意义上没有历史，被迫再次去重新发掘过去，一遍又一遍地建立关于她们性别的意识。考虑到这种持续的中断以及让女性作家们脱离集体身份认同感的自我厌恶，这看上去实在无从谈起一场“运动”。（11～12）

在《她们自己的文学》中，肖沃尔特着手“描绘自勃朗特姐妹那一代至今的英语小说中的女性文学传统，并展示这一传统的发展与其他任何文学类亚文化发展的相似性”（11）。她努力在“奥斯汀峰、勃朗特峭壁、艾略特山脉，以及伍尔夫山”（vii）这些“文学里程碑”之间填补着地形，从这一工作中，她发现了常见于所有文学亚文化历史发展的三个主要阶段：

> 第一，一个持续很久的模仿阶段，它仿效主流传统所盛行的模式并且内化它的艺术标准和它对于社会角色的观点。第二，反抗这些标准和价值观的阶段，它同时还提倡少数者的权利和价值观，包括要求自主权。最后，自我发现的阶段，不再依靠反抗对立面，而是转向内在，追寻自我身份认同。对于女性作家来说，称呼这些阶段的合适的术语是：女性气质（feminine）、女权主义

(feminist)以及女性(female)。 (13)

“女性气质”时期始于19世纪40年代男性化名的出现，直至1880年乔治·艾略特(George Eliot)的去世；“女权主义”阶段从1880年持续到1920年；而“女性”阶段始于1920年并持续至今且仍在继续，虽然它在20世纪60年代伴随着女性运动的到来有了个新的转折。

这即是肖沃尔特对自己所导览的19世纪40年代以来的英国女性文学风景游的基本看法了。她对于总的文学史，特别是女权主义批评的主要贡献在于，她极为关注对被遗忘或被忽视的女性作家的再发现。很大程度上，因为她的努力，如此多迄今为止仍未为人所知的女性作家开始获得她们应得的肯定；《她们自己的文学》是一部名副其实的关于当时鲜为人知的文学女性的信息金矿。这部划时代的书展现了她广博的学识以及对其主题令人赞赏的热情和尊重。它的缺陷在于其他一些方面：在其关于文学与现实之间、女权主义政治与文学评价之间的关系的未阐明的理论假设中，在探讨《她们自己的文学》中肖沃尔特关于弗吉尼亚·伍尔夫的研究章节时已经处理过的问题中。与莫尔斯、吉尔伯特以及古芭相反，由于肖沃尔特也撰写了不少女权主义批评理论的文章，因此我发现没有必要去进一步阐明她在《她们自己的文学》中的批评实践的理论内涵。相反，我们将在第四章关于“理论思考”部分再对她的理论观点进行更彻底的讨论。

“阁楼里的疯女人”

桑德拉·M.吉尔伯特(Sandra M. Gilbert)和苏珊·古芭(Susan Gubar)为女权主义读者提供了一部令人印象深刻的巨著，对19世纪的重要女性作家进行了一系列究根问底和切中要害的研究。两位作者对简·奥斯汀、玛丽·雪莱(Mary Shelley)、勃朗特姐妹(尤其是夏洛蒂)、乔治·艾略特、伊丽莎白·芭蕾特·布朗宁、克里斯蒂娜·罗塞蒂(Christina Rossetti)以及艾米莉·狄金森(Emily Dickinson)都做了极为细致彻底的研究。但是，《阁楼上的疯女人》不仅仅是提供一系列的解读。如果一方面它试图向我们提供一种关于19世纪“独特的女性文学传统”(xi)的本质的新认识，另一方面，它同时也渴望详细阐述一个关于女性文学的创造力的野心勃勃的新理论。其题为“走向女权主义诗学”的长度可观的首章正展现了作者们在“提供一些针对男性文学主张和威压的女性文学反应运作机制的理解模式”(xii)方面的努力。

吉尔伯特和古芭的探究显示，在19世纪(现在也同样)占统治地位的父权制意识形态将艺术创造力呈现为本质上的男性品质。作家是他的文本的“父亲”；以神圣造物主的形象，他成为创作者(Author)——他的作品的唯一起源以及意义。吉尔伯特和古芭接着提出了一个关键性问题：“如果这样一个傲慢的、男性气质的、伟大无限的(cosmic)作者是所有早期作者唯一合法正当的典范的话，那会是一种什么境况？”(7)。她们的回答是，因为这在父权制下确是事实，所以有创造性的女性只能苦于支应这一关于创造力的菲勒斯(阳具)中心论迷思的后果：

> 因为父权制及其文本都束缚女性并使之成为附属，在女性可以哪怕是尝试拿起那被男性严密看守的笔之前，她们首先必须逃离那些男性的文本。因为，这些文本将女性定义为“零(无价值之物)”，否定她们的自主权，不允许她们去构想另一种选择以替代那个禁锢她们并阻碍她们去尝试拿起笔的权威。(13)

因为创造性被定义为男性的，随之而来的就是，关于女性气质的主导文学形象也即是男性的幻想产物。女性被禁止拥有创造她们自己的女性形象的权利，相反，她们必须设法遵循强加于她们身上的父权制标准。吉尔伯特和古芭清楚地论证了，在19世纪，那“永恒的女性气质”是如何被假定为一种天使般的美丽甜蜜的幻象：从但丁的贝德丽采(Beatrice)、歌德的格莉琴(Gretchen)和玛卡莉(Makarie)到考文特瑞·帕特莫尔(Coventry Patmore)的“家庭天使”(Angel in the House)，理想的女性被视为被动的、温顺的且最重要的是，无私的造物。作者们尖锐地评论道：

> 无私不仅意味着高贵，还意味着死亡。一个没有任何故事的人生，如同

> 歌德的玛卡莉的人生，其实是一个死亡的人生，一个虽生犹死的人生。最终，这种关于“默默沉思的纯净之美”的理想唤来的既是天堂也是坟墓。 (25)

但是，在天使的背后，怪物默默潜伏：男性对女性的理想化的对立面即是男性对于女性气质的恐惧。女性中的怪物就是那些拒绝变得无私，以自己的意志自发行动，有故事可讲的女人们，简言之，就是一个拒绝了父权制预留给她的顺从的角色的女人。吉尔伯特和古芭提到了一系列这样的角色形象，比如莎士比亚的高纳里尔（Goneril）和丽甘（Regan）以及萨克雷（Thackeray）的贝基·夏普（Becky Sharp），还有文学传统中那一大批“可怕的女巫-神灵（sorceress-goddesses），比如斯芬克斯（Sphinx）、美杜沙（Medusa）、喀耳刻（Circe）、迦梨（Kali）、黛利拉（Delilah）和莎乐美（Salome），她们都拥有狡诈的技艺使她们能够勾引并盗取男性生殖性精力（generative energy）”（34）。在吉尔伯特和古芭看来，女性怪物的狡诈正是来源于她有东西可以讲述：她总是有选择什么都不说——或讲述一个不同的故事的可能性。狡诈的女性是男性无法参透其意识的女性，是不让自己的思想被男性化的思想如阴茎探插般穿透的女性。因此，莉莉斯（Lilith）和《白雪公主》里的皇后成为了男性想象中女魔头的典型范例。

接着，《阁楼上的疯女人》的作者们转而分析在父权制下的女性艺术家们的处境：“对于女性艺术家来说，她的自我定义的基本过程被那些试图介入她与自我之间的父权制定义干扰且变得复杂。”（17）这种困境的可怕后果是，女性作家不可避免地因作者身份而感到焦虑，饱受折磨，身心疲惫。如果作者被界定为男性，而她又发现自己已经被他定义为是他的造物，那么，她到底如何才能去冒险拿起那杆笔？吉尔伯特和古芭提出了这一问题却没有给出答案。但是，她们继续设想了她们视为女性气质文学批评的基础问题的内容：

> 既然她所听到的最重要的声音就是他的声音，那么，皇后是否会试着让自己听起来像国王一样，模仿他的语调、他的抑扬顿挫、他的措辞、他的观点？或者她是否会对他“顶嘴”，用她自己的词汇、自己的音色，坚持自己的观点？我们相信这些是女权主义文学批评不论是在理论上还是在实践上都必须回

答的基本问题,而且,它们因此也正是我们在此章中,以及在我们解读所有19世纪的文学女性时,应该一遍又一遍思考的问题。(46)

吉尔伯特和古芭对于她们自己提出的问题的回答非常复杂。她们追溯着"19世纪的女性们克服她们的'关于作者身份的焦虑',拒绝令她们身心俱疲的父权制训令,以及找回或记起那些能帮助她们找到自己特殊的女性力量的失落的女性祖先(foremothers)的艰辛的路程"(59),由此看出,她们显然相信,确实有一种叫"特殊的女性力量"的东西,但是,这种力量,或声音,不得不通过相当迂回绕行的路径,穿透或对抗主流父权制的阅读模式所产生的压迫力量来表达自己。而这就是《阁楼上的疯女人》的主旨:用艾米莉·狄金森的话来说就是,女性作家曾选择"说出所有真相,但要说得迂回婉转",或正如吉尔伯特和古芭在书中可能是至关重要的段落中所说:

从简·奥斯汀和玛丽·雪莱到艾米莉·勃朗特(Emily Brontë)和艾米莉·狄金森,女性创造了这些在某种意义上重写再现(palimpsestic)的文学作品。它们的表面设计隐藏或遮蔽了更深层的,更难以到达的(也是社会更难以接受的)意义的层面。因此,这些作者通过一边遵循一边颠覆父权制文学标准的方式完成了困难的任务,树立了真正的女性文学权威(female literary authority)。(73)

换言之,吉尔伯特和古芭认为,女性的声音是一种狡猾的,但也是真实的和真正的女性声音。在她们看来,女性的文本策略包括"攻击和修改、解构和重构那些继承自男性文学的女性形象,尤其是……关于天使和怪物的两极典范"(76)。而这正是与书同名的疯女人进入她们的讨论之处。疯狂的女人,比如《简·爱》(*Jane Eyre*)中的伯莎·梅森(Bertha Mason):

在某种意义上通常(是)作者的分身,一个她自身焦虑与愤怒的形象。实际上,大多数女性撰写的诗歌和小说会召唤出这一疯狂的造物以使得女性作者可以忍受她们自己独有的女性的破碎感，以及她们自己敏锐察觉到的存于她们究竟是什么和她们被认为应该是什么之间的矛盾。(78)

“疯狂的分身”或“作者身份的女性精神分裂”(78)是此书研究的所有19世纪小说中的共有因素，吉尔伯特和古芭声称，她在20世纪女性撰写的小说中也同样是关键角色(78)。那么，疯女人的形象就确确实实是之前所说的因女性创造力而产生的问题的答案了：

通过将她们的愤怒与不安(疾病 dis-ease[①])投射到可怕的角色上，为她们自己以及她们的女主角们创造黑暗分身，女性作家们既认同又改写了父权制文化强加于她们身上的自我定义。所有在其小说和诗歌中唤起女性怪物的19世纪和20世纪的文学女性们都通过与这个怪物的认同而改变了她本身的含义。因为，在某种意义上，她总是充满了自卑，所以这种女巫-怪物-疯女人才成为作家的自我如此重要的化身。(79)

吉尔伯特和古芭认为，疯女人的角色象征着一个深奥微妙的文学策略，给予了19世纪的女性小说以革命的锋芒：“戏仿、狡诈、异常精巧复杂，所有这些女性写作都既是修正的又是革命的，即使是有些作家通常被我们视为是天使般顺从的典范，她们创造出来的作品也是如此。”(80)天使与怪物，甜美的女主角与愤怒的疯女人，是作者自我形象的两面，也是她叛变的反父权制策略的要素。通过强调她们研究的小说中一些反复使用的意象：监禁与逃离、疾病与健康、破碎与完整，吉尔伯特和古芭扩展了这一系列的二元对立。她们那常常相当别出心裁且新颖的解读，加上她们关于女性创造力的复杂理论，已经启迪了许多女权主义批评家

① 译者注，“disease”本身既有“疾病”又有“不安”的意思，但现实使用中，多使用前者。但作者在此特别用“-”将词根和前缀拆开，强调了它以“ease”为基础的“不安”的含义，同时又体现了“不安”与“疾病”在此处的相关性。

去继续她们已开启的精妙的文本研究工作。[①]

吉尔伯特和古芭有很强的理论意识。她们自己的女权主义批评理论品牌精致复杂,十分诱人。尤其是与英美女权主义批评家之间理论辩论的普遍水平比起来,更是如此。但是,她们真正支持的是哪种理论?她们命题的政治内涵究竟是什么?她们的研究方法中第一个令人烦恼的方面就是,她们坚持作者和角色之间的身份认同。与她们之前的凯特·米利特相似,吉尔伯特和古芭一再声称角色(尤其是疯女人)是作者的分身,"一个她自己的焦虑和愤怒的形象",认为它是:

> 通过分身的暴力,女性作者将她自己想要逃离男性的殿堂和文本的愤怒欲望演绎出来。同时,也正是通过分身的暴力,这位焦虑的作者终于替她自己清晰地说出了那被压抑到无法再克制的愤怒,并体现出这种愤怒可以产生的代价昂贵的毁灭性。 (85)

她们的批评方法假定了有一个真正的女人躲在父权制文本表层背后,而女权主义批评家的任务就是发现她的真相。在一篇深刻的关于《阁楼上的疯女人》的书评中,玛丽·雅各布斯(Mary Jacobus)公正地批评这两位作者"与自传的'男尊谬误'的未阐明的共谋,因此,男性评论家相信,女性写作在某种程度上比男性写作更接近于她们的经历,女性的文本就是作者,或者至少是她的无意识的戏剧化延伸。"(520)。

虽然两位批评家避免了过度简单化的结论,她们有时仍落入危险的化约论的境地:显在文本不过是一个"表面设计",它"隐藏或遮盖了更深层的、更难以到达

---

① 在斯堪的纳维亚,瑞典批评家波吉塔·赫尔默(Birgitta Holm)曾在其颇富影响力的针对瑞典现实主义小说的缔造者——弗雷德里卡·布雷默尔(Fredrika Bremer)的研究中,以很具创意的方式使用了《阁楼上的疯女人》的核心观点。挪威的第一部现实主义小说,《区行政官的女儿们》(*Amtmandens døttre*)同样也是由一位女性——卡米拉·科莱特(Camilla Collett)撰写的。赫尔默试图找出女性作家在斯堪的纳维亚现实主义中占据先锋位置的原因。之后,女性也成了斯堪的纳维亚主要的自然主义小说家:挪威的阿玛莉·斯克拉姆(Amalie Skram)[《康斯坦斯·林》(*Constance Ring*)《露西》(*Lucie*)]和瑞典的维多利亚·本尼迪克森(Victoria Benedictsson)(《金钱(*Pengar*)》)在19世纪80年代和90年代间都撰写了扣人心弦的女权主义小说,描写两性间的斗争。

的……意义层面”(73)，在显在文本之下才是文本的真正面貌。

这让人联想起各种简化版的精神分析批评或马克思主义批评，然而文本唯一的真相已不再是作者的俄狄浦斯情结或与阶级斗争的关系，而是她持续的、永不改变的女权主义的愤怒。这样的立场，如果去除精致的幌子，大概就是英美女权主义批评最为频繁出现的主题了，它把女性撰写的所有文本转化为女权主义文本，因为她们总是毫无例外地以某种方式在某个地方被用来体现作者反抗父权制压迫的“女权主义愤怒”。正是因为她们坚持将愤怒定义成女权主义意识唯一的积极信号，因此，吉尔伯特和古芭对于简·奥斯汀的解读缺少了她们解读夏洛蒂·勃朗特的力度。奥斯汀温和的反讽无法被她们理解，而夏洛蒂·勃朗特文本中那明确的愤怒和情绪化，则为她们提供了极好的论据来进行阐释。

撇开方法上简单化的方面，坚持把女作者当做为文本提供了唯一的真实意义(总的来说，这意义就是作者的愤怒)的例证，实际上反而削弱了吉尔伯特和古芭反父权制的立场。她们曾引用爱德华·萨义德《开始》(*Beginnings*)中“关于‘权威’一词的细微沉思(miniature meditation)”(4)来描述何谓“所有文学文本的创作者与权威”(5)。她们引用萨义德的声明：“文本的统一性或完整是依靠一系列家族谱系式的关联来维持的：作者-文本、开始-中间-结尾、文本-意义、读者-诠释，等等。在所有这些之下的是关于世袭的、父系的、等级制的意象”(5)。[①] 但是，如果接受了萨义德的认为作者和文本之间的关系是等级式的和专制的传统观点，而接下来只是写了一本700多页的书且从未在书中质疑过女性作家的权威，这似乎至少可以说是前后矛盾了。因为，如果我们要真正拒绝作者即为文本的圣父的模式，那么只拒绝父亲隐喻中暗含的父权制意识形态显然是不够的。同样必须拒绝的还有它所导致的批评实践，即那种依赖于作者就是他的文本的先验的所指而进行的批评实践。对父权的批评家来说，作者是文本的根源、起始和意义。如果我们要消解这种父权制的权威实践，我们必须更进一步且与罗兰·巴特(Roland Barthes)一起宣告作者已死。在此语境中，我们很有必要引用巴特对于作者角色的评论：

---

① 吉尔伯特和古芭在此使用了斜体强调，她们这里引用了萨义德，第162页。

> 一旦把“作者”移除，破译文本的声称就变得徒劳。给文本一个作者就是给文本强加一个限制，给它提供一个最终所指，将写作闭合。这样一个构想很适合文学批评，于是后者给自己分派了一个重要任务：发现作品之下的作者［或它的位格(hypostases)：社会、历史、心灵、自由］：当作者被找到，文本得以“解释”——胜利属于批评家。
>
> （《作者已死》，147）

巴特对作者(权威)中心论的批评家的批判与《阁楼上的疯女人》之间的关系应该很明显了。但是，我们又有什么其他的选择呢？巴特认为我们应该接受写作的多元性，即“一切都将被理顺，但没有什么会被破译”(《作者已死》，147)：

> 我们只能梭巡于写作的空间而不是穿透它；写作不断地假定着也不断地挥发着意义，系统地将意义掏空。正是通过这种方式，文学(从现在开始，可能称之为写作更好)借着拒绝分派一个“秘密”，一个终极意义给文本(以及文本的世界)，解放了一个可能被称为反神学的活动。这种活动是真正革命的，因为拒绝固定意义最终就是拒绝上帝和他的位格——理性、科学、法律。
>
> （《作者已死》，147）

吉尔伯特和古芭坚信，真正的女性作者的声音就是女性所撰写的所有文本的本质，这却掩盖了她们父权制意识形态理论中提出的一些问题。对她们来说，就像凯特·米利特一样，意识形态成了一个单一庞大且没有矛盾的统一完整体；可能得有一个奇迹般完整的“女性本质”(femaleness)才有力量对抗它。如果父权制形成了它自己的无孔不入的意识形态结构，那么我们很难看出19世纪的女性如何能够做到发展或维持一个不被这种统治性的父权制结构污染的女权主义意识。正如玛丽·雅各布斯曾指出，吉尔伯特和古芭强调，女性作家的欺骗性策略使得她“能够以自由为代价进行回避，这种自由是20世纪的女诗人们曾热切追寻的：即被解读为由父权制产生的阴谋中口齿尤为清晰的受害者的自由”。(《〈阁楼上的疯女人〉书评》，522)

换言之:鉴于自出生之日起就包围她们的持续不断的父权制灌输,女性究竟是如何做到写作的?吉尔伯特和古芭回避了这个问题,在第一章结语中乏味地总结道:“尽管有以天使-怪物这样成对形象出现的障碍,尽管有一直折磨着女性的不孕的恐惧和作者身份带来的焦虑,女作家们仍然创造了一代代大量的文本。”(44)确实,但为什么?只有以更加细致复杂的方式探讨父权制意识形态中的矛盾性和碎片化本质才能帮助吉尔伯特和古芭回答这一问题。在这一语境中,科拉·卡普兰(Cora Kaplan)对于凯特·米利特的批评仍然有意义。[①]

女权主义者们必须能够解释父权制意识形态的悖论生产性的面向(可以说是意识形态产生适得其反的效果的时刻)和它明显的压迫性内涵,如果她们准备回答有些女性究竟是如何在形势不利、机会渺茫的情况下成功反击父权制的策略的微妙问题。例如,在19世纪,我们可以说,正是资产阶级父权制对于作为“给予合法性的意识形态”的自由主义人道主义的偏好,为崛起中的资产阶级女权主义运动增添了弹药和论据。如果一个人坚持个体的权利是神圣不可侵犯的,那么论称女性的权利并非如此神圣就越来越难以自圆其说了。正如玛丽·沃斯通克拉夫特的关于妇女权利的文章得以问世是得益于具有解放性但也是资产阶级-父权制的自由、平等和博爱的理念,约翰·斯图亚特·穆勒的关于女性的屈从的论文也是父权制自由主义人道主义的产物。吉尔伯特和古芭忽视了这些,只顺便提了穆勒两次,每次都是作为玛丽·沃斯通克拉夫特的类比。她们将隐蔽的、未表达出来的愤怒视为19世纪的“女性特质”的本质的理论不足以应付一个公开处理女性受压迫问题的“男性”文本。

这种僵局因吉尔伯特和古芭在其著作中坚持不懈地使用“女性”(female)这一修饰词而加剧恶化。在绝大多数女权主义者中,很早就形成一个惯例,即使用“女性气质”(feminine)以及“男性气质”(masculine)来表征社会建构(被文化和社会规范强加的性别和行为模式),而保留“女性female”和“男性male”指代纯粹生物层面的性别差异。因此,在这一用法中,“女性气质”表现的是后天培育(nurture),“女性”则是先天本性(nature)。“女性气质”是一个文化建构:正如西

①　见第一章,英文原文第28～29页。

蒙娜·德·波伏娃所说,一个人不是生为女人,而是成为女人。从这个角度来看,父权制的压迫包括了将特定的关于女性气质的社会标准强加于所有生理上的女人们,而这正是为了让我们相信被选中的“女性气质”的标准是天生的(自然的)。因此,一个拒绝遵循的女人会被贴上不像女人和逆性非自然的标签。保持这两个词(女性气质 femininity 和女性 femaleness)处于彻底混淆状态正符合父权制的利益需求。相反,女权主义者们必须厘清这种混淆,并因此必须一直坚信虽然女人(women)无疑是女性(female),但这无从保证她们都会有女性气质。人们不论是用旧的父权制方式还是新的女权主义方式来定义女性气质,这一点都不会改变。

吉尔伯特和古芭拒绝在词汇层面区分先天和后天,这使得她们的整个论证变得模糊。她们研究的“女性的创造力”(female creativity)究竟是什么?它是所有女性天生的、本质的、固有的能力?还是说,它遵循了社会关于女性行为的特定标准,因此是“有女性气质的”创造力,或者,它是精神分析学意义上女性化主体位置特有的创造力?吉尔伯特和古芭似乎持有前一种假设,虽然是以稍加历史化的形式:在一个已存的父权制社会里,所有女人(因为她们都是生理上的女性)都将采用特定的策略来对抗父权制的压迫。这些策略会是“女性的”,因为对于所有屈从于这种环境的女人来说,它们是一样的。这样的论点很大程度上依赖于一个假设,即父权制意识形态是同质性的,且它的影响无处不在。它也并没有留有一定的空间,让我们有可能理解女性要成就任何符合“完全的女性气质”的事会有多么困难,或去理解女性为了占据男性化的主体位置采取的方式——也就是说,变成父权制现状的坚定维护者。

在理论序言的最后一章(“洞穴的寓言”)中,吉尔伯特和古芭讨论了玛丽·雪莱对《最后的人》(1826)作的“作者自序”。在此序中,作者告诉我们她是如何在参观女先知西比尔(Sibyl)的洞穴时,找到了她散落的预言。[①] 玛丽·雪莱由此决定终其一生来破译这些残片上的信息,并以一种更加连贯完整的形式来传递它们。吉尔伯特和古芭用这则故事作为她们的寓言,隐喻她们对父权制之下的女性作家

---

① 关于玛丽·雪莱对于女性气质的态度的另一种解释,见雅各布斯的《这一文本中有女性吗?》(*Is there a woman in this text?*)。

处境的理解：

> 这最后的寓言是一个女艺术家的故事。她走进了自己思想的洞穴，并在那儿找到了那些散落的残章，其中蕴涵的不仅是她自己的力量，还有可能生成那力量的传统。她的前辈以及她自己的艺术之躯就那样一片片地散落在她周围，被肢解的，被忘却的，破碎的。她如何才能回忆起它并成为它的一员，加入并返回于它，整合它并在此过程中成就她自己的完整，她自己的自我？ (98)

这则寓言同时也是对吉尔伯特和古芭的女权主义美学的描述。这里强调的是完整性，是聚集西比尔的散页（但没人询问传说中的西比尔为什么会在一开始选择散落她的智慧）：女性的写作只有作为一个有结构的、客体化的完整体时，它才能成为一种存在。与女性文本的完整性平行的是女性自我的完整性；完整的人本主义式的个体才是所有创造力的实质。在吉尔伯特和古芭看来，一个支离破碎的自我概念或意识等同于一个病态的或不安的自我。一个好的文本必须是一个有机的整体，尽管《阁楼上的疯女人》的作者们为她们研究的作品带来了细致复杂的文学评论材料。

但是，将完整性和统一性强调为女性写作的理想，这恰好可被指责为是一种父权制的，或者——更准确地来说——一种阳具/男性崇拜的建构物。露西·伊里加蕾和雅克·德里达认为，父权制思想仿照作为西方文化先验能指的核心假设菲勒斯（阳具）和逻各斯来制定“积极正向（positive）”价值观的标准。[①] 这一点的含义常常简单化到令人震惊：任何可以与所谓的菲勒斯（阳具）的“正向”价值相类比的事物，就会被认为是真、善、美的；任何不以菲勒斯（阳具）模式为范本的，都被定义为混乱的、碎片的、负面的或不存在的。菲勒斯（阳具）常被设想成一个完整的、统一的且简单的模式，与女性生殖器官令人恐惧的混乱相对。现在，我们可以

① 关于法国女权主义理论的进一步综述，见本书第二篇，关于德里达理论方面的介绍见英文原文第103～106页。

论证,吉尔伯特和古芭对于单一的整体的笃信直接让这种菲勒斯(阳具)审美标准得利。参照前文所分析的女权主义者对于弗吉尼亚·伍尔夫的反应,我们可以以同样的方式来理解女权主义在现实主义与现代主义之间对于前者的偏爱。从这种程度来说,一些英美女权主义,包括吉尔伯特和古芭在内,仍然在新批评那套传统的父权制审美价值之下劳作。

吉尔伯特和古芭在最后希望她们的书能有助于重建一个失落的"女性"统一体。这正佐证了这一假设:

> 从某种意义上,这本书对于我们,是一个关于克里斯蒂娜·罗塞蒂的"母亲国"(mother country)的崛起之梦。同时,它也带着这样的意义,它尝试重构西比尔的残卷,正是这些残叶时常萦绕于我们心头,让我们想知道,如果我们一片片拼好这些碎片,那它们是否会组成一个整体,告诉我们一个关于一位女性艺术家事业的故事,一个格特鲁德·斯泰因(Gertrude Stein)口中的"我们所有人的母亲",一个被父权制诗学肢解而我们试着去记起/拼合的女人。 (101)

从简·奥斯汀和玛丽娅·埃奇沃思(Maria Edgworth)到乔治·艾略特(George Eliot)和艾米莉·狄金森,这一段落沿着一个女艺术家的故事这一粗略大纲继续前进。最终,在这里,它对于完整性的关注以及对被视为所研究的文本的意义的女作家的关注,都将它推向了一个逻辑结论:书写一个至高(mighty)"Ur-woman(原初-女人)[①]"故事的欲望。

一方面,这是一个令人赞赏的计划,因为女权主义者们显然希望让女人发声说话;但从另一方面来看,它带有某些可疑的政治和审美意涵。首先,如果它想要尝试代表其他女性言说,那它就不是一个完全没有疑问的计划,因为这正是父权制腹语术一直在做的:男性一直在不断代表女人或以女人的名义言说。女性现在应该接管在与其他女性的关系中的男性化位置,这样做是否正确?换言之,我们

① 译者注,此处为作者造词,其前缀"Ur-"来自德语"ur-"意为"原始的、起源的、原型的"。

可以认为，吉尔伯特和古芭专擅了她们赋予所有女作家的著者权威。说起“讲一个故事”，这本身就可以被构建成一个专制的姿态。正如我们已经见到的，吉尔伯特和古芭赞许地引用爱德华·萨义德的理论：在“开始-中间-结尾”之下是“关于世袭、父系和等级制度的意象”(5)。但是，自亚里士多德(Aristotle)开始就一直存在至今，一个故事恰恰就是遵循开始、中间和结尾的模式。也许，到头来，想从头开始讲述一个完整、整体且统一的“伟大母亲-作者”(Great Mother-Writer)的故事并不是一个女权主义的好点子？玛丽·雅各布斯曾评论道：

> 在我看来，这本非常充满活力又不失诙谐、狡猾并且信息量丰富的著作，最终正是因其对情节的执著而受限；尽管它不是通常意义上那种邪恶皇后式的女性艺术，但它以自己的方式濒临过于化约的悬崖。她们发掘了文本隐藏的情节，但又将其变成了一种束缚形式，固化了文本中意义的发挥。在那儿，她们一遍遍发现的不仅是“情节”还有“作者”，那个出现在她们标题中的，阁楼上的疯女人……就像白雪公主的故事，这是一个注定被一再重复的情节；她们的书(内容充足的部分原因大概就是它只会一再地重复)无休止地一再重演那修正式的挣扎，用同一把钥匙一遍遍解锁女性文本的秘密。
>
> (《〈阁楼上的疯女人〉书评》，518～519)

最终，雅各布斯认为，这是一种对于“女性受父权压迫的原初与缘起的‘故事’的永恒回归”，它的出现正是以批评者忽略了自身立场的政治性内涵为代价的：“如果，文化、写作和语言与生俱来地具有压迫性，像有的论证所说，那么，阐释本身也是如此；于是，这里留给女权主义批评家的问题是，它们是如何让女作家感到特别的受压迫？”(《书评》，520)雅各布斯总结道，“可能，女权主义批评与它试图改造的父权制批评之间那成问题的联系，才是那字里行间的故事”(《书评》，522)。此时此刻，在我们从好几个方面都一而再地被导入同样的父权和专制的死局后，我们绝对应该扪心自问，是否到了该去修正女权主义审美的时候了。换言之，我们是时候直面这样一个事实了：英美女权主义批评的主要问题在于，它所体现的女权主义政治与父权制美学之间有着激烈的矛盾冲突。

第四章　理论思考

一直以来，英美女权主义批评家们大多对文学理论态度冷漠，甚或充满敌意。她们通常视之为一种不可救药地抽象的“男性”活动。这一态度现在已经开始改变，而20世纪80年代似乎可以作为女权主义批评领域在理论探索上突破的标志。这一时期，在文学和文学批评的目的与功能方面，女权主义的思考将向更深的层面演进。在本章中，我将研究这一进程中的几位先驱者们。为了这一目的，我选择聚焦于三位我眼中在英美女权主义批评家中相当有代表性的人物及其理论研究：安妮特·科洛德尼（Annette Kolodny）、伊莱恩·肖沃尔特以及迈拉·杰伦（Myra Jehlen）。

安妮特·科洛德尼

在女权主义批评家中，率先突破理论沉寂的文本之一是安妮特·科洛德尼的《关于界定一种“女权主义文学批评”的几点意见》（*Some Notes on Defining a “Feminist Literary Criticism”*, 1975）。它首先发表于1975年的期刊《批判探索》（*Critical Inquiry*）之上。此文开篇即展现了科洛德尼研究方法的新颖之处：“到目前为止，还没人构想出对于‘女权主义批评’这一术语的严格要求的定义”（75）。在简要概述了各类女权主义批评之后，科罗德尼提出了她的主题：将女性写作作为一个独立范畴进行研究。在展现这种批评其实是基于“女性写作有其独到之处这一假设”（76）的同时，她担心，这种方法可能会导致过于草率的关于女性天性的结论，或无尽的关于“先天对后天的相对优势”（76）的辩论。她同时也关心被她视为"(女权主义批评)由来已久的使命,即发掘什么,如果有的话,让女性写作与男性写作不同"(78);既然社会性别(gender)是一种关系实体(relational entity),那么,想要不依靠对照就确定文体或内容的差异,这显然是不可能的。"如果我们坚持去发掘某些我们能够清楚标签为'女性气质的模式',那么,我们同样也有道义去勾画它的对立面,'男性气质的模式'"(78)。因此,科洛德尼支持一种女权主义的比较论(comparativism),这和迈拉·杰伦在六年后所做的差不多。

尽管存在这些警世的告诫,科洛德尼仍然相信我们是能够归纳出关于文学中女性气质文体的一些结论的,只要我们:

> 开始将每位作者及其每一部独立作品当做独特的和个别的来对待。接着,慢慢地,也许随着时间的推移和大量的阅读,我们也许会发现哪类东西一再出现,或者,更重要的是,是否有什么东西一再出现。(79)

但是,这种方法是有其矛盾性的。因为,尽管科洛德尼希望我们抛弃所有关于女性写作先入之见["我们必须……以问题开始研究,而不是以假设(公认的或非公认的)开始"(79)],我们仍很难看出如何才能避免这些或多或少无意识的预设影响我们阅读每一位"独特且个别的"作者,以及我们选择剥离和比较的特征。科洛德尼自己在女性小说中找到了不少典型的文体模式,其中,最重要的两个是"反射知觉(reflexive perception)"和"倒置"。反射知觉在一个角色"在其非计划的活动中或她无法完全理解的局面下,发现自我或找到部分的自我"时出现(79),而倒置则出现于"刻板印象的、传统的女性文学形象……在女性小说中被翻转之时,或为了喜剧效果……旨在揭示这些形象隐藏起来的真相,(或)……暗示其对立面"(80)。因此,倒置听起来很像吉尔伯特和古芭关于女性小说表面之下的颠覆策略的理论的早期版本。

科洛德尼单独挑出"对于被错误的形象固化或被不实的角色所困的恐惧",认为这是"当今女性小说中最无法抵御的恐惧"(83),同时,她立刻承认这种恐惧并不是女性独有的,但她坚持批评家的工作就是要找寻女性在使用这种意象时背后的经验的差别。在科洛尼德看来,女权主义批评家总是在追寻小说背后的现实,并因此"在断言女性作家及其女性角色提供给我们的对现实有时很荒诞或明显反常的认识是某种失真之前，必须谨慎地讨论"(84)。她对于文本"背后"的经验的关注，在下面的段落中表现得尤为有力。这一段探讨的是男性和女性在使用同样的意象时可能存在的区别：

> 男性在工作上的受困感和女性在家庭中的受困感，在精神病学上可能最终都归于相同的类目。但是，文学语言，如果它是诚实的，则会像搭建积木般，一分钟一分钟地向我们揭示被困于那些截然不同的环境时的体验。

总的来说，科洛德尼对于女权主义批评的程式仍固守于新批评的土壤之上：

> 因此，依我所见，才智激昂的女权主义批评家的首要任务，应该是自学缜密分析文体和意象的方法，然后，在不带先入之见和预设结论的情况下，将这些方法论运用到具体作品的分析中。唯有如此，我们才有可能训练我们的学生以及同事去恰当地解读女性作家们，对她们各自的创作意图和特殊成就(不管主题为何，这些目标，我相信，必定构成了合法正规的文学批评)抱以更多的欣赏。(87)

先不说科洛德尼在这里使用了"激昂"(vigorous)以及"缜密"(rigorous)这样听上去比较男性化的形容词来描述"正确"的女权主义批评类型，光是她坚持认为不带先入之见的分析(好像真能够实现一样)才是恰当解读女性作家的基础，就已暴露出她的方法中的传统主义成分。叛逆的女权主义者可能并不希望那么"恰当地"学习文学(如凯特·米利特所做的那样)，她们可能会想要"违背常理地"阅读并质疑"合法正规的文学批评"已确立的结构(女权主义者为何要拒斥非法性?)。在科洛德尼、肖沃尔特以及杰伦这样的批评家所开拓的空间中，她们这样的叛逆者可能很难找到立足之处。科洛德尼甚至建议，女权主义批评"有义务将政治的意识形态从审美评判中剥离出来"(89)，因为，在她看来，政治责任可能会让我们成为“不诚实的”批评家。[①] 在文章的结尾处，她声称女权主义批评的目的必须是“通过给予女性作家作品更公平、无性别偏见且更审慎的评价，使她们重获进入我们学术课程主流的权利”(91)。虽然，几乎没什么人会激烈反对这一点，但是，对于学术界的女权主义斗争来说，这个理论框架太过于谦卑了。值得探究的是，这样的改良主义是否正是基于一个对新批评教义多方面无质疑接受的女权主义分析的不可避免的结果。

五年之后，在《女权主义研究》(*Feminist Studies*)中一篇题为《舞过雷区：对女权主义文学批评理论、实践和政治的几点看法》(Dancing through the minefield: some observations on the theory, practice and politics of a feminist literary criticism)的文章里，科洛德尼重提了一些她在1975年提出的问题，并抱怨说，经过了十年积极开拓并发展出一个全新的知识探索领域之后，女权主义批评“在这个不断前行，被我们通称为‘批评分析’的知识探索之旅上”，竟然仍然没能被授予“一个荣誉席位。不但没有被欢迎上车……我们还被迫要去处理一个雷区”(6)。据科洛德尼所说，如果我们能把我们自己的方法论和理论假设弄得清楚明白，那么，学术机构对于女权主义批评充满敌意的反应将可能被“转化成一种真正的对话”(8)；而这正是她打算开始着手去做的。科洛德尼认为女权主义批评本质上就是对文学进行“怀疑”的方法，所以，女权主义批评家的主要任务在她看来就是检验我们的审美判断标准的正确性(validity)：“女权主义者质疑，那些判断最终服务于什么；以及它们(即使是不经意地)在帮助延续什么样的世界观或意识形态立场?”(15)这绝对是她最有价值的见解之一。

但是，当她由此延伸，将多元主义作为女权主义的适当立场进行大规模的推荐时，问题就出现了。她认为，女权主义批评缺少系统连贯性，而这一事实(“关于我们的多样性的事实”)，将会“将我们安全地置于我们自始至终应该在的地方：驻守于雷区的远侧，与其他多元论者和各种多元主义者为伴”(17)。女权主义者们无法且也绝不应该提供那“成体系的内部连贯性”。科洛德尼认为，这种连贯性是精神分析以及马克思主义拥有的特性。在她的话语中，这两种理论结构如同沉重

① 关于政治与审美间的关系的进一步探讨，参见关于杰伦的章节，英文原文第79～86页。

的巨石，高耸于多元化、反专制的女权主义领域之上。但是，不仅马克思主义和精神分析学能提供如此统一的理论领域这一点并不真实；女权主义批评是否有那么多元化这一点，同样也值得质疑。[①] 科洛德尼承认女权主义政治是女权主义批评的基础；因此，虽然我们可能就恰当的女权主义政治和理论的构成成分而争论，但是这样的辩论不过是发生在一个女权主义政治的框架内，就像当代马克思主义内部的辩论一样。缺少了共同的政治基础，也就没有了可识别的女权主义批评。在这一语境下，科洛德尼的"多元主义"方法就冒着将婴儿连同洗澡水一起泼掉的风险：

> 然而，采用一个"多元论"的标签并不意味着我们不再持有异议；它只是意味着，我们在考虑一种可能性，即不同的解读，甚至是针对同一文本的不同解读，在不同的探究语境里可能有不同的用途，甚至富于启发性。 (18)

但是如果我们将多元主义作为众多"有用的"方法之一放大到足以承认女权主义立场的程度，那我们也暗中给予了最"男权的"文学批评以存在的权利：它也许会在与我们截然不同的语境中很"有用"。

科洛德尼在介入理论辩论时，很少关注政治在文学批评理论中的作用。当她正确地指出，"如果女权主义批评对任何事物都质疑，那就成了知识中立那套翻旧了的神话(myth)"(21)时，她似乎仍然未认识到，即使是批评理论也是带有其自身的政治内涵的。女权主义批评不能只是

> 发起一个玩闹似的多元论，对多元批评流派和方法的可能性做出反应，但不受制于其中任何一种，认识到我们分析所需的许多工具必定主要源自传承，只有少部分是我们自行制造。 (19)

---

① 卢卡奇、布莱希特(Brecht)、斯大林、托洛茨基(Trotsky)、本杰明(Benjamin)、葛兰西(Gramsci)和阿尔杜塞(Althusser)全都被视为马克思主义者，而在精神分析学阵营，则由不同派别的名字组成，包括了弗洛伊德、阿德勒(Adler)、荣格(Jung)、赖希(Reich)、霍妮(Horney)、费洛姆(Fromm)、克莱恩(Klein)以及拉康(Lacan)。

女权主义者当然也必须对提供给她们的各式方法和工具进行政治和理论的评估，以保证它们不会让我们适得其反。

伊莱恩·肖沃尔特

伊莱恩·肖沃尔特无疑是公认的美国最重要的女权主义批评家之一。因此，我们对她在理论方面的洞见也颇感兴趣。在此，我希望研究她两篇探讨女权主义文学理论的文章，《走向女权主义诗学》(Towards a Feminist Poetics，1979)和《荒野中的女权主义批评》(Feminist Criticism in the Wilderness，1981)。[①]

在第一篇文章中，肖沃尔特区分了两种形式的女权主义批评。第一种关注的是作为读者的女性，这一类被肖沃尔特标记为“女权主义批评(feminist critique)”。第二种则关注作为作者的女性，肖沃尔特称此类为“女性批评(gynocritics)”。“女权主义批评”研究男性作家的作品，肖沃尔特告诉我们，这种文学批评是一种“以历史为基础的调查，它探索文学现象的意识形态假设”(25)。但是，这种“质疑”文学文本的方法，似乎在肖沃尔特的第二种类型中大规模缺席，因为在“女性批评学”首要的关注点中，我们能找到“女性文学的历史、主题、文类和结构”以及“女性创造力的精神动力学”和“对特定作者或作品的研究”(25)。这里没有迹象表明，关注女性作家的女权主义批评家应该对女性撰写的作品使用除了同情与身份追寻以外的方法。“怀疑的诠释学”(The hermeneutics of suspicion)假设文本不是或不仅是它假装成的那样，并因此追寻文本中潜在的矛盾和冲突以及缺失和沉默。但这种方法似乎是预留给男性所写的文本。换言之，女权主义批评家必须意识到女性生产的文本将占据一个与“男性”文本大相径庭的地位。

肖沃尔特写道：

---

① 关于肖沃尔特作品的进一步讨论，参见探讨伍尔夫的导论部分，英文原文第1—18页，以及第三章，英文原文第54～56页。

> 女权主义批评的一个问题是它是以男性为主导的。如果我们研究女性刻板印象、男性批评家的性别歧视以及文学史中女性所扮演的有限的角色，我们不是在获知女性曾经的感受和经验，而只是男性曾设想的女性应该有的模样。(27)

此处的言外之意不仅是女权主义批评家应该转向"女性批评"，真正以习得"女性的感受和经验"为目标从事女性作品的研究，而且它还暗示这种经验是可以在女性撰写的文本中直接获得的。换言之，文本消失了，或变成了透明的媒介，透过它"经验"可以被捕获。正如我们曾见，这种将文本视为对真正的人类"经验"的传导的观点是一种传统的对西方父权制人道主义的强调。在肖沃尔特这里，这种人道主义的立场也染上了相当一部分经验主义的色彩。她抗拒理论，视其为一种男性的发明，很明显只能被用于男性的文本(27～28)。"女性批评"将自己从迎合男性的价值中解放出来并追求"聚焦……于一个新近可见的女性文化的世界"(28)。这种对"被消声"的女性文化的追寻，最好的方式就是运用人类学的理论对女性作者及其作品进行研究："女性批评与历史学、人类学、心理学以及社会学中女权主义研究相关联。所有这些，发展出了关于女性亚文化的假说。"(28)换言之，女权主义批评家应该专注于"女性"文本的历史学、人类学、心理学以及社会学层面；简言之，它看似要关注一切事物，除了作为意指过程的文本以外。肖沃尔特似乎只承认经验主义和文学以外(extra-literary)的那些影响才是构成文本的因素。这一态度，配合上她对"男性"理论的恐惧和对"人类"经验的普遍诉求，对她起到了不幸的影响，危险地将其引导靠近男性文学批评的等级制度，而其背后的父权制价值观正是她所反对的。

在《荒野中的女权主义批评》中，肖沃尔特想要重复的是相同的主题。这篇文章新添的内容是她对于自己认为的当时女权主义批评的四大方向做了个长篇论述。这四个方向是：生物学、语言学、精神分析学以及文化批评。虽然她对于这些领域的独特划分可能仍待质疑，但总体来说，它显示了肖沃尔特已经意识到理论的必要性。她仍使用"女权主义批评"(在此她也称之为"女权主义阅读")以及"女性批评"这种区分。我们被告知，女权主义批评或阅读"本质上是一种阐释的模式”。肖沃尔特接着说:“虽然作为一种批评实践,女权主义阅读已经相当有影响力了,但它很难在一个本质就是如此广泛且兼收并蓄的行动(即,阐释)中做到理论的前后一致。”(182)。通过这样的方式,她试图回避那些棘手的“男性”问题,例如:什么是阐释?“去解读”又意味着什么?什么是文本?肖沃尔特再一次彻底拒绝涉入“男性的批评理论”,因为它“让我们依赖于它,并阻碍我们解决我们自己的理论问题的发展”(183)。她在“男性批评理论”和“我们自己的理论难题”之间作了二元对立。对此她并没有详细的论证或说明,而是留给我们自己去发现,她虽公开指责如拉康、马舍雷以及恩格斯这样的“白人父亲(white fathers)”(183~184),却以赞颂艾德温·阿登纳(Edwin Ardener)以及克利福德·格尔茨(Clifford Geertz)的文化理论为结尾,认为它们尤其适合“女性批评”的活动。对这明显的前后不一致,尽管她只给出了一个象征性的借口[“我并无意……推崇阿登纳和格尔茨为新的白人父亲以替代弗洛伊德、拉康以及布鲁姆”(205)],但她仍设法做到了借此姿态迷惑一路追随她到此的读者们。有抱负的“女性批评家”(gynocritic)到底该不该使用“男性”理论?基于一个“理论”与“知识”的可疑对比之上,肖沃尔特对这一问题的最终回答显然是回避的:“无论多么具有提示性,没有理论可以替代女性文本中那些详尽而广泛的知识。正是它们构成了我们的核心议题。”(205)但是,有什么“知识”是从未受到过理论假设影响的呢?

由此,我们回到了我们的开始之处:既然太多的理论研究将妨碍我们获得“关于女性文本切实而广泛的知识”,对此,肖沃尔特在自己的《她们自己的文学》中已经有过非常丰富的展现,那么女权主义批评缺乏适合的理论这一点就成了一种道德上的必须。既然任何对于这一研究领域的实质性探究最终都将暴露出女权主义批评的这种经验主义和人道主义变体与它绝对抵制的男性学术等级制之间在根本上的合谋,那么,肖沃尔特对于文本及其问题的忧惧就是很合理的了。

我将尝试简要展现这种合谋是如何作用的。人道主义者相信文学是一种优秀的教育工具:通过阅读“伟大的作品”,学生将成为一个更好的人。伟大的作者之所以伟大是因为他(甚至偶尔是她)做到了传达生活的真实景象;而读者或批评家的角色则是恭敬地倾听作者通过文本表达的声音。“伟大的文学”经典确保了正是这些"有代表性的经验"(由男性中产阶级批评家们所选择的一种经验)被传递给后代们,而不是那些在许多女性、少数族裔以及工人阶级的写作中显现的离经叛道的、非代表性的各种经验。英美女权主义批评早已对这种中产阶级男性价值观自给自足式的经典化行为开战。但她们很少挑战这种关于经典的特有观念。事实上,肖沃尔特的目标是创造一个独立的女性写作的经典,而不是废弃所有经典。但是,从本质上来讲,一个新的经典并不会比一个旧经典更少压迫性。女权主义批评家的角色仍然是静坐倾听她的女主人那表达了真实女性经验的声音。女权主义读者并不被允许起身并挑战这一女性声音;女性的文本如旧的男性文本一样专制地统治一切。就好似在补偿她的顺从,女权主义批评家被允许对"男性的"文学开展充满怀疑态度的批评,假如她可以一直很好地让这种批评立场远离女性作家的作品。但是,如果文本被视为意指的过程,写作和阅读都被理解为文本的生产,那么即便是女性所写的文本也很可能会遭受女权主义批评家们不恭的仔细检视。如果这会发生,很明显,肖沃尔特的"女性批评家"将面临一个痛苦的两难境地,夹在带有"男性"理论的"新"女权主义者们和带着父权政治的男性人道主义经验论者们之间。

这种模式的女权主义批评的局限性,在它面对一个拒绝服从人道主义对于"人的"经验进行真实写实表现的期待的女性作品时就变得尤为突出。英美女权主义批评大多数都齐齐关注创作于 1750 年至 1930 年间的小说——这一时期正好是现实主义的伟大时期——且明显聚焦于维多利亚时代,这一点并不是一种偶然。莫妮卡·威蒂格(Monique Wittig)的《女游击队员》(*Les guérillères*,1969)则是一个完全不同的类型的文本例子。这部乌托邦作品包含了一系列碎片性描述,叙述了一个亚马孙女性社会的生活。她们参与了一场与男性的战争。战争最终由女性获胜,她们以及被她们的功绩所征服的年轻男性们一起庆祝和平的到来。这部碎片化的作品不断被一个不同的文本有规律地打断:一系列女性人名,用大写字母打印在空白页中间。这其中,除了成百上千的名字外,这文本还包含了两首诗和代表着女性外阴的三个大圆圈,这一象征符号在书的后期被作为倒置的性别歧视而遭到拒斥。威蒂格的作品没有提供个体的角色,没有心理状态也没有可识别的"经验"去被读者强烈感受。但是,这部作品显而易见是一部非常女权主义的作品，因此，英美的女权主义批评家们一直尝试探讨它。

尼娜·奥尔巴赫(Nina Auerbach)在《女性社群》(*Communities of Women*)中对这些介入到文本中的女性人名的看法是：

> 这些被仪式性地咏唱的女性人名，看似一个人类的笑话，因为她们并不与任何我们知道的角色相连：
>
> DEMONA EPONINA GABRIELA
>
> FULVIA ALEXANDRA JUSTINE (p.43)
>
> 等等。虽然这些名字赋予了它们自己咒语般的生命，但对它们的声响的空洞共鸣，也意味着我们所习惯的在阅读小说时会遇见的真实的人的死亡。(190～191)

事实上，威蒂格的文本没有任何地方暗示了这些名字是被人咏出的："仪式性地咏唱"，体现的是奥尔巴赫自己尝试将碎片式的文本归于一个单一的人类声音。当文本不再提供一个个体作为语言和经验的先验性起始来理解时，人道主义女权主义就必须放下它的武器了。因此，奥尔巴赫才有些惆怅地渴望着人类-女权主义能有更好的未来："也许，一旦女性向她们自己证明了自己的力量，那么就有可能回归到梅格、乔、贝丝和艾米的个体特性上，抑或回归到克兰弗德(Cranford)那样的人类互相依存的礼貌行为上"(191)。如果这一种类的女权主义批评的全部渴求仅仅是对于《克兰福德》或《小妇人》的怀旧回归，那么对于其他更富于理论根据的批评实践的迫切检查就必须提上英美女权主义批评家们的紧要议程了。

迈拉·杰伦

迈拉·杰伦的文章《阿基米德与女权主义批评的悖论》(Archimedes and the paradox of feminist criticism)看似说出了许多美国女权主义者所主要关注的问

题：它首次发表于1981年夏天，且曾两次被编入论文集。① 她的文章确实涉及了几个重要的议题，致力于探讨她所谓的"鉴赏性和政治性阅读"（579）之间的矛盾。杰伦不仅在女权主义批评领域直面这一根本性问题，而且也为支持女权主义整体研究中的"激进比较主义（radical comparativism）"进行争辩（585）。在她看来，斯帕克斯、莫尔斯、肖沃尔特、吉尔伯特和古芭那些以女性为中心的著作因她们仅关注文学中的女性传统而有所不足。杰伦强烈反对女权主义者们倾向于创造"一个另外的语境，一个与男性气质预设的世界脱离的女性飞地"（576），她希望女性研究成为"从女性的视角对于所有事物的调查研究"（577）。这一计划本身既野心勃勃又充满活力。女权主义批评事实上就开始于对统治性的男性文化的检视（艾尔曼、米利特），而且如今的女性也没有理由拒绝女权主义工作的这一面。但是，杰伦则向前又进了一步。她推崇通过比较的方法来找到"仅仅研究女性写作无法勾画出的女性写作与男性写作之间的差别"（584），她认为凯特·米利特的《性政治》"完全都是关于比较"（586）。但是，这很明显并不正确：米利特的书，正如我们所见，完全都是关于男性写作的。

坚持社会性别的关系性本质是相当有必要的。但杰伦的论证，很危险地从这一点滑落向推荐女权主义者回归到传统父权文学经典的研究。在这一点上，她论证中的暧昧不明反映了她这样的信念："女权主义者真正需要的是一个立足点，在其之上，我们能完整地看见自己的概念世界（conceptual universe），但它也是牢固地建于男性土地之上的。"（576）很大程度上，造成这种暧昧不明的主要原因是，围绕阿基米德及其支点的意象所生的某些有着高度混淆性的修辞策略。杰伦认为女权主义思想是一种"激进的怀疑论"（575），给实践者们造成了非同一般的困难。杰伦写道：

> 在某种程度上，就像阿基米德那样，为了用他的杠杆撬起地球，他需要一个另外的地方去安置自己和他的支点。女权主义者对假定的自然以及历史

① 杰伦的文章可以分别在基奥恩、罗萨多和格尔皮（Keohane、Rosaldo and Gelpi）合编以及伊丽莎白·阿贝尔与艾米莉·K.阿贝尔姐妹（Abel and Abel）合编的文集中找到。此处我直接引用自刊登在《标志》（*Signs*）上的原版文章。

> 规律进行质疑——并因此提议抽去她们的立足之地——那么她们看来需要另一个根基。 (575～576)

杰伦在此暗指一个女权主义的核心悖论:鉴于父权制之外根本没有空间让女性发言,那么,我们要如何解释一个女权主义的、反父权制的话语的存在呢? 杰伦对于支点意象的坚持[“阿基米德真正需要的是一个地球上的支点”(576)]有着很负面的影响,暗示了这样的努力是注定要失败的(一个在地球上的支点永远无法撼动地球)。杰伦并非想要撬动地球,而是想要将女权主义移回到“男性的土地”之上——当然,事实上,那正是女权主义,不论是否以女性为中心,一直所在之地。如果不存在未被父权制污染的空间来让女性发声,那么由此可知我们其实并不需要一个支点:根本就没有“别的地方”可去。

在肖沃尔特对杰伦的回应中,她反对了杰伦认为应该转向“激进比较主义”的意见。她的理由是,“这样一种转向可能意味着放弃一种至今仍会因其胆大妄为而令我们胆寒的女权主义大业”(《评杰伦》,161)。肖沃尔特为研究文学中的女性传统进行辩护,认为其更是一种“方法论上的选择,而非一种信念”,并指出:

> 我们知道,没有女性是彻底与真实的男性世界隔绝的;但是,在理念的世界中,我们可以划下界限,在思想上开启新的展望,允许自己以新的方式看待问题。 (161)

但是,研究文学中的女性传统,即使并不一定非要尝试创造“一个女性飞地”,但这也绝不仅仅是一种方法论上的选择:它是一种急迫的政治需要。如果父权制因女人(women)是女人(women)而对其进行压迫,将我们全部用“女性气质(feminine)”来定义,忽略我们的个体差异,那么女权主义的斗争就必须既要试图消解父权制那套将“女性气质”变成女性生理性别的内在本质的策略,又要坚持正是因女人是女人而对其进行捍卫。在一个因为女作家是女人而歧视她们的父权制社会中,要解释说明为何将她们作为单独群体另外讨论,这并不困难。更紧要的问题是如何避免把父权制关于审美、历史和传统的概念加于我们决心建构的“女性传统”之上。肖沃尔特自己并没能在《她们自己的文学》中避开这些陷阱，而杰伦看起来甚至没有意识到问题所在：正如我们所见，她对最传统的父权制美学范畴的接受度，对于一个自称为女权主义的批评家来说简直惊人。

杰伦将“批判式赏析”视为对立于“政治性阅读”的问题来探讨，她说：

> 使得女权主义文学批评尤其矛盾的是：文学有其特有本质，与物理或社会科学的研究目标有明显区别。与它们不同，文学自己本身就已经是一种诠释，这也正是批评家破译任务的对象。文学作品本身是存在偏见的，这并不是新闻：事实上这正是它的价值所在。批判的客观性仅在第二个层次上介入，为的是提供一个可靠的阅读(reading)，但即使在这一点上，也有很多争议，认为阅读也是一种创造性阐释的练习。 (577)

这一段论述想当然地认为文学文本是需要破译的对象。但是，正如罗兰·巴特所说：“一旦作者被撇除，声称破译一个文本就变成徒劳。”(《作者已死》，147)杰伦相信文本是作者声音被编码的信息：那么想必，“批判的客观性”就在于以一种更易理解的方式，忠实地再现这种编码的信息。作者和文本的地位问题在杰伦文章中起初显得很不清晰。她既正确地指出，女权主义作为“他者的哲学”(philosophy of the Other)，必须拒绝浪漫主义派的信仰，即“要成为一个伟大的诗人，就是要说出绝对的真理，就是要成为所有人类的先知之音”(579)，但同时，她又进一步表示，文学批评的目的就是明确地“公平对待(do justice)”作者，以期再现文学主题“独特的视野(vision)”。或者，用她自己的话来说：

> 因此，我们一开始就应该承认文学主题的独立整体性。这是属于它的而非我们的独特视野——这正是形式主义一直告诉我们并探讨的东西：它的完整性。我们同样需要承认的是，尊重完整性，就是不去问文本自己并没有提出的疑问，就是去问文本应该提出什么问题，这才能产生最完全、最丰富的阅读。 (579)

正是在此基础上，杰伦才必须痛斥凯特·米利特，因为她那“有意识地切线进入的研究方法(tangential approach)违背了亨利·米勒作品的原则”(579)且极大地“损害了他的整体结构”(580)。对杰伦来说，米利特的方法既不恰当又粗暴；她的阅读是对亨利·米勒作品那处女般的完整性的一种强奸。这就好像有一套客观事实存在于正待质疑的作品之中，任何人只要足够努力就都可以看到。而且，这些事实将不惜一切代价统治批评家们，甚至是任何一位批评家的研究方法。杰伦在此与安妮特·科洛德尼产生共鸣，她(杰伦)坚持女权主义者必须服从的“恰当”的阅读方法，否则将被驱逐到“不恰当”或“不诚实”的批判方法的外围黑暗深处。苏·沃瑞克·多德兰(Sue Warrick Doederlein)则正确地对其反驳道：

> 关于艺术作品的自主性，语言学和人类学上的新洞见已经拆穿了这一观点的虚伪性，包括那些关于它的神圣不可侵犯性，我们只能(用我们卑贱的客观性)进入它的空间“以提供一个可靠的阅读”之类的想法也是如此。女权主义批评家们可以(小心地)从现今男权背书的各种预设中获取某些假设，使我们永远不必再为“误读”或“错误诠释”了一个文本而道歉。　　(165～166)

帕特洛西尼奥·施威卡特(Patrocinio Schwerckart)同样也在这一点上与杰伦意见相左，并且指出了杰伦的理论与新批评教条之间的共谋之处。她评论道：

> 值得注意的是杰伦论证的形式主义的基础——即自成一体的(autotelic)艺术对象的概念，以及随之出现概念，即要将文学作为文学(而不是所谓的社会学档案)来阅读，就必须驻留于文本本身(或文本授权准予的)条款内——而这一基础已经被结构主义、解构主义，以及一些读者反应理论严重质疑过。我不是在说我们要盲目地跟随批评的风尚。我的观点简言之就是，至少，新批评的基础原则已被证明是有疑问的。我们不能把它们当做公理来用。
>
> (172)

但是，如果杰伦对“批判性赏析”和“政治性阅读”所做的区分是基于前者传统主义的定义,那么从女权主义的角度来看,正是她最初这种想要保持两者之间的绝对区分的欲望导致了更加麻烦的政治难题。因为,女权主义与非女权主义批评之间的差别并不是像杰伦所认为的那样,前者是政治性的而后者则不是,而是,女权主义者会公开表达其政治主张,而非女权主义者则要么没有意识到自己的价值体系,要么就是试图将它(自己的价值体系)普遍化为"非政治性的"。杰伦,在美国女权主义文学批评已经有了 15 年历史的情况下,如此明确且毫无愧疚地抛弃以往女权主义分析的基本政治主张,这一点实在令人感到惊异。

杰伦赞成将政治和审美分离,目的是为激进的批评家们解决一个长久的难题:如何评价一个在审美上很有价值但在政治上令人反感的艺术作品。如果在这一问题上,她最终离开了任何明显的女权主义立场,那则是因为她拒绝看到审美的价值判断不仅是具有历史相对性的(historically relative),而且还是深深地与政治的价值判断层叠相加的。比如,一个推崇诗歌结构的所有部分都要是有机完整且和谐互动的审美观,就和政治有关联了。女权主义者可能想知道为何会有人从一开始就要如此强调秩序和整合。她还会思考这是否与这些批评理论的倡导者的社会与政治理念相关。当然,如果就此论述所有美学范畴都带有自动的政治暗示,那就是彻彻底底的过于化约了。但是,如果认为审美体系总是且不变地是政治中立的,或如杰伦所认为的"非政治性"的话,那也是同样过于简单化了。问题的重点在于同一审美手段无疑在政治上可以是多价的(polyvalent),因其出现的历史、政治和文学的语境变化而变化。皮埃尔·马舍雷(Pierre Macherey)认为文化产物具有"相对自主性",与生产出它们的历史和社会情境相关。但是,正如杰伦认为,只有一个非辩证的思维模式才能证明这一观点是内在矛盾的:要求给予政治和审美之间的关系这一高度复杂的问题一个简单且不复杂的答案,这无疑是最简单化约的思考方式。

杰伦相信"意识形态的文学批评"(在她看来等同于"政治的"或"有偏见的"文学批评)是过于化约的。现代的批评理论告诉我们,所有的阅读都在某种程度上是化约的,因为它们都将某种闭合(closure)强加于文本之上。如果所有的阅读都在某种程度上也是政治性的,那么我们就很难保持新批评的二元对立了,即化约性的政治性阅读与丰富的美学鉴赏之间的二元对立。如果美学提出文本是否(以及如何)与读者有效共事的问题,那么它显然与政治关系紧密:没有美学效果,也就没有政治效果。而如果女权主义政治的关注点之一就是“经验”,那么,它就已经是与美学相关了。至此一切已很明了,这本书的核心论点之一就是,女权主义批评旨在解构政治与美学之间的二元对立:作为一个研究批评的政治性方法,女权主义必须意识到美学范畴的政治性,以及政治解读艺术时其隐含的审美性。这正是为何杰伦的观点在我看来从根基上削弱了女权主义批评的某些基本原则。如果女权主义不反抗文化批评作为“价值中立”活动这种父权制的概念,那么,(女权主义)失去其最后一丝政治可靠性的危机就迫在眉睫了。①

一些女权主义者可能想知道为何我在这个研究中没有提及美国的黑人或女同性恋(或者黑人女同性恋)女权主义批评。答案很简单:这本书的意图是研究女权主义批评的理论层面。迄今为止,女同性恋和/或黑人女权主义批评在方法论和理论层面展现出来的问题与其他英美女权主义批评完全一样。在邦妮·齐默尔曼(Bonnie Zimmerman)极有价值的关于女同性恋文学批评的综述中,她强调了女权主义批评和女同性恋批评的并行。女同性恋批评家们致力于建构一个女同性恋文学传统、分析女同性恋形象和刻板印象以及将“女同性恋”这一概念问题化。据我所知,她们由此遭遇的理论问题与“直的(异性恋)”女权主义批评家们遇到的完全一样。正是她的作品的“内容”而非她的方法,使得女同性恋批评研究与众不同。女同性恋批评家聚焦于文学中的“同性恋女性”而非“女性”,就像黑人女权主义批评家会聚焦于文学中的“黑人女性”一样。②

所以,我的观点很简单,即就文本理论而言,这三个领域间并没有明显的差异。这并不是说,黑人和女同性恋文学批评没有政治的重要性;正相反,通过突出女性中特定群体之间的处境差异以及常常互相冲突的利益,这些批评方法迫使白人异性恋女权主义者们重新检视她们自己对于“女人”有时也很极权主义的概念,

---

① 在她文章的第二部分,杰伦将其美学理论付诸实践,试图通过对于感伤小说(sentimental novel)的特别关注,阐释出一套关于小说的理论。

② 关于女同性恋文学批评的最早的介绍,见齐默尔曼;对此的进一步研究,见里奇(Rich)的《强制性异性恋与女同性恋的存在》(*Compulsory heterosexuality and lesbian existence*)和《关于谎言、秘密与沉默》(*On Lies, Secrets and Silence*);也可参见,费德曼(Fadermann),以及鲁尔(Rule)。关于黑人女权主义批评的介绍,参见史密斯(Smith)。

即认为它是一个同质性的类属。这些“边缘的女权主义”应当阻止第一世界白人中产阶级女权主义者们将她们自己的当务之急界定为全世界女性的（或者女权主义者们的）问题。在这一方面，最近关于第三世界女性的研究有很多值得我们学习的内容。[①] 至于阶级与性别复杂的相互作用，在英美女权主义批评家中，它们同样并不太受重视。[②]

在这一关于英美女权主义批评的概述中，我试着阐明传统人道主义父权制批评与近期女权主义研究之间的根本性从属关系。尽管有人声称英美女权主义文学批评已经在生成新的方法和分析步骤，但是我却几乎找不到任何见证这类发展的证据。[③] 女权主义批评最新的激进影响并不是在理论或方法论层面，而是在政治层面。女权主义者们将现存的批评方法和途径政治化。如果女权主义批评颠覆了已有的批评价值判断，那都是源自它的新关注点——性政治。正是基于它的政治理论（这些理论已经引发出了许多相当多元的政治策略模式），女权主义批评才成长为文学研究中的一个新分支。由此，女权主义者们为自己找到了与其他激进批评家们类似的地位：在学术机制的外围，从她们被边缘化的位置发出声音，她们力求揭示她们同僚们那些所谓“中立的”或“客观的”作品的政治性，并力图以最广泛意义上的“文化批评家”的身份来行动。如同社会主义者，女权主义者们对文学方法和理论的选择在一定程度上可以相当宽容多元，这恰恰是因为任何能成功地适用于她们的政治目的的方式都应该受到她们的欢迎。

这里的关键词是“成功地”：对批评方法和理论的政治性评估是女权主义批评事业中的核心部分。我对许多英美女权主义批评所持的保留意见，根本上说，并非因为它仍停留于男性中心论的人道主义脉络中，而是由于它在这样做时，并没有对此可能带来的高额政治代价有足够的意识。因此，英美女权主义批评的核心悖论就是，除去它通常十分强烈明确的政治参与，它归根到底并不具有足够的政

① 可参见，例如斯皮瓦克（Spivak）。

② 一个早期的例外是丽莲·S.鲁宾逊（Lillian S. Robinson）的作品，收录在她的《性、阶级与文化》（*Sex, Class and Culture*）一书中。

③ 见科洛德尼（Kolodny）的论文《将镜头转向〈被囚禁的黑豹〉》（Turning the lens on “The Panther Captivity”），175。

治性；这里并不是指它在政治的光谱中没能走得更远，而是说，它对性政治的激进分析仍在与去政治化的理论范式纠缠不清。这一点并不令人惊讶：所有形式的激进思想都无法避免被抵押给了它们试图超越的历史范畴。但是，我们对于这一具有历史必然性的悖论的理解不应该导致我们就此安于现状延续父权制的实践。

第二篇　法国女权主义理论

第五章　从西蒙娜·德·波伏娃到雅克·拉康

西蒙娜·德·波伏娃和马克思主义女权主义

西蒙娜·德·波伏娃无疑是我们这一时代最伟大的女权主义理论家。然而1949年，在其出版作品《第二性》之后，波伏娃坚信社会主义的到来将会终结女性饱受压迫的处境，因此她自认为是一位社会主义者，而非女权主义者。如今，她的立场与以往有些不同。1972年，波伏娃加入了“女性解放运动”（MLF）并第一次公开宣布自己为女权主义者。对于这迟来的对女权主义的认可，她归因于这场女性运动所具有的新激进主义思想：“‘女性解放运动’于1970年建立，而在此之前就已存在的女性团体大多为改良主义者或墨守成规的法律遵从者，我不愿与她们为伍。与之相反，新的女权主义是激进的。”（《今日波伏娃》，29）然而，关注重点的改变并没有使波伏娃否定或排斥社会主义：

> 在《第二性》的结尾，我曾说过我不是女权主义者，因为我相信在社会主义发展进程中，女性遭遇的种种问题都会自动消解。女权主义，在我看来，意味着独立于阶级斗争之外的专为女性议题进行的斗争。直至今日我仍保有同样的观点。在我的定义中，女权主义者是指为改变女性的处境而斗争的女性——甚至包括男性。女权主义运动与阶级斗争联系密切，但并不依附后者，不需要像后者那样努力寻求彻底改变社会。我想说，在这层意义上，我今天是一位女权主义者，因为我意识到在社会主义梦想实现之前，我们此时此

刻必须为改变女性的现状而奋斗。 (《今日波伏娃》,32)

波伏娃尽管忠实于社会主义,但《第二性》并非基于传统的马克思主义理论,而是源自萨特的存在主义哲学。波伏娃在这部具有划时代意义的著作中的主要论点其实很简单:纵观整个历史,女性一直以来被降格为男性的附属品:"女性"已经被建构成为男性的"他者",被剥夺了拥有自身主体性和为其个体行为负责的权益。或者用更具有存在主义的说话方式来表述:父权制意识形态将女性作为内在性呈现,而男性则为超越性存在。波伏娃在作品中展现了这些基本假设是如何主宰社会、政治和文化生活的各个方面,并且展示了具有同样重要性的一点,即女性自身如何内化了这一被物化的假象,继而可能如萨特所说,生存在一种长期的"不真实"或"自欺"的状态之中。女性常常扮演父权制度指定给她们的角色的事实并不能证明父权制的分析是正确的:波伏娃对于任何女性天性或本质的概念所采取的不妥协的拒绝态度已经为她那句名言所概括,"女人并非生而为女人,而是后天塑造而成"。[①]

尽管20世纪80年代绝大多数的女权主义理论家和批评家都承认她们深受西蒙娜·德·波伏娃的影响,但她们之中似乎无人赞同波伏娃对社会主义的拥护及其将社会主义作为女权主义必要语境的观点。从这一方面来看,波伏娃最忠诚的追随者似乎更多来自斯堪的纳维亚地区和英国。在斯堪的纳维亚地区的社会民主国家中,女性运动内部的辩论从未明确地将非社会主义女权主义者与社会主义女权主义者置于敌对位置,而是将更多精力花费在女权主义者应当选取何种社会主义的争论中。因此在20世纪70年代初期的挪威,以中央集权式为指导的"女性阵线"组织("Women's Front")与更为反等级制的"新女权主义者"("Neo-feminists")之间存在相当强烈的敌意,其中"新女权主义者"的拥护者代表了包括右翼社会民主以及更为激进的多种形式的左翼社会主义和马克思主义在内的各

---

① 《第二性》中的政治观念一直都是诸多争论的对象。如需了解由此引发的一些争议议题,可参阅菲尔斯蒂纳(Felstiner)、勒·德沃夫(Le Deouff)、迪杰斯特拉(Dijkstra)和福克斯(Fuchs)登载在《女权主义研究》(1980年夏第6卷第2期)上的文章。

类思想。[①] 斯堪的纳维亚地区的女权主义批评反映了其对于社会主义的重视,特别倾向于在对文学文本创作时期的阶级构成和阶级斗争进行全面研究的基础之上进行文本分析。[②] 近期在斯堪的纳维亚地区多个国家内崛起的保守派政党只从表面上修饰了这一图景:尽管"浅蓝色"保守当权派女权主义者不断涌现,但拥有压倒性力量的绝大多数斯堪的纳维亚地区的女权主义者仍在不同程度上显现政治左派倾向。

英国女权主义历来较之其美国盟友对社会主义观念更显包容。然而在英国,绝大部分马克思主义—女权主义研究并未在文学理论及批评这一特定领域展开。20 世纪 80 年代,最有趣的政治和理论方面的分析都是由在新兴的文化研究、电影研究和传媒研究领域或是传统的社会学或历史学领域内从事研究的女性学者产出。尽管马克思主义或社会主义女权主义者如罗萨琳德·科沃德(Rosalind Coward)、安奈特·库恩(Annette Kuhn)、朱丽叶·米切尔(Juliet Mitchell)、泰瑞·拉威尔(Terry Lovell)、珍妮特·沃尔夫(Janet Wolff)和米歇尔·巴瑞特(Michèle Barrett)都曾就文学论题进行书写,然而她们最重要、最具挑战性的作品都在本书所论范畴之外。[③] 我写这本书的意图在于对目前女权主义文学批评和理论内部存在的争论进行批判性呈现。然而,令人遗憾的事实是马克思主义—女权主义所关注的议题未能成为这一争论的中心;而这也可能让本书受到质疑,因为其基本结构未能成为一股更为激进的力量,从而实现对当前呈主宰态势的英美及法国批判视角的挑战。

在文学研究这一特定领域,"马克思主义—女权主义文学集体"(the Marxist-

---

① 如需了解挪威新女性运动在这一方面及其他方面的发展情况,可参阅茹娜·豪佳(Runa Haukaa)的著作。

② 丹麦学者杰特·伦德博·列维(Jette Lundboe Levy)曾就伟大的瑞典小说家维多利亚·本尼迪克森(Victoria Benedictsson)的创作历史背景进行过极为细致详尽的调查研究。挪威学者艾琳·恩格尔斯塔德(Irene Engelstad)和简妮肯·奥沃兰德(Janneken Øverland)曾分别就阿玛莉·斯克拉姆(Amalie Skram)和克拉·桑戴尔(Cora Sandel)作品中的阶级与性的表征进行过深入探索(请参阅她们共同编著的文集 Frihet til å skrive 中的文章)。

③ 值得一提的她们更具挑战性的著作包括:科沃德与埃利斯合著的《语言与唯物主义》(*Language and Materialism*)、科沃德《父权制的先例》(*Patriarchal Precedents*)及《女性的欲望》(*Female Desire*);库恩和沃尔普编写的《女权主义与唯物主义》(*Feminism and Materialism*);拉威尔的《现实的图景》(*Pictures of Reality*);沃尔夫的《艺术的社会产出》(*The Social Production of Art*);以及巴瑞特的《今日女性的压迫》(*Women's Oppression Today*)。

Feminist Literature Collective)的先驱性的论文《女性写作:〈简·爱〉、〈雪莉〉、〈维莱特〉、〈奥罗拉·李〉》(Women's writing: *Jane Eyre*, *Shirley*, *Villette*, *Aurora Leigh*)借用法国马克思主义理论家路易斯·阿尔都塞和皮埃尔·马舍雷的理论,试图从阶级和社会性别角度分析女性作家及其作品的边缘化。这一研究方法后为佩妮·布梅尔拉(Penny Boumelha)所用,并在其论著《托马斯·哈代与女性》(*Thomas Hardy and Women*)中对哈代作品内的性意识形态的精彩分析时得以应用发展,而其分析的理论基础也是源自阿尔都塞的意识形态理论。"文学集体"中曾经的一员,科拉·卡普兰(Cora Kaplan)也在《〈奥罗拉·李〉及其他诗歌》(*Aurora Leigh and Other Poems*)的引言中继续使用这一分析方法。在美国,朱迪斯·洛德·牛顿(Judith Lowder Newton)所著《女性、权力与颠覆》(*Women, Power, and Subversion*)同样聚焦于英国19世纪文学中阶级与社会性别的交集。

佩妮·布梅尔拉和"马克思主义—女权主义文学集体"所采用的马舍雷研究方法似乎特别为女权主义评论家打开了一个高产的探索领域。在马舍雷看来,文学作品既非一个统一的整体,也非来自"伟大的作者/造物主"不可挑战的"神谕"。事实上,马舍雷认为文本中的沉默、裂隙和矛盾相较其明确的表述,更能揭示其意识形态决心。特里·伊格尔顿(Terry Eagleton)曾简要概述马舍雷的这一观点:

> 意识形态的呈现只有在文本别有深意的沉默、裂隙和空白中才能最明确地为人所感知。评论家所需做的正是让这些沉默"开口言说"。在意识形态上,文本似乎一直被禁言某些事;如果作者试图用他自己的方式诉说真实,他会发现自己正被迫在其所写内容中勾画出意识形态的界限。他被迫暴露其中的裂隙和沉默,那些它无法发声表达的内容。一个文本因为包含了这些裂隙和沉默,所以永远是**不完整的**。文本根本无法构成一个全面的、连贯的整体,它展示一场不同含义之间的冲突和矛盾;而作品的意义也正存在于这些含义间的差异之中而远非它们的一致性中……马舍雷认为文学作品永远是"**去中心的**":其中没有任何核心本质,而是一场连续不断的冲突和意义之间的差异。
>
> (《马克思主义与文学批评》,34~35)

关于文学作品内的沉默和矛盾的研究应能使评论家将它与特定历史语境相联系，因为在此语境中，一整套包括意识形态、经济、社会、政治在内的不同结构间的相互交织正催生了那些文本结构。因此，作者的个人情况和意图只能成为组成我们称之为文本的这一矛盾建构中众多相互角力因素中的一股。这类马克思主义—女权主义批评因而对研究社会性别类属的历史建构过程和分析文化在表征和转变这些类属方面所起的重要作用尤为有兴趣。从这一视角来看，马克思主义—女权主义批评开辟了一条另类道路，有别于英美评论家以作家为中心的同质化解读方法以及法国女权主义理论家常常超脱历史的、唯心主义范畴。

然而，公平来说，不论是英国、美国还是斯堪的纳维亚地区的马克思主义—女权主义批评，其中部分也只是在英美女权主义批评建立的总体框架中加上"阶级"这一论述主题。同样令人遗憾的是，至今几乎没有女权主义批评家试图深入研究诸如安东尼奥·葛兰西、沃尔特·本杰明或西尔多·阿多诺等马克思主义理论家的著作，并以此验证他们对再现受压迫者的传统的洞见是否可以适用于女权主义。

1968年后的法国女权主义

新的法国女权主义是1968年5月巴黎学生运动的产物，这一运动几乎推翻了法国这一所谓西方民主国家中更为专制的一员。一段时间内，几乎实现不可能完成的任务的"68年5月学运"启迪了法国左翼知识分子，激发了他们的政治乐观主义精神。"学运事件"使他们相信改变近在咫尺，而且知识分子也能在此变革中真正发挥其政治作用。因此，20世纪60年代末和70年代初，对于左岸的学生和知识分子，政治行动主义与干预具有深意并与之息息相关。

首批法国女权主义团体正是在这一政治化的知识氛围中建立的，这一时期的思想界正为马克思主义各派所控制。从很多方面来看，促成1968年夏季首批法国女权主义组织建成的女性亲身经历与美国女性运动成立的主导原因存在惊人的相似之处。[①] 五月，女人和男人在街垒间并肩作战。然而，她们发现此时的男性

---

① 见英文原文第21～24页。

同志们仍然期望她们能为其提供性、文书和餐饮方面的服务。不出所料，法国女性从美国女性那里得到启示，开始建立她们专属的纯女性组织。在这批最早建立的女权主义组织中有一个名为“精神分析与政治”(Psychanalyse et Politique)的组织。之后，当女权主义政治进入更为高级的阶段，这一组织在成立了颇具影响力的妇女出版社(des femmes)的同时，彻底更名为“政治与精神分析”(politique et psychoanalyse)，不仅转变并强调政治优先于精神分析的特性，而且除去了具有等级制特点的大写字母。对精神分析的关注一直是法国巴黎知识分子界研究核心的标识。20 世纪 60 年代美国女权主义者早已开始大力谴责弗洛伊德，而法国女权主义者仍然固守旧识，认为精神分析为其研究提供了具有解放性的个人理论，以及一条探索无意识的蹊径，两者都对父权社会中女性受压迫处境的分析起到极其重要的作用。在英语语系世界内，支持弗洛伊德的女权主义的论调早已销声匿迹，直至朱丽叶·米歇尔极具影响力的著作《精神分析与女权主义》出现。这一作品于 1974 年出版，后为妇女出版社在法国翻译出版。

尽管时至 1974 年法国女权主义已然十分兴盛，但其影响仍经过很长一段时间才波及法国以外的女性。法国女权主义理论之所以对英美女权主义影响相对有限，其原因之一就在于法国女权主义者“厚重”的学识背景。法国女权主义理论家深谙欧洲哲学(尤其是马克思、尼采和海德格尔的哲学理论)、德里达的解构主义及拉康的精神分析理论，她们常想当然地认为受众都是如她们般的巴黎人。尽管她们并非有意使其理论晦涩难懂，然而面对缺乏所谓“适当”的同等智识水平的读者，她们并未从教育普及的角度考虑对艰深的文字进行解释说明。因此，对于外界读者来说，这仿佛是来自精英主义的掌掴。埃莱娜·西苏笔下错综繁杂的双关语，露西·伊里加蕾对希腊字母令人愤懑的狂热，以及朱莉娅·克里斯蒂娃乐于在同一句话中提及多人——从圣伯纳德到费希特或阿尔托——的怪癖，这些智识主义不妥协的表现总让外界读者感觉被隔绝在外，恼怒不已。然而，英美读者一旦克服了最初的文化差异带来的冲击，她们很快就会发现法国理论对女性压迫的实质、性别差异的建构以及女性与语言及写作间关系的特异性等女权主义议题的争辩做出的强大贡献。

对于以英语为母语的读者普遍存在一个问题，即如何理解法语词汇“féminin”

的含义。在法语中,“femme”(女人)只有一个形容词“féminin”(女性的),[1]然而英语中的“woman”(女人)却有两个形容词,“female”(女性)和“feminine”(女性气质的)。以英语为母语的女权主义者长久以来已经确认两个形容词的用法,“feminine”(女性气质的)用以与“masculine”(男性气质的)相对,指代社会性别建构,而“female”(女性)则与“male”(男性)相对,从纯生理角度指代性。在法语中这一基本的政治区别却消失了,而这正是问题所在。例如“écriture feminine”到底是指“女性写作”还是“女性气质的写作”?我们如何知晓这一表述或其他类似的表述到底是指生理性别还是社会性别?当然现在并没有标准答案:在以下的介绍中,我对于法语单词“féminin”的解读主要基于语境和我对于所谈作品整体的理解。

对于英美女权主义批评家而言,在法国存在极少女权主义文学批评的事实是令人担忧的。在法国,除却克罗蒂纳·赫尔曼(Claudine Herrmann)和安娜玛丽·达蒂吉娜(Anne-Marie Dardigna)[2]等少数几位女权主义批评家,其余都偏好分析文本、语言学、符号学或精神分析理论方面的问题,或者创作诗歌与理论相融合的文本,用以挑战既定的文学类别的划分。除了她们在政治上的投入,令人好奇的是,这些理论家情愿接受“伟大文学”中父权正典,特别是法国现代主义这座男性神殿内的作家,如洛特雷阿蒙、阿尔托或巴塔耶等人的作品。与之相较,英美女权主义传统无疑在其对文学体制中带有压迫性的社会和政治策略的挑战方面更加成功。

在以下对法国女权主义理论的介绍中,我选择聚焦于埃莱娜·西苏、露西·伊里加蕾和朱莉娅·克里斯蒂娃。我之所以选择她们三位,一方面是由于她们的作品最能代表法国女权主义发展的主要潮流,另一方面是因为她们比其他法国女权主义理论家更密切地关注由女性与写作和语言之间的关系而引发的特殊问题。于是我决定在此不讨论其他女性理论家的作品,如安妮·莱克勒克(Annie Le-

---

① 法语单词“femelle”,指雌性动物,只作为蔑视女性的语言使用。

② 赫尔曼的《语言的窃贼》(*Les Voleuses de langue*)是一部先驱之作。鉴于作者在美国教学的事实,此书的观点更显“美国化”而非“法国化”。

clerc）、米歇尔·蒙特雷（Michèle Montrelay）、尤吉妮·勒蒙娜-路西奥尼（Eugénie Lemoine-Luccioni）、莎拉·考夫曼（Sarah Kofman）和玛塞尔·玛丽妮（Marcelle Marini）的作品。许多美国女权主义批评家同样视雅克·拉康和雅克·德里达的理论为最丰厚的灵感源泉，但是由于写作篇幅所限，我只能割舍简·盖洛普（Jane Gallop）、肖莎娜·菲尔曼（Shoshana Felman）和佳亚特里·斯皮瓦克（Gayatri Spivak）具有同等重要性的著作。[①]

新一代的法国女权主义理论家常被断言是全然反对西蒙娜·德·波伏娃的存在主义女权主义的一代。她们并未追随波伏娃实现男女平等的自由梦想，转而强调差异，宣扬女性应有珍惜她们特有的女性价值观的权益。她们拒绝“平等”这一概念，因为其中暗藏着逼迫女性去成为男性的动机。[②] 然而现实有时比此描述更为复杂。基于她全部的存在主义思想，西蒙娜·德·波伏娃仍然是法国女权主义者们中的祖母级人物，她公开的对新女性运动的支持具有巨大的象征性的价值。如果说她标榜的社会主义女权主义在法国没有追随者，这也是不确切的。1977年，波伏娃和其他几位女性组建了期刊《女权主义问题》（*Questions féministes*），旨在为各派系社会主义女权主义和反本质主义女权主义提供一个发声平台。[③] 马克思主义—女权主义者克里斯蒂娜·戴尔菲（Christine Delphy），这位坚持认为女性应该组成一个独立的阶级的社会学家也是期刊的创始人之一。

尽管朱莉娅·克里斯蒂娃的理论导向与波伏娃相去甚远，她的关注重点（在阶级和性别基础上建立社会革命理论的愿望和对女性气质建构论的强调）相较埃

---

① 美国女权主义批评家对法国女权主义的介绍，参见琼斯的《书写身体》（*Writing the body*），和艾森斯坦（Eisenstein）与贾丁（Jardine）编辑的文集中斯坦顿（Stanton）、费拉尔（Féral）、马克沃德（Makward）、盖洛普（Gallop）和伯克（Burke）的文章，第71～122页。几份美国评论期刊也出版法国女权主义专号或开设相关专栏：《标志（Signs）》，7，1；《耶鲁法国研究（Yale French Studies）》，62；《女权主义研究（Feminist Studies）》，7，2；《变音符号（Diacritics）》，1975年冬季刊和1982年夏季刊。对于法国女权主义界历史发展和现状的综述可参见马克斯（Marks）和康迪维农（Courtivron）编辑的文集的编辑导读。

② 这一发展与美国向“女性中心”（woman-centered）分析的转向并行。关于女性中心的女权主义政治的概述，参见艾森斯坦。

③ 《女权主义问题》（*Questions féministes*）也发行美国版，题为《女权主义议题》（*Feminist Issues*）。她们的宣言也以“共同主题的变体”为标题再版，并收入马克斯和康迪维农编辑的文集。

莱娜·西苏将女性身体作为女性写作场域的浪漫化的观点而言，与波伏娃的观点有更多相似之处。同样，露西·伊里加蕾令人印象深刻的针对父权话语对女性实施压迫进行的批判，读起来有时像是对波伏娃的女性作为男性"他者"的分析进行的后结构主义改写。（鉴于海德格尔可能是拉康精神分析理论中"他者"和波伏娃存在主义中"他者"概念共同的思想源头，而伊里加蕾的研究又受拉康影响，所以伊里加蕾与波伏娃观点相近这一点不足为奇）尽管一般来说，存在主义因20世纪60年代思潮向结构主义及后结构主义转向而被边缘化，但对于法国新女性运动而言，可能更是波伏娃对精神分析的拒斥显出了《第二性》这部作品的时代性。西苏、伊里加蕾和克里斯蒂娃都深受拉康对弗洛伊德进行的（后）结构主义解读的影响，因此在更深入研究她们的作品之前需要先了解拉康的一些最核心的理念。[①]

雅克·拉康

"想象层"和"象征秩序"组成了拉康理论中最根本的几组相关术语中的一组，而且两者可以通过彼此关联、相互对照得出最佳解释。"想象层"对应前俄狄浦斯阶段。在这一时期，孩童认为自己是母亲的一部分，并且无法察觉自身与世界的区分。在"想象层"里既无差异，也无缺席，只有认同和存在。而俄狄浦斯危机代表着进入"象征秩序"。进入此阶段也与语言习得密切相连。在俄狄浦斯危机里，父亲将母亲与孩童组成的二元统一体割裂开，禁止孩童更近一步接近母亲和母亲的肉体。于是，代表着"父亲的律法"（或是阉割威胁）的"菲勒斯"（阳具），对于孩童而言，意指着分离和丧失。孩童蒙受的丧失或缺乏指的是母体的丧失，而且自此以后，对母亲的欲求或想象中与她结合的渴望都必须被压抑。这最初的压抑被拉康称之为"原初压抑"，也正是这"原初压抑"开启了无意识。而在"想象层"，因为没有缺失，所以也就不存在无意识。

原初压抑的功能在孩童使用新习得的语言时尤为明显。当孩童学会说"我是"并且学会将其与"你是"或"他是"区分时，这相当于承认它已经接受了自身在

---

① 其他关于拉康的简介参见赖特（Wright）和伊格尔顿（1983）的著作。更全面的介绍参见勒梅尔（Lemaire）。

“象征秩序”里被分配的位置，并放弃了与所有其他可能的位置的想象认同。发言的主体说“我是”时，实际上在说“我是失去某物的他(她)”——而它所说的失去指的是与母亲和与世界想象认同的失去。所以对于拉康而言，语句“我是”最好被译成“我是我所不是”。这一重写强调了发言的主体正是因为压抑了对失去的母亲的欲望才得以存在的事实。因此，作为主体发言等同于表述被压抑欲望的存在：发言的主体即为缺失，而这正是为何拉康可以说主体即为它所不是。

进入“象征秩序”意味着接受“菲勒斯”(阳具)成为“父亲的律法”的表征。所有人类的文化和社会里所有的生命都为“象征秩序”所控制，因而也为作为缺失象征的菲勒斯所主宰。主体可能喜欢或不喜欢事物所处的这一秩序，但是它无法选择：驻留在“想象层”等于成为精神病患，没有能力在人类社会中生存。从某些方面来看，将“想象层”与弗洛伊德的“快乐原则”相对应，将“象征秩序”与他的“现实原则”相对应，可能更便于我们理解这些术语概念。

阐明“想象层”到“象征秩序”的过渡需要一些更深入的评议解释。拉康认为“想象层”是以孩童进入“镜像阶段”为起始。拉康似乎颇为认同梅兰妮·克莱恩(Melanie Klein)关于儿童发展的观点，以至于他假设孩童对自身最初的体验是碎片式的。人们可能会说婴儿最初感觉它的身体是破碎的，如果这没有给人以错觉，即认为婴儿在最初的阶段对“它的”身体有认知。在六至八个月之间，婴儿进入“镜像阶段”。“镜像阶段”的主要功能即赋予婴儿一个完整统一的身体形象的意识。然而这一“身体自我”是一个极为疏离的实体。当婴儿在镜中看到自己时，或自己在母亲的怀中时，或是在看另一个孩子时，它只看到了它所认同的或者与之相融的另一个人。在“想象层”中并不存在一个独立的、与他人分离的自我的概念，因为“自我”永远都在“他者”中被疏离。“镜像阶段”因此只允许二元关系的存在。只有通过将此二元结构转变为三元结构，正如我们所见，当父亲的介入打破了母亲与孩童组成的二元统一体，孩童才能接受它在“象征秩序”内的位置，并开始用与他人的区分来定义自我。

拉康用大写的“O”标识“大他者”(the Other)，小写的“o”标识“小他者”(the other)，以此加以区分。对拉康文本中这些概念的诸多不同含义中的一部分进行考察将有助于我们说明“想象层”到“象征秩序”的过渡的目标。对于“大他者”最重要的用法包括用“大他者”代表语言、能指的场域、“象征秩序”或三元结构中任一第三方。用另一种略微不同的方式来表述,“大他者”是主体构成的场域或产生主体的结构。再换一种方式来看,“大他者”是语言和社会关系的差异性结构。社会关系首先构成主体,而主体必须接受自己在此结构中的位置。

对于拉康来说,如果进入“象征秩序”开启了无意识,这意味着正是对与母亲共生合体的欲望的原初压抑“创造”了无意识。换言之,无意识的出现是欲望得以压抑的结果。从某种意义上来说,无意识即为欲望。拉康的著名声明“无意识如语言一般被构建”包含了对于欲望本质的重要洞见:拉康认为欲望“行为”与语言行为的方式相同:它无休止地从一个客体移向另一个客体、从一个能指滑向另一个能指;正如意义的完整呈现永远也无法被捕捉到,它也永远不能在当下找到完整的满足。拉康将我们(在“象征秩序”内)投入欲望的种种对象称为“objet a”(“objet petit a”中“a”在此指代小写“a”的“小他者”)。我们的欲望永远不能得到最终的满足,因为没有任何最终的能指或客体能够成为我们已经永远失去的东西(即与母亲和世界想象的和谐)。如果我们接受了欲望的终结是满足的逻辑后果(如果我们被满足,我们就处于不再有欲望的位置),我们就可以理解弗洛伊德为何在《超越快乐原则》中假设死亡是欲望的终极对象——如涅槃或重拾失去的统一体,及被分裂的主体的最终治愈。

第六章　埃莱娜·西苏：一个想象的乌托邦

“我是否自相矛盾？
那很好……我确实自相矛盾；
我博大辽阔……我涵盖众生。”

（沃尔特·惠特曼）

“女性写作”(écriture feminine)问题之所以能在20世纪70年代法国政治和文化论辩中占据中心位置，这很大程度上要归功于埃莱娜·西苏的努力。1975年到1977年间，西苏产出了一整个系列的理论（或半理论）著作，这些作品着手探索女性、女性气质、女权主义和文本生产之间的关系：《新诞生的青年女人》(*La Jeune Née*，1975年与凯瑟琳·克莱蒙合作)、《美杜莎的笑声》(*Le Rire de la Méduse*，1975法国版，1976年翻译为英文版)、《阳具还是头颅?》[*Le Sexe ou la tête*? 1976年，1981年翻译为英文版《阉割还是斩首?》(*Castration or decapitation*?)]，以及《谈谈写作》(*La Venue à l'écriture*，1977)。这些文本都是紧密相连的西苏《新诞生的青年女人》中的重要章节《突围》(*Sorties*)内包含之后单独出版的《美杜莎的笑声》中的大部分段落。很多中心论点和意象不断被重复的事实使西苏的作品以连续统一体的形式出现，引发了多种非线性的阅读方式。[①] 她的写

① 所有援引西苏作品的引文都是英文，主要来自已经出版的英文译本，但如果有的作品没有英文译本，我会自行翻译。对于已经出版的译本，除了《阉割还是斩首?》一文我无法找到法文原著，其余引文的页码索引中首先列出的是译本页码，之后是法文原著页码。以下缩写在文中使用：JN——《新诞生的青年女人》(*La Jeune Née*)，VE——《谈谈写作》(*La Venue à l'écriture*)，RSH——《人文科学杂志》(*Revue des sciences humaines*)中刊登的访谈。

作风格时常充满隐喻，极具诗意，且明确地反对理论。她的中心意象织成一张密集的能指之网，且未给予热衷于分析的批评家以明显的边沿去着力下手。西苏的文本密林很难被切入打开以一探究竟或绘制地图；此外，文本本身也昭示其对分析的反抗是全然蓄意的。西苏既不信任理论，也不相信分析[尽管两者她都付诸实践——例如在她的博士毕业论文《詹姆斯·乔伊斯的放逐或置换的艺术》(*L'Exil de James Joyce ou l'art du remplacement*，1968年，后于1972年翻译成英文 The Exile of James Joyce or the Art of Replacement)或是她1974年的作品《人称代词》(*Prénoms de personne*)]；她实际上也不赞同女权主义分析话语：毕竟她是第一位公开宣称"我不是女权主义者"的女人(RSH，482)，之后她还曾说过"我不必生产理论"(康利[1]，152)。她谴责人文学科内的女权主义研究者脱离现实，转而埋身故纸堆，并且拒斥她们的努力为纯粹的"主题学研究"。对于西苏而言，这类女权主义批评家将不可避免地发现自身深陷于充斥着父权意识形态宣扬的等级制二元对立的、具有压迫性的网络之中(RSH，482～483)。对研究西苏的"文学理论"抱有希望的女权主义分析家们最好也不要尝试。

然而，这也并非全然准确地呈现西苏的立场。以上引用的几句话，从当代法国语境中摘除出来，可能会将她的观点固定于一个过于僵化的思维范式内。她对"女权主义"这一标签的拒绝首先是基于当时"女权主义"的定义。当时，"女权主义"被定义为女性希望在当前父权体系中获取权力的带有资产阶级性质、平均主义的需求；因此，西苏认为"女权主义者们"是一群渴求权力，"谋求制度内的位置，尊重和社会合法化"的女人(RSH，482)。[2] 西苏并没有拒绝女性运动("女性运动"是她相对于僵化不变的所谓"女权主义"而提出的称谓)；相反，她大力支持女性运动，1976年至1982年间与"妇女出版社"合作出版了她所有的作品以显示她参与反抗父权斗争的政治决心。对于很多法国女权主义者以及法国境外的绝大多数女权主义者而言，这种针对单词"女权主义者"的学者间的争辩对于整个女性

---

① 译者注：此处康利指 Verena Andermatt Conley，引文来自她的著作《埃莱娜·西苏：书写女性气质》(*Hélène Cixous*：*Writing the Feminine*)。

② 在《马刺》(*Eperons*，英译 *Spurs*)中，德里达似乎也同样将"女权主义者"用于贬义。

运动来说似乎具有政治破坏性。在法国，这促使“政治与精神分析”集体的成员在国际妇女节当天走上街头，手举写有“打倒女权主义！”字样的标语牌进行游行，并由此在女性运动内部产生相当大的敌意和恶言讥讽，且大都在公开场合显现。“政治与精神分析”组织的“反女权主义”倡议活动的主要影响在于制造了法国女权主义内部充满怨恨和混乱的公众印象。因此我无意在这点上追随西苏的引领：基于公认的英语用法，西苏全力投入法国女性解放斗争的坚定决心，以及她对父权思维模式的大力鞭挞，都使她已然成为一名女权主义者。既然下此定论，我们当然相应地且有必要继续探究西苏所代表的这类女权主义理论和政治。

父权制的二元思维

西苏最易于理解的观点之一即她对所谓“父权制的二元思维”的分析。在“她在哪儿?”的标题之下，西苏列出了以下二元对立列表：

主动性/被动性
太阳/月亮
文化/自然
白天/黑夜
父亲/母亲
头脑/情感
思辨/敏感
理性/情感 (JN,115)

这些二元对立项都与潜在的“男/女”二元对立相呼应，在父权制的价值体系内层层交叠：每一组对立项都可以作为等级架构进行分析，其中带有“女性气质”的一方总被视为负面、无力的例证。西苏在这一点上深受雅克·德里达著作的影响。在她看来，西方哲学和文学思想一直以来都深陷于等级制二元对立的无尽序列中。这些二元对立最终都会回归到“男/女”这对最基本的对立项。

自然/历史

自然/艺术

自然/智慧

激情/行动　　(JN,116)

这些例证表明选取哪一组对立项来进行强调并不重要:带有不可避免的正面/负面评价的男/女对立即使隐匿其后,也总会作为潜藏的范式被追踪发掘。[①]

在一个典型的行动中,西苏继续在这类思考中运用“死亡”来说明问题。她声称这些对立项中的任何一方如果要获取意义,它必须摧毁另一方。任何一组对立项都无法保持完整无损:两者的对立形成了一个战场,一场为赢得能指的至上权力而进行的斗争在此持续上演。最终,胜利等同于主动,失败等同于被动;在父权制下,男性永远是胜者。西苏激烈地谴责将女性气质与被动和死亡画上等号,因为这个等式没有给女性留下任何积极正面的空间:“女人要么是被动的,要么她就不存在。”(JN,118)从某种意义上来看,她全部理论构建的目标可以被概括为努力消解逻各斯中心主义的[②]意识形态:宣扬女性是生命、权力和能量的源头,赞颂迎接一种新的、女性的语言的到来,这种语言将不断地颠覆这些父权制的二元对立阴谋,揭露这些二元对立只是逻各斯中心主义和菲勒斯(阳具)中心主义[③]密谋对女性进行压迫和噤声的手段。

---

① 在罗萨多(Rosaldo)和兰菲尔(Lamphere)编辑的文集中,雪莉·奥特纳(Sherry Ortner)在文章《女性相对于男性是否与自然相对于文化一样?》(Is female to male as nature is to culture?)中分析“男/女”和“文化/自然”两对二元对立的最终结论与西苏的部分评论极为相似。在反驳“在任何地方,任何已知的文化中,女性在一定的程度上总被认为低男性一等”这一说法时,奥特纳将这一“普遍的对女性的贬抑”(71)视为无孔不入的二元对立逻辑的结果,在这一逻辑中“男/女”对立被描绘成与“文化/自然”对立平行,而“自然”总是被视为“低阶的存在”(72)。

② 此处西苏仿效德里达的做法,德里达将西方思想主流标记为逻各斯中心主义的,因为它不断予以逻各斯以特权,把“词语”作为一个形而上的在场。

③ 菲勒斯(阳具)中心主义意味着给予菲勒斯(阳具)以特权,将其视为权力的象征或根源。逻各斯中心主义与菲勒斯(阳具)中心主义的结合体常被称为(由德里达命名),菲勒斯(阳具)逻各斯中心主义(phallogocentrism)。

差　异

为了反抗思想上的各类二元阴谋,西苏设定了多元的、异质的差异。为了在这一点上理解她的论述,我们有必要先考察下雅克·德里达的差异(或“延异”)的概念。许多早期的结构主义者,例如A.J.格雷马斯(A. J. Greimas)在其著作《结构语义学》(*Sémantique structurale*)中提出的一样,认为意义正是通过二元对立产生的。因此在“男性气质/女性气质”的对立中,一方的术语只能通过与另一方之间的结构关系获得它的意义:“男性气质”如果没有与“女性气质”的直接对立就会变得没有意义,反之亦然。所有的意义都经由这种方式产生。明显反对这一理论的论点在于很多关于程度的形容词或副词(例如,多—更多—最多,少—较少—最少),这些词汇意义通过它们与所处同一系列内其他词汇间的关系产生,而不是通过它们与其二元对立项间的关系产生。

然而,德里达对二元逻辑的批判有着影响更为深远的含意。对于德里达而言,意义(意指关系)并非在二元对立稳定的闭合领域内产生,而是通过“能指的自由游戏”生成。德里达关于这一点的论述可以通过运用索绪尔的“音位”概念进行说明。“音位”被定义为具有差异性——因此具有意指性的——最小的语言单位。音位绝不可能单凭二元对立获得其意义。音位/b/本身并无任何指代意义。如果我们只有一个音位,那既没有意义也不成为语言。/b/只能在其被视为与/k/或/h/有区别时才具有能指意义。因此,/bat/:/kat/:/hat/才能在英语中全被视为具有不同意义的不同单词。此处论点在于音位/b/只有经过有效地将其意义延伸至语言内其他具有差异性的元素的这一过程才能成为能指。在某种意义上来看,正是其他音位的存在才使我们能够决定音位/b/的含意。对德里达而言,意指关系正是通过一个能指的在场和其他能指的缺席之间的这种开放式的游戏产生。①

这即为德里达的术语延异(différance)的基本意义。在书写而非言语中,为了

---

① 在音位层面进行说明的论点与在能指层面进行的说明相同。在索绪尔看来,符号(“词语”)由两个术语组成:能指(signifier)和所指(signified)。能指是符号(声音或字母)的物质方面,而所指是它的“含义”或概念的表征。所指不是世界上存在的“真正事物”,索绪尔将其标记为指称(referent)。索绪尔认为能指与所指是不可分的,就像一张纸的两面,然而,后结构主义,尤其在拉康的理论中,已经对符号的这一闭合提出质疑,并展示了能指能够在与所指的关系中“滑落”。

以示与普通法语单词“差异”(différence)的区别，“延异”在拼写中使用了字母“a”。这一拼写使“延异”一词获得法语词尾“-ance”所具有的更为动态的含意，同时也因此在英文中可被译为“difference”(差异)和“deferral”(延迟)。正如我们所见，生产意义的在场和缺席间的相互作用被假设为一种延迟：意义从未真实在场，而只在不断指向其他缺席能指的这一潜在无尽的过程中被建构。“下一个”能指在某种意义上可以说为“前一个”能指赋予意义，并如此无尽延伸开去。以此看来，能使延迟过程终止的所谓“超验所指”并不存在。假使其存在，那么这一超验所指本身必须具有意义，且意义自明，除却自身无须他者作为其本末之源。“超验所指”的一个明显的例子便是基督教关于上帝的概念，即上帝是为万物的始与终，既是意义的源头，也是世界的最终结局。与之相仿，视作者为其作品源头和意义的传统观念也把作者归入超验所指的角色。

因此，德里达关于意义产生的分析暗示了对于整个西方哲学传统进行的根本性的批判。整个西方哲学传统正是基于“在场的形而上学”，认为意义充分存在于词语(或逻各斯)中。西方形而上学相较书写(writing)对言语(speech)更为偏爱，这正是因为言语预先假定说话主体的在场，这一主体也被当做他的话语(discourse)的单一的来源。只有当文本表达人类主体在场才能使文本具有完全的本真性的观点正是将声音或言语的重要性置于书写之上的绝对体现。克里斯托弗·诺瑞斯(Christopher Norris)在这一点上为德里达的观点提供了极佳的概括：

> 声音(voice)成了真理和本真性(authenticity)的隐喻，相对于书写间接的没有生命的散发，声音成了自我呈现的“活生生的”言语的源泉。在言说中，人们(据推测)能够体验音响和含义之间的亲密联系，这是意义向内的、直接的实现，使意义毫无保留地屈服于完美、透明的理解。书写，与之相反，破坏了纯粹自我呈现这一理想。它强行加入了一个异类的、非个性化的媒介，一个落在意图和意义之间、言辞(utterance)和理解之间带有欺骗性的阴影。它占据了一个混乱杂交的公众领域，其中权威为文本的“撒播”(dissemination)的多变与任性所牺牲。简言之，书写威胁了深刻的传统观念，即将真理与自

我呈现相联以及书写在其中得以表现的“自然的”语言的传统观念。 (28)

为了掌握德里达关于书写与言语之间的区分，很重要的一点是要认识到书写作为一个概念与延异(différance)紧密相连；因此，诺瑞斯将书写定义为“意义无尽的置换，且意义掌控着语言并将语言永远置于一个稳定的、自我证实的知识范围之外”(29)。德里达的分析逐渐侵蚀并颠覆了二元对立令人宽慰的封闭性。书写——文本性——将意指的领域敞开，承认了能指的自由游戏并打破了西苏眼中父权制语言的牢狱。

女性书写：1）男性气质、女性气质、双性气质

西苏的女性写作(écriture féminine 或 feminine writing)的概念与德里达对于书写即延异的分析有着至关重要的联系。对于西苏而言，女性文本是“致力于凸显差异”的文本，正如她曾说过(RSH，480)，朝着差异的方向奋斗，努力削弱占主导地位的菲勒斯(阳具)中心主义的逻辑，劈开二元对立的封闭疆域并在无限制的文本性的愉悦中狂欢。

然而，西苏坚定地认为女性写作这一术语令她心生厌恶，因为正如“男性气质的”和“女性气质的”这类术语本身已将我们禁锢在二元逻辑和男人与女人两性对立的经典视阈之中(康利，129)。因此她选择使用以下两种说法：“被称为具有女性气质的(或男性气质的)写作”或更为近期的“在男性或女性生产的作品中可以读到的可破解的、力比多的女性气质”(康利，129)。显然，作者的经验主义的性别并不重要，写作的类别才是关键。她由此向人们发出警告，切勿将作者的生理性别与他或她所生产的作品的“性别”相混淆：

> 女人大多如此：她们从事他人的——男人的——写作，她们天真地维护着并赋予其声音，最终产出的实际上是男性写作。研究女性写作时必须加倍小心不要被名字所羁绊。签署女人名字并不一定能赋予一篇作品以女性气质。它很可能还是男性写作，相反，一篇署名男性名字的作品自身也未必排

> 斥女性气质。这类情况很少见,但是你有时确实会在男性署名的作品中发现女性气质:这种情况的确发生过。 (“阉割”,52)。

的确,西苏之所以如此热衷于消除男性气质和女性气质间的陈旧对立,甚至是抹去例如男性(male)和女性(female)这类的术语,其原因之一在于她深信所有人都内含双性的本质。在《美杜莎的笑声》中(同样在《新诞生的青年女人》中——与这些主题相关的部分段落在两部文本中都重复出现过),她首先攻击了“双性气质的传统概念”,认为这一概念“因为被阉割恐惧的象征所挤压以及受到‘完整的’人的幻想(尽管是由两半组成)的影响,所以无视了差异的存在”(《美杜莎的笑声》,254/46;JN,155)。双性气质这一具有同质性的概念是为了迎合男性对他者(女人)的恐惧而设计产生,这使他可以想象性别差异的无法避免。为了驳斥这一传统概念,西苏提出了她命名的“另类双性气质”(the other bisexuality),它的特点包括多元化、可变,并永远处于变化中,以及“不排斥任何差异或任一性别”。其特征中有一项是“欲望的铭刻作用于我身体和他人身体所有的部位,其影响成倍增长,的确,另类双性气质并不消除差异,而是激起各种差异,追求差异,增加差异”(《美杜莎的笑声》,254/46;JN,155)。

今日,在西苏看来,“出于历史文化的原因……正是女人接纳了具有预言性质的双性气质并从中受益”,或如她所述:“从某种程度上来说,‘女人’是双性的;男人——这对任何人来说都不是秘密——一直保持着光辉的菲勒斯(阳具)单性意识”(《美杜莎的笑声》,254/46;JN,156~157)。她否定了界定女权主义写作实践的可能性:

> 因为这一实践永远无法被理论化、被设定范围、被编码——这并不意味着它不存在。但它会永远超越控制菲勒斯(阳具)中心主义体系的话语;它现在和今后都会在隶属于哲学-理论统治的领域之外发生。
>
> (《美杜莎的笑声》,253/45)

然而,她确实提供了一个定义,这一定义不仅呼应了德里达的“与写”的概念,也似乎与她自身关于“另类双性气质”的概念相仿：

> 承认写作作用于两者之间的中间地带，写作视察着同类或异类的进程，没有它们，一切都无法存活，写作消解了死亡的作用——承认这一切首先需要两者以及一方与另一方两者的共存不被斗争和驱逐或其他某种死亡方式的顺序所固定，而是因一个主体与另一个主体间持续的交流过程而处于无限的动态中。（《美杜莎的笑声》，254/46）

此处，西苏似乎认为如此的写作是双性的。然而，她也主张至少在当前，女人（此处显然是指与男性相对的生物学意义上的女性）在这层意义上较之于男人更可能是双性的。因此，双性写作更具压倒性地可能是女性写作，尽管有些不寻常的男性可能在某些情况下也会摒弃他们的“荣耀的单性特质”，获得双性气质。这样的立场显然已足具逻辑性。持有这样的反本质主义立场，西苏在《美杜莎的笑声》中提出在法国，只有柯莱特（Colette）、玛格丽特·杜拉斯（Marguerite Duras）和让·热内（Jean Genet）真正有资格被称为具有女性气质（或双性气质）的作家。在《新诞生的青年女人》中，她也指出莎士比亚笔下的克娄巴特拉和克莱斯特笔下的彭忒西勒亚是女性力比多经济的强有力的代表。

至今，西苏的立场似乎形成了女权主义对德里达理论强有力的挪用。她在这一领域的反本质主义和反生物学主义的作品似乎将整个女权主义关于女性与写作的问题的论辩，从对作者的生理性别的经验主义式的强调转向分析文本自身内部的性与欲望的表达。不幸的是，这并不是事实真相。正如我们所见，西苏的理论充满了矛盾：每当她提起一个德里达的观点，这一观点就会受到一个女性写作观的抵制和削弱。而这一女性写作观正浸淫在她声称将要揭露的在场形而上学中。

礼物与专有

西苏对礼物（the gift）和专有（the proper）两者间的区分是她脱离德里达式的反本质主义的首个迹象。尽管西苏拒绝接受女性气质和男性气质间的二元对立，但她不断重复坚持她自己在一种“男性”的和一种“女性”的力比多经济间的区分。这些分别用“专有领域”和“礼物领域”进行标识。男性气质或男性的价值体系是依据一种“专有的经济”来进行架构的。专有——专有物(property)——挪用：标示了对于自我认同、自我扩张和擅自支配的强调，这些词汇，对于西苏来说，恰当地显现了专有的逻辑特征。对于专有和专有的回报的坚持，导致男性执迷于分类、系统化和等级化。她对于阶级的攻击与无产阶级几乎没有关系：

> 反抗阶级、反抗范畴化和反抗分类仍有许多工作需要我们去做——课程(classes)。“修课程”(doing classes)在法国意味着服兵役。我们仍需要做许多工作去反抗服兵役、反抗所有的学校、反抗男性普遍对于审判、诊断、消化、命名等行为的热衷。命名……并非追求诗学命名的充满爱意的精确，而是出于哲学上命名/概念化带有压制性的审查。（《阉割还是斩首？》，51）

换言之，理论性的话语具有内在压迫性，是男性力比多投资的结果。甚至如“这是什么？”般的问题也被斥责为男性试图将现实囚禁于严苛的等级制结构中的冲动的象征：

> “这是什么？”的问题一经提出，从问题提出的那一刻起，一旦我们寻求答案，我们就已经陷入男性讯问之中。我说“男性讯问”(masculine interrogation)：如同我们说某某人接受警察盘查一样。（《阉割还是斩首？》，45）

将“专有领域”与一种“男性力比多经济”相联结当然是无可挑剔地反生物学主义的。然而，从本质上将其定义为男性的阉割恐惧（这里被标示为“男性对失去特征的恐惧”）就并非如此了：

> 人们意识到专有的领域是竖立在一种恐惧的基础之上，这一恐惧事实上是典型的男性的恐惧，是对剥夺权利、分离、失去特征的恐惧。换言之，阉割威胁的影响。（JN，147）

在她的文章《阉割还是斩首?》中，西苏详尽阐述了“专有”作为男性专有的观点：

从词源来看，“专有”(the proper)即“专有物”(property)，指与我无法分开的事物。“专有物”意味着邻近(proximity)、近(nearness)：我们必须如同爱我们自己一样爱我们的邻居，爱那些与我们很亲近的人：我们必须靠近他人，这样我们才能爱他，因为我们其实最爱自己。专有的领域、文化，依靠已明确表达的挪用而发挥作用，其运作依靠男性害怕权利被剥夺、财产被收缴的经典恐惧……依靠他拒绝被剥夺，所处的分离的状态，他害怕失去特权的恐惧，恐惧的答复即为历史的全部。万事万物必须回归(return)于男性。“回报”(return)：经济是建立在回报的体系之上的。如果一个男人消费了或者被消费，那么也是以他的权力得到回报为条件的。

(《阉割还是斩首?》,50)

现有的男性的“专有领域”似乎是对德里达的“在场形而上学”的教科书式的图解说明(见 JN,146～147)。因此，人们可能期盼它的对手——“礼物领域”作为一个更具解构性的方法的说明。西苏区分了两种不同的礼物。第一种礼物是男人所理解的礼物。对于男性心理来说，接受礼物是一件危险的事情：

从你接受某物的那一刻起，你实际上就已经向他者“开放”；如果你是一个男人，那么你只有一个愿望，就是赶紧归还礼物，打破这无止境的交换循环……不要成为任何人的孩子，不要欠任何人任何东西。

(《阉割还是斩首?》,48)

在专有的领域，礼物被看做一种不公平关系——一种差异的建立，而这是具有威胁性的，因为它似乎开启了权力的不平衡。因此，给予的行为成了一种微妙的侵略性的手段，一种将别人暴露在自己的优越性的威胁之下的手段。然而，女人的给予并未考虑回报。慷慨(generosity)是西苏词汇表中最积极正面意义的词汇之一：

> 如果存在“女人的得体”这一说法，那么自相矛盾地说，这指她能够做到无私地不专有(depropriate)，没有终结，没有附属赘生，没有主要“部件”的身体……这并不意味着她似岩浆般混沌无形，而是指她没有专横地主宰自己的身体和自己的欲望……她的力比多如宇宙般辽阔，正如同她的无意识如世界般宽广。她的写作只能继续前进，从未去铭刻或明晰任何界限，勇于与他者进行眩晕的交会，在他、她、他们之中充满激情地短暂停留，她在他们之中居住了很久，已然能从他们苏醒的那一刻起、从最接近他们无意识的地方观看，也能从最接近他们欲望的地方去爱他们；更近一步，她一次又一次地浸润在这些短暂、可认同的拥抱中，继续前行直至穿越进入无限。只有她敢于并希望从内部去探知，从她，一个被驱逐的人，从未停止听见前语言(fore-language)回响的地方。她让另一种语言说话——由一千种语言汇成的、不知藩篱亦不知死亡的语言。
>
> (《美杜莎的笑声》，259～260/50，JN，161～162)

此处清晰可见从“女性特质”到“女性”(或“女人”)的滑脱。西苏在阐述她的主题时，进一步说明女性之所以给予是因为她并未像男人一样遭受阉割焦虑(或如她经常所说，被剥夺的恐惧)的折磨。尽管其具有明显的生物学主义倾向，“礼物领域”似乎相当接近于德里达式的书写定义：女性特质/女性力比多经济对待差异持开放的态度，愿意“为他者所穿越”，并以自发的慷慨为特征；“礼物领域”绝非是一个真正的领域，而是一个充满愉悦并与他者进行高潮交换的具有解构性的空间。毋庸置疑，西苏明显试图给予她对于两种“力比多经济”的阐释一个德里达式的概述。比如，她警告说“人们必须小心盲目地或为取悦他人自甘堕入本质主义意识形态的诠释中”(JN，148)，并且拒绝接受假设存在权力和性别差异主题根源的任何理论。然而这一努力不仅部分地被她的生物学主义削弱：在她召唤一种特定女性写作中，她似乎积极地倡导一种完全形而上学的思想观念。

女性书写:2）来源与声音

在《新诞生的青年女人》中,西苏首先重申了她拒绝将写作和女性气质理论化,但她只是以此说明她终究是愿意在这一议题上展开讨论。她所描绘的一些试探性的评论实际上更像是对女性写作和母亲之间的本质联系进行的抒情的、狂喜的召唤。在西苏看来,母亲正是在所有女性文本中可以听见的声音的来源和起源。写作中的女性气质(femininity)可以通过赋予声音(“写作与声音……被编织在一起”)的特权来分辨(JN,170)。说话的女人全然是她的声音:“她以身体将她的思想具体化;她以她的身体指意思想。”(《美杜莎的笑声》,251/44,JN,170)换言之,女人已完全具体存在于她的声音中——而写作只是扩大了言语行为这一自我认同的延伸。此外,每个女人的声音不仅是她自己的声音,也是从她心里最深层涌出的声音:她自己的言语成了她曾经听过的原始之歌的回声,她的声音再现了“所有女人保存至今的爱的初声……在每个女人中唱出最初的无名之爱”(JN,172)。简而言之,它是“母亲的声音”,是主宰所有前俄狄浦斯期婴儿种种幻想的万能人物:“声音,在法则诞生之前的一首歌,在呼吸被象征秩序分裂、被主宰隔离的权威重新挪用成为语言之前。最深沉的、最古老的和最值得敬爱的来访。”(JN,172)

起源于法则建立之前,声音是无名的:它被稳固地置于孩童习得语言、掌握为自己和它的物体命名之前的前俄狄浦斯阶段。这个声音是母亲和母亲的身体:“声音:取之不竭的乳汁。她再次被找到。失去的母亲。永恒:正是融入乳汁的声音”(JN,173)。说话/写作的女人存在于时间以外的空间(永恒),一个不容命名、不容句法的空间。在她的文章《女人的时间》里,朱莉娅·克里斯蒂娃主张句法正是因为一个句子中的词语顺序标明了一个时间的顺序,所以构成了我们的纵向时间感:因为主语、动词、宾语不能同时被说出,它们的发声必然切断“永恒”的时间连续体。西苏随后将这一无名的充满母性的奶和蜜的前俄狄浦斯空间作为在所有女性写作中回响的歌曲的源泉。

女性之所以拥有“与声音的特权关系”是因为她们相对缺乏防御机制:“没有

女人像男人一样，堆积许多防御以抵抗力比多驱力。”(JN,173)男人压抑母亲，女人却不会(或几乎不会)这样做：她永远都会亲近母亲，视之为善的源头。西苏的母亲形象显然是梅兰妮·克莱恩所说的“好母亲”(the Good Mother)：万能的、爱、营养和丰饶充足慷慨的施予者。从事写作的女人因此极其强大：她直接从母亲那里获得女性力量(puissance féminine)，因为母亲的给予永远都充满力量：“你拥有的越多，你给予的越多，你自己也会越丰富，你给予的越多，你拥有的也越多。”(JN,230)

对于“声音象征”之下产生的女性写作实例最详尽的描述来自西苏评论巴西作家克拉丽斯·利斯佩克托(Clarice Lispector)的文章。这篇文章不仅强调了利斯佩克托的开放与慷慨(《克拉丽斯·利斯佩克托的来临》,410,n.7)，同时在一段极为非德里达式的段落中，强调了她赋予词汇以本质含义的能力：

> 大海几乎滴水不剩，只留下一个干枯的词语：因为我们也翻译词语，我们已掏空它们的言语，使之干枯、缩小、并为其涂抹防腐香膏。它们已经不能让我们想起它们曾经也是如欢笑声一般从具体事物之上升起的方式……但是克拉丽斯的声音只需说：大海，大海，我的龙骨就要裂开，大海在召唤我，大海！呼喊我，海水！　　　　(《克拉丽斯·利斯佩克托的来临》,412)

在其关于玛格丽特·杜拉斯和西苏的文章中，克里斯蒂安娜·马克沃德(Christiane Makward)在西苏的小说《LA》中辨析出十二种不同类型的风格：七种诗学风格和五种叙事风格。七种诗学层次的风格中的五种，在某些方面来说，具有如《圣经》般、礼拜仪式性或神话的特点。

这些高度诗意的抑扬顿挫的语言在西苏更为理论性的写作中也能寻见。《谈谈写作》便以圣经语言“起初，我敬爱”作为文章的开篇(VE,9)。在这一文本中，如同很多其他的文本，西苏将自己设置为女神或至少是女先知的角色——外出去拯救她的子民的孤独凄惨的母亲，一个女摩西，也有可能是法老的女儿：

> 在夜里我洒下的眼泪！世界之水从我眼中流出，我在我的绝望中洗涤我

的子民，我为其沐浴，用我的爱舔舐他们，我去往尼罗河畔收集被弃置在柳条篮中的人们；对于存活于世的人们的命运，我有母亲不知疲倦的爱，这就是为何我无所不在，我浩瀚如宇宙般的腹部，我努力修炼我如世界般宽广的无意识，我驱除死亡，它回来，我们再重新开始，我孕育着起初。(VE,53)

声称占据所有可能的主体位置，说话的主体确实可以骄傲地宣称她自己成为"多元的女性"(VE,53)，她通过阅读和写作参与分享神圣的永恒：

这本书——我能借助记忆和遗忘重读这本书。再一次从头开始。从另一个视角，再从另一个，接着又一个不同的视角。阅读，我发现写作没有终点。永生的，恒久的。

写作或上帝。上帝写作。写作的上帝。(VE,30)

西苏对于《旧约》的偏爱显而易见，但她对经典古籍也钟爱有加。她的认同能力似乎无尽：美杜莎、厄勒克特拉、安提戈涅、狄多、克娄巴特拉——在她的想象中她曾是她们中的每一个人。事实上，她宣称"我自己就是大地，万事万物发生于此，所有的生命在我不同的形式中与我一同生长"(VE,52～53)。反复回归圣经和神话的意象标志着她对于神话世界的投入：一个如同遥远的童话国度的世界，一个被看做广泛存有意义的、闭合的统一的世界。神话或宗教的话语呈现了一个宇宙，所有的差异、斗争和不和谐会最终在此得以圆满解决。她援引神话和圣经的典故常常伴随着——或缀以——"海洋的"水的意象，唤起多相变态的孩童的无尽的愉悦：

我们自己就是海、沙、珊瑚、海藻、海滩、潮汐、泳者、孩童、海浪……异质的，是的。为了她的快乐，她是性感的；她是多样的性感：空中飞行中的泳者，在飞行中，她不依附于自己：她是可消散的，奇异的，令人惊叹的，充满渴望的，有能力成为他人，成为她想成为的另一个女人，成为另一个她不是的女人，成为他，成为你。(《美杜莎的笑声》，260/51)

对于西苏以及无数的神话而言，水是最卓越的女性元素：封闭的神话世界的封闭包涵和反映了母亲子宫令人舒适的安全感。正是在这样的空间内，西苏的言说的主体可以自由地从一个主体位置移动到另一个主体位置，或者与世界如海洋般融合。她关于女性写作的想法从这层意思来说是被牢固地设置在封闭的拉康的想象层内：一个废除了所有差异的空间。

对想象层如此的强调可以解释为何写作的女性在西苏的宇宙里享受非凡的自由。在想象层里，母亲和孩子是一个基础统一体的一部分：他们合为一体。受到万能的"好母亲"的保护，写作的女人无论身处何时何地都能深刻感受到安全和免受危险威胁：没有任何事物可以伤害她，距离和分离永远不会致她失败。莎士比亚笔下的克娄巴特拉正是这一凯旋胜利的女性特质的例证：

> 克娄巴特拉的聪慧和力量尤为明显地显现在她的成就中——爱的作品——在距离、间隙、分离方面：她提出间隙只是为了将其填补至满溢，永远不会容忍会伤害到爱人身体的分离。　(JN,235)

安东尼和克娄巴特拉能够冒任何风险因为他们永远都会相互救助以免于伤害：自我可以被抛弃正是因为它总会得以恢复。如果西苏的诗学话语经常在提及童年的天堂时，获取一种萦绕于心的美，而这正是通过拒绝接受那一特权国度丧失的事实而获得。母亲的声音，她的乳房、奶、蜜和女性的水被用来组成一个包围着她和她的读者的永远在场的空间的一部分。

然而，这一想象的世界并不是完美无瑕的同质的(homogeneous)。我们已经看到女性的"礼物领域"是对差异的一种解构性的开放，尽管西苏主要用"母亲的声音"的持久在场来描述女性写作，但是她也将声音呈现为一种分离、分裂和碎片化的运作(JN,174～175)。在《谈谈写作》中，写作的欲望首先呈现为一种她无法用意识控制的力量：她的身体包涵了"另一个无限的空间"(VE,17)，这一空间要求她给予它一个文字的形式。纵使她与之抗争——任何胁迫都不能使她屈服——她仍秘密地着迷于这令人无法抗拒的呼吸(souffle)：

> 因为它(il)是如此强烈、如此狂暴,我热爱又惧怕这一呼吸。某日清晨被它举起,捉离地面,抛向空中。它令人吃惊。在我自身内找寻出乎意料的可能。如老鼠般入睡,如老鹰般醒来!多么快乐!多么恐惧。我与它没有任何关系,但我情不自禁。(VE,18)

这一选节通篇特意使用了法语中的阳性代词“il”指代呼吸(souffle),读起来有点像人们熟知的女性强奸幻想的变调:他(il)使女人为之倾倒;既恐惧又欣喜,她屈服于这次袭击。之后她感到更强大、更有力(如同一只老鹰),就好像她在这一场景中将“菲勒斯”(阳具)的力量融入自身。如同在所有的强奸幻想里,愉悦和享乐(jouissance)都是源于这样的事实,即女性是无辜的:她不想要它,所以不会因任何不正当的欲望有负罪感(不必说,这样的描述只与强奸幻想有关,与现实生活中的强奸完全不相关)。这是一个精妙的处理,召唤了菲勒斯(阳具)中心象征秩序内女性与语言的关系。如果一个女人要写作,她会因为她有掌控语言的欲望而有负罪感,除非她可以幻想自己对如此一个无法启齿的愿望不用负责。但是西苏把文本当做强奸的叙述也组成了她将文本看做“好母亲”的背景:“我在吃众多的文本,我在吮吸、舔舐、亲吻它们。我是这一众文本数不清的孩子。”(VE,19)克莱恩将母亲的乳头视为前俄狄浦斯阶段的阴茎意象的分析,可能可以说明西苏与她阅读的文本之间明显的口腔关系——毕竟,这一文本也正是她内疚地希望有朝一日可以书写的文本:“写作?我极度渴望为爱而写作,给予写作她(elle)所给予我的东西。多么大的野心!多么不可能实现的幸福。喂养我自己的母亲。换我给予她我的乳汁?疯狂的轻率。”(VE,20)在一系列迅速的转变中,作为母亲的文本成了作为强奸的文本:

> 我说“写法语”。人们写“进入”(in)。插入。门。进门之前敲门。绝对禁止……我怎能不曾想写作?当书籍抓住我,运送我,刺穿我直至我灵魂深处,让我感受到它们漠然的生殖力?……当我的存在正在被占据,我的身体被僭越和受精,我怎能继续在沉默中封闭我自己?(VE,20～21)。

母亲-文本，强奸-文本；屈从于语言的菲勒斯（阳具）统治法则，将其当做差异，当作间隙和不在场的结构；庆祝写作作为万能母亲的领域：西苏将永远融合差异，并置矛盾，努力去消解间隙和差别，填补空隙至满溢，将阳具和乳头快乐地融为一体。

想象的矛盾

西苏的写作和女性气质的理论存在根本上的矛盾，且一直在两种观点间游移不定，一方面是德里达式强调差异是文本的特性，另一方面是业已成形的将写作作为声音、在场和起源的形而上学的叙述。在 1984 年一次访谈中，西苏表明自己完全了解这些矛盾的存在。

> 如果我是个哲学家，我绝不允许自己使用在场、本质等术语或是分析某些事物的含义。我尽可以运用一种哲学话语，但是我并不这样做。我让自己随诗意的文字行走。（康利，151～152）

提及德里达的《论文字学》，西苏解释了德里达的概念与她自身的概念之间的关系（或缺乏这一关系）：

> 在《论文字学》中，他谈论的是普遍意义上的写作与文本。当我谈论写作时，这些并不是我要谈论的。这一刻人们必须替换概念；我并没有使用德里达分析写作的方式来谈及写作的概念。我使用的是更为理想主义的方式。我允许我自己这么做；我让我自己脱离哲学的义务和修正，但这并不意味着我对它们不屑。（康利，150～151）

尽管她自己的理论-诗意风格显然力图消解对立，但是西苏的作品还是以“诗歌”和“哲学”之间有意识的区分为基础的（这一区分可能也是德里达自己想要解构的）。那么，我们怎样才能充分阐明西苏看似对矛盾的热爱呢？有些人可能声称这是西苏狡猾的策略，意图证明她自己的观点：通过拒绝接受亚里士多德的逻辑——将A排除在非A之外，西苏熟练地实施了她自己对于父权逻辑的解构。但是这一论点假设西苏的观点事实上是一个解构的观点，因此忽视了很多篇章呈现的一个彻底的形而上学的立场。从精神分析的视角来看，她的文本策略看似为了设计创造一个空间，在这一空间内象征秩序的延异能够与想象层的封闭和认同和平共存。然而，如此共存只占西苏观念的一个方面：用解构的方式描述女性本质的层次，例如礼物领域，或与“新双性气质”的异质多元性相关的篇章。但是我们已经看到即便是“给予的女性”(Giving Woman)的开放或是双性特质写作的多元性也是以圣经的、神话的或自然原始的意象作为特征的，而这些意象又让我们返回到对想象层的关注当中。因此，西苏讨论的差异和多样性似乎更类似于前俄狄浦斯阶段儿童的多相变态而非象征秩序里欲望的转喻替代。“新双性气质”似乎最终是一个想象的闭合，使主体可以毫不费力地从男性主体位置转向女性主体位置。那么，最终，西苏话语的矛盾可以表现为在想象层的安全庇护所内得以容纳和解决。她对“父权”逻辑的高度不屑毕竟不是表明她对读者解放抱有巴特式的关心，尽管初见巴特对读者享乐的描述可能看似非常契合我们对西苏文本的阅读体验：

> 想象某人(类似反面的泰思特先生)祛除了他自身内里一切的障碍，一切的等级，一切的排外限制，并非通过混合主义(syncretism)，而只通过摆脱古老的幽灵：逻辑矛盾；他混合了每一种语言，甚至是那些据说不相容的语言；他默默地接受了种种不合逻辑、不协调的指控；面对苏格拉底式的反讽(引领对话者进入极度的耻辱：自相矛盾)和合法的恐怖主义(基于连贯稳定的心理之上的刑罚证据何其多)，他保持漠然消极……于是这个反英雄存在着：在他获取自身愉悦的一刻，他是文本的读者。(《文之悦》,3)

巴特式读者的享乐和西苏文本之享乐之间的差异在于前者标志着绝对的失去，一个主体在其中消散至虚无的空间，然而后者最终总会在想象层的充裕中收集起它的矛盾。

权力、意识形态、政治

西苏将女性气质/女性书写视为与女性身体快感重建自发关系的一种方式。她的这一观念可以从积极意义去解读，将其看做对一个全无压迫、全无性别歧视的社会里女性创造力的乌托邦式的想象。的确，对于想象层的明显的强调在乌托邦式写作中很常见。例如，克里斯蒂安·罗什福尔(Christiane Rochefort)在1972年曾出版过一部颇具影响力的女权主义乌托邦小说《阿尔绍斯或闪耀的花园》(*Archaos ou le jardin étincelant*)。这部作品在叙事模式方面与西苏的观点有强烈的相似之处，都将想象层视为一种解决欲望问题的乌托邦式方法。

乌托邦思想一直以来都是女权主义者和社会主义者政治灵感的源泉。① 乌托邦观念满怀信心地认为改变不仅可能而且应该存在，它始于对其自身社会的负面分析，其目的在于创造一些具有影响力的意象和观点，启发人们起来反抗压迫和剥削。受到恩斯特·布洛赫(Ernst Bloch)、赫伯特·马尔库塞(Herbert Marcuse)等法兰克福学派理论家的影响，阿恩海姆·诺伊聚斯(Arnhelm Neusüss)表明反乌托邦论点通常来自右派，作为策略的一部分，目的在于中和或回收乌托邦理想中的革命内容。诺伊聚斯描述的各种反乌托邦论点中最恶毒和传播最广的就是我们可称为"现实主义"的观点。"现实主义"的立场倾向于理性主义，总是低估人类欲望的可能的政治影响力，同时这一立场也反对许多乌托邦的矛盾本性：这一论点主张人们没有必要去认真对待它们，因为它们是如此不合逻辑，以至于任何人都能看出它们在现实生活中根本无法实现。

诺伊聚斯反对这一立场，他将众多乌托邦表现出的矛盾视为它们作为社会批判的合理证明：乌托邦的空隙和不一致首先标志着社会结构的压抑影响，而这正导致了乌托邦思想的产生，其次这些空隙和矛盾也说明专制主义意识形态无所不在的本性，而这正是乌托邦思想家努力试图削弱的。如果诺伊聚斯是正确的，乌托邦计划将永远以矛盾冲突为标志。因此，如果我们选择将西苏作为一位乌托邦

① 关于19世纪社会主义和女权主义中的乌托邦思想的精彩论述，参见芭芭拉·泰勒(Barbara Taylor)。

女权主义者去阅读，那么至少她的文本中某些矛盾方面可以分析为由以下两者间的矛盾构成，即已经充满矛盾的父权制意识形态与在父权制束缚中争取解放的乌托邦思想间的矛盾。但是如果西苏的矛盾最终在想象层同质化的空间内集结，那么这更可能会形成一次对主导社会现实的逃逸。

赫伯特·马尔库塞本身作为乌托邦主义坚决的捍卫者，在一篇评论诺曼·O.布朗的文章中将布朗的乌托邦理想描述成为一种努力，试图"重新恢复原初和整体的统一：男性与女性、父亲与母亲、主体与客体、灵魂与肉体的统一——废除自我，废除我的和你的，废除现实原则，废除所有的界限"(234)。虽然布朗类似西苏式的对快乐原则的发展是对废除现存压抑结构的积极尝试，但这仍不能令马尔库塞满意，因为它仅能存在于想象层内：

> 压抑的根源是而且一直就是真实的根源；因此，要根除它们也一直是一项真实理性的工作。要被废除的并非是真实原则；不是所有的事物，而是如商业、政治、剥削、贫困等一些特定的事物。由于缺乏对现实和理性的重新考量，布朗的目标终究是失败的。 (235)

缺乏任何关于阻碍女性写作的物质因素的确切分析正构成了西苏的乌托邦的一大缺陷。在她的诗学神话中，写作被假设为一项每个以女性为身份的女人自动参与的绝对的活动。这一观念尽管鼓舞人心、充满诱惑，但它未能谈及女性作为社会人而非神话原型必须长期忍受的不公正、权益的剥夺和侵犯。

马尔库塞坚持乌托邦理想需要重拾理性和现实的观点是适时的。在她急切地想为女性挪用想象和快乐原则时，西苏似乎有直接落入她所批判的父权制意识形态手中的危险。毕竟，正是父权制，而非女权主义，一直坚持将女性贴上情绪化、依靠直觉和富于想象的标签，同时充满嫉妒地将理智与理性转变成为男性的独占领地。乌托邦在诗学和政治的层面上挑战我们。因此我们可以这样理解，女权主义者一方面认可西苏观念的修辞力量，另一方面应该要检视其观念中确切的政治意图，这样才能发现我们一直受激励要做的事情究竟是什么。

但是将西苏的写作强行塞入政治的约束衣是否合理，特别是当她声称她关注诗歌多于关注政治？

> 如果我说我是一个政治女性，那我是在说谎，我根本不是。实际上，我不得不组合这两个词，政治的和诗性的。不想向你说谎，我必须承认我强调了诗性。我这样做是为了政治不再压抑，因为政治既残忍冷酷又如此严苛真实，以至于有时我想哭泣，用诗性的眼泪来抚慰自己。　　(康利，139～140)

在此假设存在于政治和诗性之间的距离的确是女权主义批评一直致力于消解的距离。虽然西苏似乎声称她的文本具有"诗学"地位，但这并不妨碍她直接书写与女权主义政治相关的权力和意识形态议题。对西苏而言，意识形态是"一种将一切包裹在内的巨大的膜。一层我们已然知道其存在的皮肤，即使它像张网或是闭合的眼皮将我们覆盖"(JN，266～267)。西苏将意识形态视为全封闭的观点与凯特·米利特将其视为一个庞大单一的整体的观点相仿，两者也存在同样的缺陷。[①] 如果意识形态从一开始就是一成不变，没有丝毫能让我们察觉其存在的矛盾、间隙或裂缝，那我们又怎能发现环绕我们四周的意识形态的本质呢？西苏的意识形态的意象再现了神话宇宙的封闭，她在其中不断寻求庇护，远离物质世界的种种矛盾。当卡特丽娜·克莱曼(Catherine Clément)斥责西苏从非政治的层次言说，她精准地指出了西苏作品中的这一问题：

> 卡特丽娜·克莱曼：我必须承认你的语句对我而言缺乏真实性，除非我从诗学意义上来理解你的话。给我一个例子……在你描述的层面上，我无法辨识出任何具有政治意义的东西。这并不是说它是"虚假的"，当然不是。但是在我看来，你描述的内容属于神话或诗的层面；它都在标示一种欲求的、虚构的、集体的主体，一个巨大的实体，时而是自由的、革命的，时而是被奴役的、沉睡的，时而又是清醒的……那些并非存在于现实中的主体。
>
> (JN，292～293)

---

① 参见第一章中对米利特的讨论，英文原文第24～31页。

同样令人烦扰的是西苏的权力话语。在《人文科学评论》的一次访谈中，她将权力区分为“坏”与“好”两种：

> 我确实想对权力进行清楚的划分，一种是意图获取霸权、渴求个体的、自恋式的满足的权力。那种权力总是凌驾于他人之上，与政府、控制，甚至是专制统治相关。然而，如果我说“女人的权力”(woman's powers)，首先它已不再是一种权力，它是多样化的，多于一种权力（因此不存在中央集权化的问题——集权化会破坏与独立个体的关系，消除一切事物的差异），这里所说的是超越自我的权力的问题，换言之，不是基于掌控而是基于自由支配(disponibilité)建立的关系。 (RSH，483～494)

这两种权力完全都是个人和个体的：反抗压迫的斗争似乎是为了肯定女性权力的多元性而做出的缺乏说服力的努力（“女人”的单数形式正与异质性相左），这看似最终只是声称一个强壮的女人能做她喜欢做的事情。在法语中，词语disponibilité背负着资产阶级—自由主义沉重的传统，部分是因为它在安德烈·纪德(André Gide)作品中所占的中心地位。“可以自由支配”因此意味着一种自我主义的“为一切做好准备”的欲望，不会陷入社会和人际间的义务之中。西苏在全球呼吁“女人的权力”（woman's powers）实际上掩饰了女人间真实存在的差异，因此不无讽刺性地压制了女性权力(women's powers)真正的多元性。

西苏视写作为解放的具体实施过程，而非解放的工具。这一诗性的观念带有同样个人主义的暗示。写作作为狂热的自我表达，认为女性个人完全有能力解放自我，回归原始母亲的怀抱。在西苏看来，女人相互之间的联系只遵循一个二元模式（我/你）：作为母女、女同性恋伴侣或其他类别如师/生或先知/使徒之间的关系。指涉更广阔的女性群体或集体的组织形式的缺失不仅在女权主义活动家的作品中显得尤为突出，也表明西苏基本上无力再现许多社会关系中典型的、非想象层的欲望的三角结构。

鉴于西苏理论的个人主义导向，也就不会惊异于她的一些学生将其政治观念描述成为她个人角色的简单延伸，如同维瑞娜·安德迈特·康利(Verena Andermatt Conley)在万森纳的巴黎大学(一座看似冠冕堂皇却难掩污秽的学府)对西苏一次出场的描述：

> 西苏过去常着一件光彩夺目的貂皮大衣进入学校，这件大衣的资本价值极有可能超出教室内许多人的经济能力。她的近体空间学标志着对压迫的进步使用。如同巴塔耶对阿兹台克仪式召唤的副本，她在教室廉价的钢筋混凝土结构的映衬下被凸显出来。她于是成了剩余价值和一个零度术语，一个端庄得体、倍受怜爱的身体的统治中心，她的政治理念在那里打碎了旧时国王让嫔妃簇拥四周的场景。(康利，80)

貂皮作为解放：令人感到奇怪的是，来自第三世界的女人们竟然用了如此之久的时间才提出西苏的衣着策略问题。

对于深受英美研究女性与写作方法影响的读者来说，埃莱娜·西苏的作品代表了一个戏剧性的新起点。尽管她文本中的概念经历了起起落落，但是写作对于她在某种程度上永远都是一个力比多欲望的对象或行为。通过使女权主义批评得以从带有压抑性的作者中心论的经验主义中逃脱，将性本质与文本性联系在一起的做法为女权主义调查语言中欲望的表达打开了一个全新的领域，这不仅存在于女性写作的文本，也存在于男性的文本。

如我们所见，深度研读西苏的作品必须面对其中复杂的矛盾与冲突之网，在此之中文本性的解构观点与同样热烈的将写作视为女性本质的观点相碰撞并遭到后者的削弱。如果这些矛盾最终可在想象层中得以解决，那么这反过来也会为西苏的女权主义读者带来一系列的政治问题：虽然她的作品较少涉及可辨识的社会结构，且存在生物主义的问题，但她的作品仍然构成了对女性想象力的一场乌托邦式的激情召唤。

第七章　父权制的反思:露西·伊里加蕾的镜子

露西·伊里加蕾的博士论文《他者女性的内视镜》(Spéculum de l'autre femme;英译 Speculum of the other woman, 1974)堪称不朽之作,然而正是这一巨作导致她立即被拉康位于万森纳的弗洛伊德学派(École freudienne)除名。将这场戏剧性的父权实施的过程视为这部著作本身女权主义价值的佐证,这一想法确实诱人:任何让父辈们烦恼至此程度的文本必定值得女权主义者的支持和掌声。但是如果《内视镜》受到主流拉康派学者的严词批评,①那么,它同时也会成为女权主义激辩的对象。有时看来似乎批判伊里加蕾的各类评论家们唯一能达成共识的一点就是这本书确实值得他们给予广泛关注。②

伊里加蕾的首部著作——《错乱的语言》(*Le Langage des déments*,英译 *The Language of dementia*,1973)是针对老年痴呆症患者语言分裂类型的研究:这一领域乍看之下似乎和《内视镜》全力关注的女权主义截然不同。然而,对于《内视镜》的读者来说,《错乱的语言》的结论听起来似曾相识:"痴呆症病患被语言说多过主动说语言,被动言说多于主动言说,这一病患因此不再是一个主动的言说主体……他可能只是一个以往清晰言说的传声筒。"(351)痴呆症语言与语言结构间被动的、仿造或模仿的关系,和《内视镜》一书中女性与菲勒斯(阳具)崇拜话语之

---

① 参见勒蒙娜-路西奥尼(Lemoine-Luccioni)在杂志《精神》(*Esprit*)中的评论。

② 对《内视镜》引文的索引将缩写为 S。"S,130"指《内视镜》,130 页;"CS,76"指《非一之性》,76 页。《非一之性》中的两篇文章已经翻译成英文,收录在马克斯和康迪维农编辑的文集中。从这两篇译文中摘录的引文将会标为 MC,后面标注法文原版的索引页码,例如,"MC,100,CS,24"。除了标注 MC 的译文以外,其他译文都由我本人翻译。

间的关系有着惊人的相似之处。

1977年，伊里加蕾在《内视镜》之后又出版了文集《非一之性》(*Ce sexe qui n'en est pas un*，英译 *This sex which is not one*)。尽管这一文集与之前两部作品相比，篇幅较短，在很多方面更易于理解，但《非一之性》本身未能为读者精确完整地呈现伊里加蕾的理论，这可能是因为它与《内视镜》的内容过于接近；《非一之性》一部分包括诗意的或半理论性的文本，一部分包括传统意义上的理论文本，甚至包括了关于之前著作研讨会的记录。《非一之性》进一步延伸了《内视镜》内首次提出的核心观点，因此需要对《内视镜》先有一定的了解。

1977年以来，伊里加蕾相继发表了两部篇幅较短的文章来探讨母女关系：《一个不会没有另一个而走动》(Et l'une ne bouge pas sans l'autre，英译 And the one doesn't stir without the other，1979)和《抱紧母亲》(Le Corps-à-corps avec la mère，英译 Clasped with the mother，1981)。伊里加蕾不仅延续了她在《内视镜》中对西方哲学传统的批判，而且在《尼采的海上情人》(*Amante marine de Friedrich Nietzsche*，英译 *Friedrich Nietzsche's marine lover*，1980)一书中就尼采对水的意象的运用进行了兼具诗意和理论性的解读。伊里加蕾认为水是尼采最陌生的元素，因此也是对他的话语最具"解构"潜力的元素。《原始的激情》(*Passions élémentaires*，英译 *Elementary passions*，1982)又回归到《内视镜》和《非一之性》的基本主题，这次是通过诗意的独白形式，言说的主体是一个女人，她歌唱她在自然元素间的愉悦和她对于自己男性情人的热爱。《遗忘空气：海德格尔记》(*L'Oubli de l'air chez Martin Heidegger*，英译 *Forgetting the air*：*the case of Martin Heidegger*，1983)基于海德格尔对于空气意象的压抑，对海德格尔进行了批判。伊里加蕾随即从海德格尔的话语出发，将空气作为女性元素进行分析，试图以此分析解构男性思想中的简化分类。在《相同的信仰》(La Croyance même，英译 Even belief/The same belief/The belief in the Same，1983)这篇简短的讲稿中，伊里加蕾谈论了弗洛伊德关于"消失-出现"游戏的分析。伊里加蕾认为弗洛伊德忽视了儿童与空气间极其重要的关系，空气是唯一可以帮助儿童适应失去胎盘和母亲身体的元素。然而，我对于伊里加蕾的女权主义理论的论述将集中于她形成自身女权主义分析主要原理的两部著作，首先也是最重要的作品《他者女性的内视镜》，此外还包括《非一之性》。①

内视镜

虽然拥有心理语言学的研究背景和精神分析师的职业背景，伊里加蕾最终选择了哲学作为极具声望和高度学术性的法国博士学位论文的研究方向，这一决定令人颇感讶异。但对于伊里加蕾自身来说，选择哲学的原因显而易见：在我们的文化中，哲学一直享有"主宰话语"的地位，如她所说，"正因为哲学为其他所有事物制定了规则，也正因为它构成了所有话语的话语，哲学话语理应受到人们的质疑和指摘。"(S,72)如果《内视镜》的第一部分包含了对弗洛伊德的女性气质理论的严词批评，那么这一批判也正展示了弗洛伊德革命性的话语在涉及女性气质问题上对西方哲学传统中厌女症规则的遵从。与凯特·米利特不同，伊里加蕾无意将精神分析拒斥为毫无用处或本质上反动的理论：

> 这其实是在展示其无效的暗示。尽管弗洛伊德理论确实在某些方面撼动了整个话语理论秩序，但当其涉及性别差异的定义时，它又自相矛盾地臣服于这一秩序。 (CS,70)

《内视镜》共分三大部分：第一部分，"对称性旧梦的盲点"(La tache aveugle d'un vieux rêve de symétrie，英译 The blindspot of an old dream of symmetry)。②这一部分包含了作者对弗洛伊德的女性气质言论的详尽解读，主要针对《精神分析新论》中他关于女性气质的讲座，还包括他谈及女性性心理发展和/或性别差异

---

① 关于其他对伊里加蕾或她提出的部分问题的介绍，参见伯克的文章《露西·伊里加蕾的〈当我们的唇一起说话〉文章导读》(Introduction to Luce Irigaray's "When our lips speak together")和《伊里加蕾的镜中奇遇》(Irigaray through the looking glass)；以及温策尔(Wenzel)的文章《露西·伊里加蕾的〈一个不会没有另一个而走动〉导读》(Introduction to Luce Irigaray's "And the one doesn't stir without the other")和布朗与亚当斯合写的文章《女性气质的身体和女权主义政治》(The feminine body and feminist politics)。

② 参见盖洛普在她题为《父亲的诱惑》(The father's seduction)一章中对此标题意涵的讨论(盖洛普，56～79)。

问题的其他文本。第二部分,“内视镜”。这部分包括作者对从柏拉图到黑格尔等多位西方哲学家思想进行的系列解读,以及一些展现伊里加蕾自己理论立场的章节。第三部分,“柏拉图的洞穴”[Plato's hustera (cave)]依据前文对西方哲学的批判,细读了柏拉图的洞穴寓言。尽管伊里加蕾书中这一部分并非接下来陈述的重点,但它仍是女权主义对父权话语高度成熟缜密的解构或批判,并为寻求政治性阅读文学文本或哲学文本新模式的女性提供了丰富灵感。

然而,《内视镜》的构成远比之前的描述更为错综复杂。《牛津英语大词典》中“内视镜”(speculum)一词含有以下释义:

> 1.(手术用语)用于扩张人体腔隙进行检视的工具;2. 镜子,通常为抛光金属制成,例如:内视镜金属(铜锡合金),特别用于反射式望远镜。

“内视镜”(Speculum)最初在拉丁文中意为镜子(mirror),源自单词 specere(“看”)。正如我们所见,这一词语本身已经凝聚了伊里加蕾分析中的几个重要主题。然而伊里加蕾在构建《内视镜》这部作品时也力图建立类似内视镜的结构。她以弗洛伊德为开端,以柏拉图为结束,反转了正常的历史顺序。这一特意的安排与妇科腹腔镜医师检查女性身体“腔隙”所用的凹镜的功能相仿。为了说明这一点,伊里加蕾引用了柏拉图对于凹镜的描述,“将镜子进行翻转,镜子的凹面会使镜中的面容看似上下颠倒”(S,183)。[①] 但是凹镜同时也是一个聚焦点,一个能汇聚光线的透镜,可以“照亮洞穴的秘密”并“洞悉女人的性奥秘”(S,182)。内视镜既是一个为了更深入插入女性的男性器具,也是一个类似它想要探寻之物的凹陷表面。内视镜正是凭借它的凹面形状才得以进入并照亮女性的阴道;尽管这看起来有些自相矛盾,但内视镜正是通过模仿它的对象,从一开始就将对象具象化了。

伊里加蕾的《他者女性的内视镜》的结构形似内视镜/阴道的凹陷表面。题为

---

① 经常很难确定伊里加蕾的引文出处。在《内视镜》的跋中,她说道她经常更愿意不标注引文。鉴于女性被排除在理论之外,伊里加蕾认为她不需要用同一理论所规定的方式来建立联系。

“内视镜”的部分位于作品的中心位置,分别被解读弗洛伊德和柏拉图的两大部分夹在其间。中间这较为碎片化的部分仿佛陷落在两大思想家坚实挺立的长卷之中。在这中间部分的内部,这一构架技巧也被重复使用和反转:伊里加蕾在开头和结尾的章节中提出她的理论观点,将中间论述从柏拉图到黑格尔等男性哲学家的七个章节框在其中。构架结构虽然一致,但是男女之间的包夹关系被反转了。在这中间的七个部分内部,似乎又启用了另一种构架手段:在大力批判柏拉图和亚里士多德的两章之后,紧接着的关于普罗提诺(Plotinus)的一章却完全是以其作品《九章集》(*Enneads*)的节录组成。在此语境(context)中(或更确切,“屄文”〈con-texte〉,因为 con 在法文中有“屄”的含义),看似简单直接的引用实际上在暗中颠覆普罗提诺的话语:毕竟这些引文已非普罗提诺的文字,而是伊里加蕾对其进行的专业(逐字逐句)的仿制。她完美的模仿在细微中暴露了普罗提诺孤芳自赏的菲勒斯(阳具)中心主义。

紧随仿写章节之后的是针对笛卡儿进行的较为传统的分析。在笛卡儿分析之后是名为“神秘主义”(La Mystérique)的章节,其中伊里加蕾对女性神秘主义话语进行了精彩的解读。在末章之前有两章,一章分析康德,另一章分析黑格尔。末章中伊里加蕾自己的理论话语又重新占据主导地位。由于笛卡儿一章处于“内视镜”部分(也是整部作品)的正中位置,这一效果也是构架的结果。被有关普罗提诺的章节“La mère de glace”(“冰/镜之母亲/海洋”)和“La Mystérique”(“神秘主义的/歇斯底里的/神秘的女人”)章节所包围,笛卡儿坠入书中最深处的坑洞:在阳具式仪器的移动中,内视镜在照亮笛卡儿的同一时间也指明了他位于女性内里的位置,而这似乎在证明伊里加蕾的论点,即女性成为寂静的土地,父权主义思想家在此之上竖立自己的话语架构。这也许不是巧合,伊里加蕾之所以会选择这样的结构将笛卡儿层层包围起来,正是因为笛卡儿这一建立“身/心”二元论的理性主义理论家至今仍对法国知识分子产生着深远的影响。

思考(观视映照)与模仿主义

伊里加蕾的文体主要受到来自解构批评技巧的影响。由于她在《内视镜》中绝大部分的观点都是通过娴熟操纵引文及其自身评论来进行传达,因此要想充分体会伊里加蕾写作的韵味,我不得不像她援引弗洛伊德或柏拉图一样大篇幅引用她的原文。在随后的论述中,为了突出她的方法、关注其方法中值得商榷之处,我选择主要关注她对于弗洛伊德的批判和她对女性神秘主义的分析。

弗洛伊德

弗洛伊德关于女性气质的讲座以女性的奥秘作为出发点。旨在为女性气质的黑暗大陆洒下些许科学之光,弗洛伊德以问题"什么是女人?"作为开场。他使用的光/黑暗的意象,在伊里加蕾看来,已经揭示了他对于古老的"菲勒斯(阳具)崇拜"哲学传统的屈从。弗洛伊德的性别差异理论是以差异的可见性(visibility)作为基础:正是眼睛决定了什么才是全然的真实。[1] 对于弗洛伊德来说,性别差异的基本事实是男性拥有明显的性器官——阴茎,而女性没有;当他看女性时,他显然什么都看不到。女性的差异被视为男性规范的一种缺失或否定。

这一点对于伊里加蕾的论述至关重要:在我们的文化中,女性总是外围的表征:"女性气质因此不得不被破译为已实现的意义之间和字里行间被禁止(interdit)的中间符号。"(S,20)伊里加蕾声称,女性是男性主体的"观视映照"(specularization)所需的负面。"观视映照"意味着不仅镜中像来自内视镜在阴道内部的视觉插入;它同时暗示所有的西方哲学话语都是建立在一个基础假设之上:即假设一个能够反思其自身存在的主体的必要性。伊里加蕾认为哲学元话语只有通过思考的主体深思凝视自身的过程才能成为可能;哲学家的思考本质上是自我崇拜的。伪装成对男性存在普遍状况的反思,哲学家的思考依靠它的反射(它的自我反思性)来获取它的影响;超出反思回路的事物则是难以置信之物。当伊里加蕾主张西方哲学话语无法表征女性气质/女人而只能将其视为它自身反思的负面时,她的内心已经在考虑这种思考(观视映照)。

同一的逻辑,在伊里加蕾看来,可以追溯到弗洛伊德对性别差异发展的叙述。

---

① 关于弗洛伊德理论中目视证据的地位的进一步讨论参见希思(Heath)。

弗洛伊德认为在前俄狄浦斯期性别差异并不存在：在口唇期、肛门期和性器期，小女孩和小男孩并没有不同。正是在俄狄浦斯危机出现的时刻，小女孩的倾向才会出现至关重要的变化：当小男孩继续将他的母亲作为他的对象，小女孩则不得不转移她在前俄狄浦斯期对母亲的依恋，转而将她的父亲当做爱恋的对象。这一转移不仅难以解释；而且也难以完成：正如弗洛伊德坦然承认的一样，大部分女性是否能真正全然放弃她们前俄狄浦斯期的依恋并发展出完全"成熟"的女性气质，这并不确定。[①] 伊里加蕾认为弗洛伊德对同一的反射逻辑的屈从迫使他发展出这一套缺乏连贯性、相互矛盾、仇视女性的女性气质理论。他的理论相当于认为小女孩本质上跟小男孩相同：正如伊里加蕾尖刻地指出，小女孩已非小女孩，而是个小男人。弗洛伊德认为在性器期，小女孩将自己的阴蒂视为一个内在的阴茎，因此他熟练地阻止了差异闯入他的思想。对小女孩的缺失的视觉感知正是弗洛伊德阴茎羡妒理论背后的基础假设。

对于认为女性首次看到自己的阴蒂就将其视为小阴茎并相信自己已被阉割这一观点，伊里加蕾与凯特·米利特想法类似，她们都认为此观点可被读做男性阉割恐惧的投射：只要有人还认为女性在羡妒男性的阴茎，男性就能确信他还拥有着阴茎。女性阴茎羡妒，换言之，是为了支撑男性的心理。伊里加蕾点评道："阉割女人是为了将她写入同一欲望的法则，追逐同一的欲望"（CS，64）。有思想的男性不仅将其繁殖复制自我（自我反思）的欲望投射到女性身上；在伊里加蕾看来，他还没有能力跳出反射结构进行思考。因此，女性阉割情结仍然更多是关于同一。正如西蒙娜·德·波伏娃所发现，女性不仅是他者，更确切地说，是男性的他者：他的负面或镜中像。这就是为何伊里加蕾声称父权制话语将女性置于表征

① 关于从弗洛伊德至今的女性性理论的简要概述参见叶琳娜·卡瑟古埃特·斯密格尔（Janine Chasseguet-Smirgel）在其编辑的文集中由她执笔的导论部分，或伊里加蕾令人钦佩的明白易懂的题为《返回精神分析理论》（Retour sur la théorie psychanalytique）法文原文章节（CS，第35～65页）。关于女权主义对于这些理论的挪用参见米歇尔（Mitchell）的著作《精神分析学与女权主义与女性：最长久的革命》（*Psychoanalysis and Feminism and Women：The Longest Revolution*），和收录在米歇尔和罗斯（Rose）主编的文集中的米切尔和罗斯各自的导读文章，以及考夫曼（Kofman）对弗洛伊德精彩的重新解读，全文为法文，这篇文章在很多方面都可被视为对伊里加蕾的批判回应。勒蒙娜-路西奥尼在《女性的分配》（*Partage des femmes*）中和蒙特雷都把争辩带入到更明确的拉康的地域。

之外：女性是缺失的、负面的，她是黑暗大陆，或至多是个次等男人。在父权制文化中，如此（而"如此"到底指什么，这将是后续讨论的主题）的女性是被压制的；它只能作为男性观视映照的他者，以此"可接受"的形式返回。

弗洛伊德在自己的作品，特别是《暗恐》（*The Uncanny*）中，将凝视阐释成一种菲勒斯（阳具）崇拜活动，与意图对客体实施施虐狂式掌控的肛交欲望相关联。① 深具观视映照能力的哲学家是操控自身洞察力的主人；正如俄狄浦斯的例证所示，对失明的恐惧即是对阉割的恐惧。只要主人的"窥视欲"（如"观看之爱"）得以满足，他的统治地位就不会被动摇。因此，小女孩的"什么都看不着"（"nothing to be seen"）对男性性学理论家们产生了威胁。简·盖洛普（Jane Gallop）曾提示我们注意希腊语 theoria 既源自 theoros，意为"观众"，也源于 thea，意为"观看"（盖洛普，58）。如果我们的理论家要思考女性气质，他会发现自己从菲勒斯（阳具）崇拜的灯塔滚落，没入黑暗大陆的晦涩未知。

伊里加蕾用她的个性文体呈现了弗洛伊德理论中观看（或凝视）的重要性：假借充满求知欲的小女孩的身份挑战父亲的权威，她慢慢拆解他的建构。援引弗洛伊德对小女孩渴望拥有阴茎而非其自身低等的阴蒂的生动描写，她发现自己也在思考这段描写的含义：

> 并非一场拙劣的戏剧化描写。人们可以想象或虚构出这样似曾相识的场景发生在精神分析学家弗洛伊德的咨询室里。尽管他们各自与观看、眼睛和性别差异之间关系的问题很快就会出现，因为他告诉我们人们只相信眼见为实。难道人们可以不看就能评述事物？也许……但是，除非所有的权力和差异都变成可见之物？只有在这样的情况之下，弗洛伊德才可能在不被看见的情况下通晓一切？不被发现他在观看？他的凝视的权力也未被质疑？

---

① 粗略总结，弗洛伊德的论点将观看的行为与肛门活动联系在一起，他将这一活动视为表达掌控欲望或针对其（力比多的）对象实施权力的欲望，这一欲望构成了后期关于菲勒斯（阳具或男性气质的）权力的（菲勒斯或俄狄浦斯式的）幻想的基础。因此，凝视实现了窥视者对施虐狂式权力的欲望，在此过程中，凝视的对象被选派扮演它的被动的、受虐狂的、女性气质的受害者。

> 难道这就是对于全能的观看和知识的忌妒的源头?权力位于生殖器/女性/性之上。忌妒、羡慕阴茎-眼睛,菲勒斯(阳具)崇拜的观看?他会发觉我没有这个东西,然后在转瞬间做出决定。而我无法断定他是否也有一个(阴茎)。他是不是比我拥有的还多。但他会让我知道。错置的阉割?观看立即受到质疑。人们不应该忘记在弗洛伊德看来,"阉割"或有关阉割的知识都与观看有关。观看一如既往地处于危机/游戏之中……
>
> 但是小女孩、女人没有任何可以展示的东西。她暴露、展示一个什么也看不着的可能性。(S,53)

在弗洛伊德和其他西方哲学家看来,女性成为他自身男性气质的一面镜子。伊里加蕾总结道,我们社会中的表征以及社会和文化架构,在她看来,都是本质(男)同性恋的产物。这里的双关含义在于法语中"homo"(相同)和"homme"(男人):男性对于同一的欲望。自我表征的愉悦和她对于同一的欲望将女性拒之门外:她被剥夺了任何她可能专有的愉悦。

陷入父权制反射性逻辑中的女性只能选择保持沉默,偶尔发出些含糊不清的胡言乱语(任何超出同一逻辑的言语,从定义来看,都是男性主导话语所无法理解的),或扮演自身的镜面表征——一个次等的男人。后一种选择,女人作为仿制品,在伊里加蕾看来,是歇斯底里的一种形式。歇斯底里的女人用男性的方式模拟表现她自身的性欲,因为这是她挽救自身些许欲望的唯一途径。歇斯底里的女人自身戏剧化的演绎(或舞台式表演)都是父权制话语将其排除在外的结果。无怪乎男权主义会视歇斯底里的症状为与男性有关的戏剧(她想引诱自己父亲的欲望)的伪劣翻版。也无怪乎弗洛伊德对小汉斯的治疗展示了分析学家和他的小克隆人之间惊人的相似,然而他对于朵拉的歇斯底里症的分析则显现了所有他自身对于失控和屈服于阉割空虚("什么都看不着")的恐惧的印记。[1]

---

① 关于弗洛伊德《朵拉》中焦虑的进一步分析参见莫伊(Moi)。

神秘主义

《内视镜》中部的第一章以对主语性（subjecthood）概念的检视开始："所有关于主体的理论总是被归置于'阳性'（masculine）范畴。当女性接受并遵从这些理论时，她也在不知不觉间放弃了她与想象层的特定关系。"（S，165）女性被阻隔在主体性（subjectivity）之外，伊里加蕾声称，这一排除在外的举动是为了确保为（观视映照的）主体建立相对稳定的客体。如果人们想象女性也可以想象一切，那么（观视映照的）客体就会失去其稳定性，从而引发主体稳固地位的动摇。如果女性不能表征土地、大地及那些可被移置或压制的、惰性的或混沌的物质，那么主体还能如何保证其主体地位的稳固呢？如果缺失了这一非主体的基础，伊里加蕾认为，主体根本无法建构其自身。思想大师的话语的盲点永远都是女性：被放逐在表征之外，她构成了理论家构建其反射性理论的基础，但她也因此永远成了他架构坍塌的基点。

伊里加蕾认为，如果神秘主义经验恰好是一种失去主语性和主/客体对立消失的经验，那么这一经验对于女性来说似乎拥有一种特殊的吸引力，因为女性的主体性正遭受父权制话语的否定和压抑。尽管并非所有的神秘主义者都是女性，但是神秘主义似乎确实在父权制之下建立了一片高灵活动的区域，在此区域之内女性能够并确实更频繁地超越男性。在伊里加蕾看来，神秘主义话语是"西方历史中唯一一处女性可以如此公开地言说和行动的地方"（S，238）。神秘主义意象强调灵魂的夜晚：意识的模糊和混乱，主语性的缺失。被神灵的火焰触碰，神秘主义者的灵魂转化成为一条流动的溪流化解了所有的差异。这一高潮的体验脱离了父权制逻辑的反射理性：施虐狂的眼睛/自我必须被关闭；如果哲学家想要了解神秘主义者的快乐，他必须逃离他的哲学，"为了能思考明晰一切，从哲学封闭的密室里，从围困自身的观视映照的矩阵里不顾一切地逃脱"（S，239）。这极乐（ecstatic）的幻象（希腊语中 ex 指"外面"，histēmi 指"地方"）似乎是逃脱了观视映照。如果女性追寻并获得极乐（或如伊里加蕾的拼写 ex-stase），这正是因为她们已经置身于视觉表征之外；神秘主义者的无知，她在神灵面前极度的卑贱，都是源自她被抚育成人的女性处境:"(在这一体系中)最不擅长科学的人和最无知的人却是受到神的启示最多和最具雄辩力的人。从历史上来看这些人都是女人。或至少是'阴性的'。"(S,239)

然而如果在深不可测的深渊的中心仍然藏匿着一面镜子/内视镜,那又会是怎样一种情况?神秘主义者们确实经常使用燃烧的镜子(或 miroir ardent)的意象来描绘他们体验的某些方面。尽管燃烧的镜子似乎是不会反射的镜子,但这一词组仍然发出了向观视映照神秘主义经验方向行进的信号。伊里加蕾认为这是源自神秘主义的神学建构。神学通过为神秘主义提供一个(阳/男性)客体,将神秘主义神学化:神秘主义经验只是反射了上帝所有的光辉,因此被降格为男性观视映照的又一个例证,在此例证中,上帝欲求圣子(反之亦然)的(男)同性恋秩序在神秘主义者内心的虚无中得到反射。但是,正如伊里加蕾所示,男性企图收复神秘主义的努力很有可能会适得其反:上帝,甚至是在神学中,超越了一切表征;圣子的人类化身是"所有男人中最具女性气质的"(S,249)。基督消解了反射逻辑,神秘主义者的自我贬低再次实现了他的激情:只有处于所有深渊的最深处才能获得胜利。神秘主义者的自我表征脱离了父权制下强加于身的非表征的反射逻辑。模仿受难基督的形象,神秘主义者常常赋予自身的卑贱竟自相矛盾地开启了一个空间,任其舒展她的愉悦。尽管仍被男性话语围绕,这一空间已足够宽广,她在其间不再感到被放逐。

无法改变的同一逻辑

伊里加蕾对神秘主义的高度赞赏可能令许多女权主义者感到吃惊。她认为神秘主义经验正是通过对父权式屈服全然的接纳才使女性气质有可能发现自我。但是神秘主义毕竟是一种特殊情况。伊里加蕾可能并没有声称所有女性在其内心都是神秘主义者,而是在父权制下,神秘主义(类似于数个世纪之后的歇斯底里症)为女性提供了一个真正的、尽管是有限的机会,让她们得以发掘专属于女性力比多驱力的愉悦。但是我们怎样才能知道什么是或可能是"女性的愉悦"?如果反射逻辑统领西方所有的理论话语,那么露西·伊里加蕾的博士论文将如何免除这一逻辑的毒害?如果她对神秘主义者的研究导致她喜欢上仿效基督受难的女性意象,难道她不会陷入这一逻辑而被要求制造一个与父权制逻辑中女性气质的反射构建完全相同的女性形象?针对伊里加蕾以女性理论家或研究女性的理论家的身份自居时遇到的问题,肖莎娜·菲尔曼(Shoshna Felman)曾在一段颇有见地的文字中提出一系列相关的疑问:

> 如果"女人"恰巧正是任何可想到的西方言说理论核心的他者(the Other),那么这样的女人还能如何在这本书中进行言说?谁在这里言说,谁在坚称女性的他者性?正如露西·伊里加蕾建议,如果女性的沉默或其受抑制的言说能力构成了哲学或其他同类理论话语,那么露西·伊里加蕾为了发展自身关于女性的理论话语应当从何种理论核心进行言说?她是否以女性身份或代表(沉默的)女性、为了女性、以女性的名义进行言说?是否是女人就可以用女性身份言说?"以女性身份言说"这一事实是由什么决定的?生理条件、战略性和理论立场、生理解剖还是文化?如果"以女性身份言说"并非一个"自然"事实,因此不能想当然,那又会是何种状况?　　(菲尔曼,3)

虽然伊里加蕾事实上从未承认过这一点,但是她对于男性反射逻辑的分析深受德里达对西方哲学传统批判的影响。如果《内视镜》的文本分析成了颇具启发性的反父权制批评的范例,这正是因为伊里加蕾深知该如何揭露菲勒斯(阳具)中心论话语中的错误和前后矛盾的漏洞。当佳亚特里·斯皮瓦克(Gayatri Spivak)称赞法国女权主义能机智应对统治性的话语形式时,她尤其是在称赞伊里加蕾的作品:

> 从长远来看,法国女权主义训练能给予我们最有用的事就是"症候阅读"的政治化和批判性的范例,而不是一味效仿解构性阅读的反转-替换的技巧。这一方法在用于为先锋派喝彩时似乎有助于复原,然而当被用在揭露统治性话语时则易引起矛盾冲突。　　(斯皮瓦克,177)

然而，德里达认为，如果我们仍然生存在形而上学的统治之下，那么不受在场形而上学影响的新概念是无法产生的。这就是为何他视解构为一种活动而非一种新的“理论”。换言之，解构是自我坦诚地寄生在形而上学话语之上并设法颠覆这些话语。它遵从这一理念，即一切试图构建女性气质通用理论的设想都是形而上学的。而这恰好是伊里加蕾的左右为难之处：至今她已经表明女性气质是在同一逻辑之外产生的，但她无法抗拒诱惑要建立她自己的女性气质正面理论。但正如我们所知，为“女性”定义必定会将她本质化。

伊里加蕾意识到自身的这一问题，并尽全力避免落入本质主义的陷阱。因此，她一度明确反对任何定义“女性”的企图。女性不应该试图成为男性的等同物，她写道：

> 她们不必再次基于本体论神学的模式建立一个女性气质的逻辑，并以此装作与他们竞争。她们必须试图将这一问题从逻各斯秩序中解脱出来。因此，她们不必用“什么是女性?”的形式来提出这一问题。她们必须通过重复-阐释女性气质在话语中被确立为缺失、默认，或主体的仿造品和倒置的复制品的境遇，来表明女性一方无法超越或扰乱这一逻辑。 (CS，75～76)

用这类方式扰乱父权制逻辑的一种途径就是通过模仿主义或戏拟男性话语。我们已经见识过伊里加蕾如何使用模仿的策略在“论”普罗提诺一章中取得巨大的成功。人们也可以回应肖莎娜·菲尔曼的疑问，声称伊里加蕾在《内视镜》中是以一位模仿男性话语的女性的身份在言说。因此，这篇博士论文的学术资料，在《内视镜》中仍可察觉，可能是一个反讽的姿态：从女性的角度争辩伊里加蕾提出的案例，她无可挑剔的理论话语被替换和重置成为对父权制辩论模式的机智戏仿。如果伊里加蕾，作为父权制统治下的女性，正如她分析所示，没有属于她自己的语言，而只能（至多）模仿男性话语，那么她自己的写作也势必留有男性话语的印记。她不能假装置身父权制外的纯女权主义领域之内写作：如果她的话语只能作为无法理解的喋喋不休才能被人接受，那么她必须复制男性话语。因此，女性气质只能在她自己模仿的符号和字句间的空白处被读到。

然而，如果是这样一种情况，那么伊里加蕾在《内视镜》中的戏拟已经成了一场关于父权制下分配给所有女性的歇斯底里（模仿的）地位的有意识的表演。伊里加蕾通过接受这一在任何情况下都不可逃避的戏拟，将其双倍奉还，并将寄生性二次方。她的模仿是对模拟的剧场式的呈现：模拟强加于女性身上的模拟，伊里加蕾细微的反射行为（她的模仿映照了所有女性的模仿）意图通过过度的模仿（overdoing）去消解（undo）菲勒斯（阳具）中心论话语的影响。她的模仿是本质上自相矛盾的一种策略，与神秘主义者的策略相仿：如果神秘主义者卑贱的屈服成了她解放的时刻，伊里加蕾利用过度模仿父权制话语以暗中破坏父权制，这也可成为逃脱菲勒斯（阳具）中心论约束衣的一条路径。

然而，问题在于这种策略是否以及在何种情况下真实有效。研究伊里加蕾文本中戏拟的效力的一种方法是通过查看她文中类比或比较论述的应用。在《内视镜》中，她将类比阅读看做一种典型的男性对同一的热情的表现：

> 梦的诠释者自身只有一个欲望：找寻相同。到处寻找。这欲望无疑是坚定的。但是从那一刻起，难道诠释不也已是陷入这个关于认同、等同、类比、同系、对称、比较、模拟等等的梦境么？它们之中谁可能是正确的，或换句话说，谁可能是好的？（S，27）

我们可能因此期待伊里加蕾模仿这种基于等同和同系的思考方式，以消解它稳定化和等级制的影响。但这并不总能实现。在她的论文《市场中的女人》（Le marché des femmes，CS，165～185）中，她声称“马克思将商品作为资本主义财富基本形式的分析，可被用于分析所谓父权制社会中的女性地位”（CS，169）。在伊里加蕾看来，女性首先可被解读为使用价值和交换价值：她是“自然”（使用价值），通过人的劳动力作用转化为交换价值。正是当她成为交换价值时，她才能被当做市场上的商品进行分析：她的价值并不在于她本身的存在，而是在于某些抽象的等同的标准[金钱、菲勒斯（阳具）]。伊里加蕾在一个重要脚注中为她在这篇论文中广泛使用类比进行辩护：

> 难道亚里士多德,这位马克思眼中的“巨人思想家”,没有通过男性与女性关系的类比来确定形式与质料之间的关系?回归性别差异的问题因此更是一次类比推理的新旅程。(CS,170)

换言之:当她作为女性使用了一个特定的修辞策略时,这一策略立即就被置于一个新的(非男性的?)语境中,这一语境将产生不同的政治效力。因此,女性戏拟的政治功效实际取决于由女性模仿提供的新的语境的力量。如果这一策略在仿写普罗提诺一章中被证实取得巨大成功,那么其成功的原因在于之前一章中的反性别歧视分析的铺垫。然而涉及马克思时,很难看出她的戏拟如何削弱马克思主义话语的效力。相反,伊里加蕾似乎是以一种完全常规的方式使用了马克思的分析:显然她很高兴发现了隐藏其中的同一逻辑,然而接下来她只是提出了她的类比所暗含的深意,而没有去揭露马克思的菲勒斯(阳具)中心论话语中的错误。她的论文读起来更像是为马克思的洞见进行的辩护,而非对其反射逻辑的批判。在另一篇文章《流体“力学”》(La “mécanique” des fluides)(英译 The “mechanics” of fluids, CS,103～116)中,类比的模仿作为政治手段似乎完全失败了。文中将女性气质和男性气质与流体和固体进行了类比。伊里加蕾声称菲勒斯(阳具)崇拜的科学无法解释流体运动,正如它无法解释女性一样。因此,她认为女性的语言的表现如同被男性物理学家所鄙视的流体一样:

> (流体)是连续的、可压缩的、会膨胀的、黏稠的、有传导性的、可扩散的……它从不会终止,它是强有力的,也是无力的,这取决于让它产生抵抗力的事物,它从对压力的超敏性中获取快感也得到痛苦;它变化无常——例如在容积或力量方面——就冷热程度而言,它是由在物理真实中无限邻近的两种力量间的摩擦所决定的——一种接近性的动力学而非物质性的。(CS,109～110)

此处她对将女性等同于流体的父权制等式(女人如同给予生命的大海,血液、乳汁和羊水的源泉……)的戏拟只是加固了父权制话语。她失败的原因在于,相对于父权蔑视性的和窥视性的架构，她把流动性当做另一种正面积极的选择。模仿失败了，因为它已不再仅仅是对男性荒谬想法的嘲弄，更是对同一逻辑一次完美的复制。可以说，当引号不再明显时，伊里加蕾已坠入她试图避免的定义女性的本质主义陷阱。

戏拟或扮演显然不能因为不符合女权主义目标而遭到否决，但它也并非伊里加蕾时常想象的万能良方。肖莎娜·菲尔曼的问题（伊里加蕾是否以女性的身份在言说？为了女性？代替女性？）不能被女性戏拟男性话语的理论占据上风。菲尔曼一直没有放弃关于立场性的问题。伊里加蕾是从何种（政治）立场进行言说？伊里加蕾正是在她无法应对这一问题的情况下，暴露了自己的盲点。她似乎没有意识到这一点，有时，女性模仿男性话语只是女人在像男人一样说话：玛格丽特·撒切尔（Margaret Thatcher）就是这样的例子。正是这类戏拟的政治语境一直在起决定性作用。

女性话语：白痴讲述的故事？

我们已经看到伊里加蕾企图脱离父权制世俗化，观视映照建立女性气质理论的尝试如何背离初衷，进而落入了本质主义的窠臼。她试图为女性提供“专属女性的性的英勇表征”所做的努力同样难逃厄运，成了同一逻辑的一场表演（S，130）。有趣的是，除了一些分歧，伊里加蕾的女性气质和女性语言的观念与西苏几乎没有差别。伊里加蕾的“女性”理论以一个基本假设作为出发点，即女性的心理和女性的“形态”（希腊语中 morphē 指“形状”）之间的类比。“形态”在伊里加蕾看来与女性的人体解剖结构不同。女性的形态受到父权制菲勒斯（阳具）中心主义的压制，这一主义有系统地拒绝女性进入她的愉悦：女性的性快感（jouissance）在反射逻辑中是不可想象的。伊里加蕾声称，男性愉悦看起来是完整统一的，以有类似特点的菲勒斯（阳具）作为其表征，这种模式被强加于女性之上。然而，在文章《非一之性》中，伊里加蕾认为女性的性并非单一的性：她的性器官包含许多不同的元素（阴唇、阴道、阴蒂、子宫颈、子宫、乳房），因此她的性快感也是多元的，非统一的，无尽的：

> 女人可以不停地"触摸自己",他人无法阻止她这样做,因为她的性器官由相互持续拥抱的两片阴唇组成。因此,她在其内部已经是二者了,不可再分、相互刺激的两者。(MC,100,CS,24)[①]

女人因此更偏重于触觉,而非视觉:

> 凝视的盛行、形式的区分和形式的个人化对于女性性欲来说尤为陌生。相较视觉,女性在触觉中获取的愉悦更多。她进入占统领地位的视觉机制,这再次表明她被降级至被动:她会是一个美丽的客体……在这个表征和欲望的体系里,阴道是一个错误,一个表征视觉目标中的漏洞。这在希腊雕塑中已被承认,"什么都看不着"必须被表征的场景排除在外,拒绝入内。女性的性器官在这一场景中是缺席的:它们被戴上面具,她的"窄缝"被缝合。(MC,101,CS,25~26)

伊里加蕾假设女性气质是非一的和多元的:女性的机制并非是反射性的,它不遵循非此即彼的运作模式。她的性欲是包容的:她不必在弗洛伊德假定的阴蒂快感和阴道快感间进行选择,她可以从两者同时获得快感。和西苏一样,伊里加蕾认为女性置于所有"专有物"(property)之外:

> 专有物和得体对于所有可称为女性的事物无疑都是陌生的。至少在性方面。然而,**接近**(nearness)对女性并不陌生,接近如此之近,以至于一方或另一方的认同,以及任何形式的专有都是不可能的。女性享受与他者的接近,**距离如此之近以至于她不能拥有它**,正如同她不能拥有自己一样。(MC,104~105,CS,30)

① 由克劳迪娅·里德(Claudia Reeder)翻译,收录在马克斯和康迪维农编辑的文集中,第99~106页。

伊里加蕾对于女性气质的分析与她的女性专属语言的观点紧密相连。她将这种女性的语言称之为“女性话语”（“le parler femme”或“womanspeak”）。当女性一起说话时，“女性话语”会同时产生，但当男性出现时，“女性话语”会即刻消失。这也是伊里加蕾认为纯女性团体是女性走向解放不可或缺的一步的一个原因，尽管她也警告这些团体谨防成为现存秩序的反转：“如果她们的目标是要反转现存秩序——尽管存在可能性——但是历史只会重复自己并回归到菲勒斯（阳具）专制主义，到那时，女性的性、她们的想象或她们的语言都无法存在。”（MC，106；CS，32）否则，谈及“女性话语”必须要说的第一件事即对此无话可说，“我无法向你描述‘女性话语’：人们说这一话语，它不能被元-说（meta-spoken）”（CS，141），她曾在一次研讨会上宣布。然而，她还是根据女性文体与流体性和触感的亲密关系，提供了女性文体的定义：

> 这一“文体”并未赋予凝视特权，而是将所有的形状带回触觉的本源。在那里，她再次触摸自己，既不是要构建自己，也不是要将自己构建成一个统一体。同时性（simultaneity）成了她的“专属特性”。这个专属特性从未用一种形式将自己固定在可能的自我认同中。永远都是流体，从未遗忘流体难以理想化的特征：在无限邻近的两种力量间的摩擦创造了它们的动力。她的“文体”抵抗并引爆了所有牢固确立的形式、形状、观念、概念。（CS，76）

《非一之性》中最著名的——或臭名昭著的——段落是她回归到女性问题和女性语言的段落，意图展示女性如何逃脱父权制逻辑。但问题在于这一意图是否会适得其反，只会显示伊里加蕾的“女性”是同一父权制逻辑的产物：

> “她”（She）是她自身内部的他者。那无疑是她被称为喜怒无常的、无法理解的、烦躁不安的、变化多端的原因——更不消说她的语言，“她”在这语言中四处游走，而“他”无法从中辨识连贯的意义。相互矛盾的词语在理性的逻辑看来似乎有些疯狂，对于使用现成的坐标网格和预备好的编码来聆听的他来说也是无法听见的。在她的声明中——至少当她敢于大声说话时——女

人持续不断地润色(retouch)自己。她几乎不能从自身分离出一些唠叨，一声呼喊，半个秘密，未完成的句子——当她回到原处时，她会从另一个快乐点或痛点再次出发。人们必须用不同的方式来听她诉说，这样才能听出“别意”，这一“别意”在不断地自我编织，同时不停地拥抱和抛弃词语，以免被固定下来。因为当“她”说某件事时，她所说的和她意图表达的已有了差别。此外，她的声明和任何事物都不相同。它们与众不同的特征在于连续性。它们相互接触。当它们与这一接近离开过远时，她停下来并再次从“零”(zero)开始：她的身体——性器。

因此，围困逼迫女性让她们确切定义她们所要表达的意义，让她们重复自己直至意义明了，这些做法都是徒劳的。你声称已经用话语的机器出其不意地将她们捕获，然而她们早已在别处。她们在她们自身内部折返，这与“在你自身内部”不同。她们体会的内在性与你体会的不同，你误以为她们和你体会的一样。“在她们自身内部”意味着在这一寂静、多元、分散的触觉私密状态内部。如果你坚持问她们她们在想什么，她们只能回答：她们什么都不想。她们在想一切。 (MC，103，CS，28～29)

再次想起肖莎娜·菲尔曼关于伊里加蕾话语的立场性问题。谁在此处言说？这个向阳性的“你”言说，将“女性”降格成她的话语的无名客体的言说主体是谁？(“她们体会的内在性与你体会的不同”)这个言说主体是女性吗？如果是，她怎么能敢于说出“相互矛盾的词语在理性的逻辑看来似乎有些疯狂”以外的话？至少对于莫尼克·普拉扎(Monique Plaza)来说，答案是明确的：伊里加蕾是一个披着羊皮的父权制恶狼。

露西·伊里加蕾继续着她的构建，兴高采烈地从她的“形态学”出发为女性的社会存在和智识存在设定规范……她的方法本质上是自然主义的，并完全基于父权制意识形态的影响。人们不能这样描述形态学，仿佛它可以不受意识形态调解的影响，直接为人所认知。伊里加蕾理论架构的实证主义与明目张胆的经验主义相呼应……作为永恒的女性(the Eternal Feminine)的一部分，意识形态归罪于女性的每个存在方式，露西·伊里加蕾也似乎一度将此看做压迫的结果，这些存在方式从此成了女性的本质，女性的存在。女性最后才明白，所有"是"女性的都是源自总在自我触碰的生理解剖性别。可怜的女人。 (普拉扎，31～32)

唯心主义与非历史主义

在西蒙娜·德·波伏娃创建的刊物《女权主义问题》中，莫尼克·普拉扎曾从唯物主义角度出发，撰文批判伊里加蕾。阅读《内视镜》，很容易让人相信权力只是一个哲学问题。然而，普拉扎认为，女性深受压迫绝非是单纯意识形态或话语的问题。

> "女性"的概念与存在的物质性重叠交织：女性被围困在家庭圈子内，成为免费劳力。父权制秩序不仅是意识形态的，它并非只存在于"价值"的领域内；它构成了一个特定的、物质的压迫。要想揭示压迫的存在并暴露其运作机制，人们必须推翻"女性"的观念，即谴责性的分类(the category of sex)为了压迫的目的入侵了巨大的领土。 (普拉扎，26)

家庭经济并未与伊里加蕾在《内视镜》中研究的反射经济和光学经济一同出现：女性受压迫的物质条件在她的作品中丝毫未被提及。[①] 然而，缺少了具体的物质分析，女权主义对权力的阐释就无法超越过分简单化和失败主义的男性权力观，而与男性权力形成对比的女性的孤立无助正支撑着伊里加蕾的理论探究。她的立场的矛盾在于当她坚决捍卫"女性"是多元的、去中心化的和不可定义的理念时，她对父权制权力天真的研究方法却迫使她在分析(单数的)"女性"时把"她"自始至终作为一个简单的、一成不变的统一体，永远只面对同一种单一巨大的父权压迫。在伊里加蕾看来，父权制似乎是一个单义的、非矛盾性的力量，阻止女性表

① 蕾切尔·鲍尔比(Rachel Bowlby)也曾因其"缺少连贯一致的社会理论"批评过伊里加蕾(与蒙特雷和西苏一起)(鲍尔比，67)。

达她们真正的本性。她在实践中未能真正完成认识女性多元性(而非单一"女性")的理论程序,其原因之一在于她只接受权力是一种男性的迷恋的观点。伊里加蕾认为女性是反对权力的:"从我自身来说,我拒绝将自己封闭在女性解放运动内部的单个'团队'中。特别是如果它落入了渴望行使权力的圈套。"(CS,161)然而女性与权力之间的关系并非只是伤害与牺牲。女权主义并非拒绝权力,而是要转变现存的权力结构——并在此过程中改变权力的概念。"反对"权力并非是要以一种后 1968 时代自由论的优雅姿态废除权力,而是要把权力递交给其他人。

在《内视镜》中,与唯物主义权力分析缺失相关联的是历史导向的缺失。这里并不是指这部作品是非历史的——恰恰相反,它展示了父权制话语策略是如何从柏拉图时期至弗洛伊德时期一直保持着不变。同时这部作品也揭示了数世纪以来在西方社会中女性深受压迫的境遇的某些方面未曾有过明显改善的事实,伊里加蕾确实在试图揭露反复出现的父权制策略方面做了重要的工作。然而,《内视镜》又是非历史的,因为它暗示了关于父权制逻辑需要说的一切都已在此。伊里加蕾未能认识到父权制话语对于女性的影响是会随着历史的推移而改变的,也未能对此进行深入研究。因此,《内视镜》不能真正地讨论具有历史特定性的问题:是什么使后弗洛伊德时期女性的生活有别于柏拉图时期母亲与姐妹的生活?如果主导话语几乎没有改变,那么我们为何没有继续住在古希腊的闺房中?

伊里加蕾未能虑及父权制权力的历史和经济的特定性,以及它的意识形态和物质的矛盾,这迫使她提出了,恰好也是她之前公开想要避免的,关于女性的形而上学的定义。因此她开始运用唯心主义类别来分析"女性",如同她批判的男性哲学家一样。她对于父权制思想的绝佳批判却因为她试图为女性气质命名而减色不少。正如我之前所说,如果所有试图定义"女性"的努力注定是本质主义的,女权主义理论如果能暂时放弃女性气质和女性特质的雷区,转而从一个不同的方向思考压迫和解放的问题,那么女权主义理论可能会有更好的发展。这很大程度上正是朱莉娅·克里斯蒂娃试图达成的目标。但这也许正导致了克里斯蒂娃,相对于西苏和伊里加蕾,不能被称为严格意义上的纯女权主义理论家。

第八章　边缘性与颠覆：朱莉娅·克里斯蒂娃

异乡女人

1970年，罗兰·巴特为克里斯蒂娃早期的一部作品书写了热情洋溢的评论，当时他选择称之为“异乡女人”（L'étrangère），大概可以译为“陌生的或异国的女人”。尽管这明显借用了克里斯蒂娃的保加利亚国籍的典故（1966年她才初到巴黎），这一标题捕捉到了巴特在克里斯蒂娃作品中看到的令人不安的影响。“朱莉娅·克里斯蒂娃改变了事物的位置”，巴特写道，“她总是在打破最新出现的成见，那个我们认为会让我们感到舒适的成见，那个会让我们感到骄傲的成见……她颠覆权威，独白式科学的权威”（19）。[①] 巴特的意思在于，克里斯蒂娃的陌生话语暗中颠覆了我们最珍贵的信念，正是因为它置身于我们的空间之外，沿着我们的话语的边界有意识地插进来。无怪乎克里斯蒂娃在《符号学》（*Séméiotiké*）的第一句话中极为叛逆地设定了她令人不安的立场：“研究语言，在社会视之为联系和理解的手段的物质性（materiality）中工作，岂不是要立刻宣布自己是语言的陌生人么？”[②]这也无怪乎我，作为这个国家内的异乡人和这个语言的陌生人，在克里斯蒂娃这另一个异乡女人的写作里找到了我自己的女权主义研究颇具挑战性的出发点。

---

① 此处引文的第一部分由鲁迪兹（Roudiez）翻译（1），第二部分由我翻译。

② 引自巴特，1970（20）。我的翻译。

如果本书的导论章节利用过她的一些观点以呈现与英美女权主义批评几个趋势的对峙,这里我仍要重复使用这一策略,从克里斯蒂娃的符号学的角度来审视英美女权主义语言学。这一研究方法有一个附加优势,即可以利用更为熟悉的理论来介绍"异乡女人"的概念,但它同时也存在在无意中驯化"异乡、陌生"概念的风险。因此,我们必须认识到克里斯蒂娃的理论只是在一定程度上、在某些方面与我选择称之为英美女权主义语言学(尽管这一特定的领域受到澳洲理论强烈的影响)可以相提并论,这一点很重要。我还要事先声明,据我所知,克里斯蒂娃本人从未就这类语言学问题发表过任何评论。所以接下来的内容只是我自身试图从克里斯蒂娃式的角度来检视一些女权主义语言学提出的议题。①

克里斯蒂娃与英美女权主义语言学

在谢莉斯·克拉马雷(Cheris Kramerae)、芭瑞·索恩(Barrie Thorne)和南希·亨莉(Nancy Henley)看来,英美女权主义语言学关注的主要领域在于:

> (1) 在语言使用中,在言说和非言语交流中的性别差异和相同点;(2) 语言中的性别歧视,尤其在语言结构和内容中;(3) 语言结构和语言使用之间的关系(这两个议题通常分开讨论);(4) 为改变做出的努力及其前景。 (639)

这一列举方式令人担忧,因为它缺乏对"语言"(language)究竟意味着什么这一问题的讨论:仿佛研究("语言")的领域和对象对于这些研究者来说是毋庸置疑的。克里斯蒂娃,在另一方面,正是在讨论"语言"的问题上花费了大量的时间。从一开始,她就敏锐地意识到"语言"只是语言学家随意定义为研究对象的内容。在一篇名为《语言学的伦理学》(The ethics of linguistics)文章中,她就"语言"概念的伦理和政治意涵对现代语言学提出挑战。她斥责一位"颇具声望的现代语法学家"的两面神般的作为,指出"在他的语言学理论中,他为言说主体提供了一个合乎逻

① 其他对于克里斯蒂娃的英文介绍参见科沃德(Coward)和埃利斯(Ellis),以及费拉尔(Féral)(1978)。

辑、规范性的基础,但在政治上,他又声称自己是一位无政府主义者"(23)。在克里斯蒂娃看来,当代语言学仍然:

> 沐浴在自创立以来就一直盛行的系统分类学的光辉中。它正在发现控制我们基本社会语码连贯性的法则:语言,或是符号体系,或是转化逻辑次序的策略。(24)

克里斯蒂娃认为现代语言学的意识形态和哲学基础在本质上都是具有独裁和压迫性的。

> 语言学家作为实施压迫的管理者和最深层次(话语)社会契约的合理化推行者,将斯多葛派的传统推向终点。语言学内隐含的认识论和随后的认知过程(例如结构主义),尽管为防御非理性毁灭和社会学化的教条主义建立了壁垒,但当面对当代主体和社会的突变时还是显得无助且过时。(24)

她认为打破这一僵局的出路在于从索绪尔的"语言"(langue)的概念转向将言说主体重新建立为语言学的研究对象。这可以使语言学脱离幻想,不再将语言幻想成为巨大单一的、同质性结构,而是将语言视为一个多元异质性的过程。然而,只有当人们避免将"言说主体"定义为任何种类的超验的或笛卡儿式的自我,这种转变才可能实现。言说主体必须建立在马克思、弗洛伊德和尼采之后发展的思想领域内。如果没有这些思想家提出分裂的、去中心的、过于武断的和差别的主体的概念,克里斯蒂娃的符号学也是难以想象的。[①] 在克里斯蒂娃看来,言说主体被假设为"位置,不仅是结构及其重复的转变的位置,更是结构的损失和消耗的位置"(24)。语言,对她而言,不是一个巨大单一的体系,而是一个复杂的意指过程。如果语言学家学习过诗歌,她写道,他们就会改变他们的语言观,不再"怀疑这一意指的过程并不局限于语言体系,还包括言说、话语和在它们内部,非语言的因果

① 关于去中心主体的概念的深入讨论参见我在第五章对拉康的介绍,英文原文第97~99页。

关系:一个异质的毁灭性的因果关系”(27)。

语言使用中的性别差异

回到前述的英美女权主义语言学的目标,我们可以首先集中讨论“在语言使用中,在言说和非言语交流中的性别差异和相同点”。人们不需要借助理论也能发现这种研究会很快陷入僵局。克拉马雷、索恩和亨莉曾声称:“值得注意的是,只有极少数预期的性别差异是被实际言语的实证研究确凿证实的。”(640)她们说这一研究进一步陷入迷乱,因为“研究显示女性和男性使用相似的言语时,他们的言语被认知的方式不同(例如,男孩的‘愤怒’相对于女孩的‘恐惧’),衡量的方式也不同”(640~641)。索恩和亨莉曾在另一语境中更强力地提出这一观点,她们当时写道:“简而言之,男性或女性使用手势时,手势的意义就发生了变化;不论女性做了什么,她们的行为仍可能被看做低等的象征。”(28)克拉马雷、索恩和亨莉这样总结道:“一批关于在对话中谁打断谁的研究结果表明权力和地位的差异比单一性别上的差异更为显著。”(641)如果我们在这些难题上再加上海伦·佩特丽(Helen Petrie)的研究发现,即话题(topic)相较性别(sex)更易引发言语的差异,[①]那么我们更应该就这类研究课题中隐含的差异的基本假设提出质疑。

追究语言中的性别差异似乎不仅在理论上不可行,在政治上也是一个错误。差异的概念在理论上是复杂微妙的,因为它意味着一种缺失或空隙而非任何意指的在场。雅克·德里达认为差异不是一个概念(concept)。[②] 差异永远把我们带向别处(elsewhere),我们可以说,差异把我们卷入一个意义不断置换和延迟的网络中。因此将差异主要视为二元对立双方之间的空隙(例如男性气质与女性气质之间)就要将意义的差异领域进行强行闭合。

这正是大量关于语言中性别差异的研究所做的事情,其结果在理论上也是可

---

① 她的讲座《语言中的性别差异:心理学研究方法》,收录于牛津大学女性研究委员会的《女性与语言》系列讲座中,1983年5月10日。

② 关于德里达对延异一词的使用的简要介绍,参见英文原文第103~106页。

预见的：男性气质和女性气质被假设为稳定不变的本质，和两个有意义的存在，而难以捕捉的差异应位于两者间。这并不是说研究者相信生物本质；相反，他们常常使用人类学理论，视女性为“被噤声的群体”。[①] 这意味着在社会权力关系中，从属群体的不同的社会经验形成了他们和语言间的不同的关系。然而，这并没有使理论在本质上不带有压迫性：一旦“女性”被构建成为永恒不变的从属群体而“男性”拥有绝对的权力，这些群体的语言结构就被视为僵化不变。因此，这一领域的研究者发现自己必须不断地去探索那些语言阻碍(hampers)女性语言发展的诸多方式。他们阴郁地汇报他们的假设缺失确凿实证，这样的坦诚才能证实他们的科学诚信。从政治角度来看，男性和女性作为毋庸置疑的本质的投射，这对于女权主义者来说当然总是危险的：如果找到任何性别差异，那么这些差异肯定总会(一定会)被用来反对我们，多半是为了证实某些特别令人不快的活动对于女性是“自然的”，对于男性却是陌生的。将差异封闭或囚禁于男性气质和女性气质两极间，这样的差异二元对立模式使我们看不见从这僵化的结构化过程中逃脱的差异成分。

克里斯蒂娃的语言理论——将语言视为位于言说主体间的一个异质性的意指过程——提供一个另类的研究思路：研究特定领域中的特定语言策略。然而这种研究将不允许我们将研究成果普及化。事实上，它将会把我们引入把语言当做特定话语(discourse)而非通用语言(langue)的研究。如果我们仿效克里斯蒂娃的例子，并转向苏联语言学家弗拉斯诺夫(V. N. Vološinov)及其首版于1929年的著作《马克思主义与语言哲学》，[②]我们会从中发现一些迹象，预示着这一另类研究思路会产生的影响。为了聚焦研究于话语，语言学必须超越迄今为止不可违背的语句障碍。五十多年前，弗拉斯诺夫对结构主义的或系统导向语言学发起持续的攻击，他将此称之为“抽象客观主义”：

---

① 参见阿登纳(Ardener)。关于女权主义语言学与“被噤声的群体”理论关系的说明参见克拉马雷(Kramarae)，第一章，第1～32页。

② 弗拉斯诺夫(Vološinov)的名字现在普遍被视为苏联最杰出的文学理论家米哈伊尔·巴赫金(Mikhail Bakhtin)的掩护身份。

> 语言学思路只限于独白式表述(utterance)的组成成分。一个复杂句(一个完全句)的结构已是语言学的极限。完整表述(utterance)的结构则被语言学留给其他可胜任的学科,如修辞学和诗学。语言学缺乏针对完整表述的复合形式的研究。因此,在表述成分的语言形式和表述整体的形式间没有直接的转换,实际上,两者间毫无联系!只有跳离句法,我们才能解决结构的问题。(78~79)

换言之,弗拉斯诺夫和克里斯蒂娃意图消解——解构——语言学、修辞学和诗学之间陈旧的学科壁垒,并构建一种新领域:符号学或文本理论。

正如弗拉斯诺夫所示,如果所有的意义都与语境密切相关,那么研究每个表述的语境则至关重要。然而,这里并不是说"语境"必须被理解为一个单一的现象,能一次性被分离独立出来并给予定性。雅克·德里达在著作《马刺》(*Eperons*,英译 *Spurs*)中曾展现一个文本可以有多种语境。将一个文本置于一个特定语境中并不能彻底封闭或固定这一文本的意义:将文本重置于其他语境中的可能性总会存在,①原则上这一可能性是无限的,并且存在于任何语言的结构中。就语言中的性别差异研究来看,文学中独立片段(语句)的分析,例如弗吉尼亚·沃尔夫常被引用的"女性的语句"理论,并不能担保得到任何特定的结论,因为完全相同的结构也存在于男性作家的作品中(如普鲁斯特或其他现代主义作家)。

从这类文本中得出有趣结论的唯一方法是把整体的表述(整个文本)作为研究对象,这意味着研究它的意识形态、政治和精神分析的表达,它与社会的关系,与心理的关系,尤其是与其他文本的关系。事实上,克里斯蒂娃曾套用互文性(intertextuality)的概念来说明一个或多个符号的系统是如何被转化为其他系统的。莱昂·鲁迪兹(Léon Roudiez)写道:"任何意指实践都是一个场域(从被力线穿越的空间的意义上),各种意指系统在这个场域中都经历过转化。"(115)这也正是克里斯蒂娃心中所想,她当时正强调"将诗性语言建立为语言学关注对象"的必要性(《语言学的伦理学》,25),继而具体说明:

---

① 参见《马刺》中的章节"我忘了我的雨伞(J'ai oublié mon parapluie)",第103~113页。

> 这暗示着语言以及社交性是由允许突变、解散和转化的边界定义的。将我们的话语置于这样的边界附近可能会使我们赋予其当前伦理的影响。简言之，语言学发现的伦理可以依据它和作为其前提的诗歌的比例来衡量。　　(25)

语言中的性别歧视

如果我们现在转入英美女权主义语言学研究的第二大类，语言中的性别歧视研究，显然我们会遇见语言中的性别差异研究中不少相同的假设。谢莉斯·克拉马雷将语言中的性别歧视（这里的"语言"似乎是指英语语言）定义为"英语词汇是一个为了赞美男性并无视、轻视或琐碎化女性的组织结构"（42）。在《男人造语言》中，戴尔·斯彭德(Dale Spender)断言：

> 英语语言确实曾由男人制造，并且……一直以来也主要受男性控制……这一语言上的垄断是男性用来保证自己的优势地位并确保女性是隐形或她们的"他者"性质的手段之一，只要女性继续使用我们继承的语言，不去改变，那么这一优势地位就会一直为男性所占据。　　(12)

这类研究课题明显喜欢视语言为系统或结构，因此也容易落入克里斯蒂娃指责的潜藏的权威主义语言学范围。这不"仅仅"是一个理论问题：即使我们承认定位语言中的性别歧视这一课题具有可行性（毕竟，如我们可见，克里斯蒂娃也不得不承认语言在某种程度上也是有结构的），我们也会立即发现诸多问题。如果我们和弗拉斯诺夫和克里斯蒂娃观点一致，认为所有的意义都与语境密切相关，由此推断，只有在我们为它们提供一个语境的前提下，独立的词语或一般句法结构才会有意义。那么如何界定它们本身是否带有性别歧视呢？（词典当然构成一个如此特定的、具有意识形态意义的语境。）索恩和亨莉认为，如果男性和女性说出的相似的言语会通过不同的方式进行阐释，那么任何给定的词语或词组根本不存在任何可永远被构建为具有性别歧视性的内在因素。语言是"男人创造的"这露骨的阴谋论，或语言作为男性反对女性的阴谋，为语言假定了一个起源(男性的密谋)，一种非语言的超验的意指，这种意指不可能找到任何理论支撑。因此，我试图提供另一种解释来说明语言中的性别歧视的诸多确凿例证。

性别歧视的问题是性别间权力关系的问题，这一权力斗争显然会是父权制下所有表述语境的一部分。然而，这并不能说明在每个个案中女性对话者都会作为弱者出现。正如米歇尔·巴雷特曾写道："在社会性别意识形态的分析中，如果女性永远清白，永远是父权制权力的被动受害者，这样的分析显然不能令人满意。"(《今日的妇女压迫》，110)如果我们现在仿效弗拉斯诺夫关于阶级斗争和语言间关系的分析，我们会发现这一分析可以为女权主义者挪为己用。"阶级"，弗拉斯诺夫写道：

> 与符号社群同并不相同，这里的社群指使用同一套符号进行意识形态沟通的团体。因此，各种不同的阶级会使用同一个语言。因此，导向不同的腔调在每个意识形态符号内交织。符号成了阶级斗争的角斗场。 (23)

这一点对于非本质主义的女权主义语言分析至关重要。它假设我们都用同一个语言但我们的利益不同——这里的利益应该理解为在符号内交织的政治和权力相关的利益。符号的意义被打开——符号成为"多义的"(polysemic)而非"单义的"(univocal)——尽管统治权力集团确实在任何时间都会操控意义的文本产生，但是这并不意味着反对方已被降至无声。权力斗争在符号内互相交错。

克里斯蒂娃的符号的生产力的观点已说明了女权主义话语本身，如果严格遵循戴尔·斯彭德的模式解读，女权主义话语将无法成形。如果语言是具有生产力的(相对于作为社会关系的单一反应)，这就解释了为何我们从中获取的比我们投入的多。从更为实际的角度来看，这意味着人们可以全心全意地接受所有显示性别歧视如何控制英语语言(可能包括其他所有的语言)的实证研究。但这一事实并不一定与语言的内在结构有关，更不消说任何有意识的阴谋。这是性别间统治权力关系的效果。女权主义者已经设法反击，已使很多人在使用"他"或"人"(man)作为通称时感到不安，已经质疑了诸如"主席"(chairman)和"发言人"

(spokesman)的用法并为“女巫”(witch)和“悍妇”(shrew)等词汇平反，证明其为褒义词，以上这些事实都证明一点：英语语言中并不存在内在的性别歧视元素，因为它显示通过斗争语言可为女权主义用途所挪用。如果我们赢得了与父权制和性别歧视的斗争，符号将仍然是这一斗争和其他斗争的角斗场，但这时权力的平衡将会发生改变，我们表述的语境因此也会与之前有着惊人的差异。语言中的性别歧视研究揭示的是性别间过去和现在的社会权力的平衡。

语言中的性别歧视研究内部有一个特定的论点，即命名(naming)的问题。女权主义者一直坚称，“那些有权命名世界的人也能够影响现实”(克拉马雷，165)。人们认为女性缺乏这一权力，因此，许多女性经验都缺少一个名称。谢莉斯·克拉马雷就一个类似的案例进行了具体论述：

> 参与讨论会的女性讨论了她们没有标签的共有经验，并列出了同样没有标签的事物、关系和经验的清单。例如，一个女人谈论她生活中发生的一件需要标签的寻常事。她和她的丈夫都在外全职工作，下班后几乎同时到家。她希望他能分担做晚餐的责任，但是这活儿还是落在她身上。他偶尔会说：“我很乐意做晚饭。但是你做得比我好得多。”她很乐于接受这样的赞美，但是当她发现每次都是自己在厨房忙碌时，她意识到他只是运用了语言策略，然而她对这一策略无话可说，因此她很难说清并让他意识到这一问题。她告诉与会的人们：“我必须告诉你们整个故事，这样才能向你们解释他是如何用奉承把我固定在女性的位置上。”她说她需要一个词语来界定这一策略，或者一个词语来界定那个使用这一策略的人，一个男女都易于理解的词语。那么，当他再使用这一策略时，她可以向他解释她的感觉，说：“你是……”或“你的所作所为叫做……” (7～8)

在我看来，这位女人即使没有使用“标签”，也可以很清楚地传达她婚姻内的情况。而她对于“标签”的渴望是建立在她对于固定意义的渴望，并将这一封闭作为进攻的工具：一个没有回应的权威声明。然而反击压迫者一事显然是完全正确无误的，尽管人们会质疑自身使用武器的限度。定义当然可以具有建设性。然而——这是这些论述中所忽视的一点——定义也可能具有约束性。正如我们所见，很多法国女权主义者拒绝标签和名称，尤其是各种“主义”——甚至是“女权主义”和“性别歧视”——因为她们认为这一贴标签的活动暴露了菲勒斯逻各斯中心主义驱力想要稳定、组织和合理化我们概念的宇宙的企图。她们认为正是男性的理性总在赋予理智、秩序、统一和明晰以特权，并以压制和排斥代表女性气质的非理性、混乱和破碎的特征为代价。我个人认为这些概念的术语在政治上是至关重要的，究其根本则是形而上学的；我们有必要即刻解构传统“男性气质”和传统“女性气质”的价值观间的对立，并直面这些类别的政治力量和事实。我们必须立志建立一个不再将逻辑、概念化过程和理性归于“男性”类别的社会，而不是一个将这些优势作为“非女性”类别而排除的社会。

强行命名不仅是一个权力行为，一场尼采“求知意志”的实践；它还暴露了依照界定明确的类别来规范和组织现实的欲望。如果对于女权主义者们来说，这有时是宝贵的应对策略，我们也要警惕对名词的过度迷恋。与圣·奥古斯丁（St. Augustine）所信奉的相反，语言最初并非是作为一系列的名字或名词而建构的，我们并非真正按照他提出的方式来学习说话：“当他们（我的长辈们）称呼某个物体并相应地向那一物体移动时，我看见他们的这一举动并懂得了当他们要指出某一物体时，这一物体的名字正是他们发出的声音。”[①]正如维特根斯坦即刻反驳道：“一个明晰的定义在不同情况下也可以有不同的阐释。”（§28）固定意义的企图在某种程度上总是注定会失败，因为意义的本质就是它永远身在别处。正如贝托尔特·布莱希特（Bertolt Brecht）在《人就是人》（*Mann ist Mann*）中提出：“当你为自己命名时，你实际上在命名他人。”这并不是说我们可以或应该避免命名——命名只是比它看起来更为棘手，我们必须意识到恋物（fetishization）的危险。即使是倍受赞扬的术语“性别歧视”也正显示出被两性间权力斗争动摇的迹象，正如弗洛斯诺夫预料的一样：现在有些男人会仁慈地点头赞许这一词语并赞同我们全都痛恨和蔑视性别歧视，但之后他们会说“我并不是性别歧视者，我只是有理性”。性别歧视已经成为其他一些未完全开化的男人所做的事情。标签，换言之，并非焦虑

① 援引维特根斯坦（Wittgenstein），§1。

的女权主义者安全的避风港；正如佳亚特里·斯皮瓦克曾问询的，我们该如何在萨尔瓦多丛林中大男子气的普通游击队员和已经学会说“他或她”的标准石油公司的副总裁中进行选择呢？

语言、女性气质、革命

语言的习得

我们已经看过克里斯蒂娃的符号学如何强调边缘和异质性可以颠覆传统语言学的核心结构。为了展示克里斯蒂娃如何能假定语言是有结构的并具有异质性，以及为何这一观点特别强调语言作为言说主体发出的话语，我们有必要研究她于 1974 年在巴黎出版的纪念碑式的博士论文《诗性语言的革命》中出现的语言习得理论。菲利普·E.刘易斯(Philip E. Lewis)曾指出克里斯蒂娃 1974 年前所有的作品都在试图界定或理解她所谓的“意指的过程”(process de significance，或 the “signifying process”)(刘易斯，30)。为了解决这一问题，她将拉康的想象层和象征秩序间的区别置换为符号层和象征层之间的区别。[①] 这两个术语间的互动构成了意指的过程。

符号层与前俄狄浦斯期的初级过程相关，克里斯蒂娃认为这一过程中的基础推进运动主要在肛门和口腔；它们同时是二元对立的(生相对于死、排出相对于内射)和异质性的。推进的无尽流动在“穹若”(chora，希腊语意为封闭的空间，子宫间)中积聚，柏拉图在《蒂迈欧篇》中将其定义为“一个隐形的和无形的存在，接受所有并以某种神秘的方式可部分被理解，但大部分都是无法理解的”(鲁迪兹，6)。克里斯蒂娃挪用并重新定义了柏拉图的概念，她认为“穹若”既不是一个符号也不是一个位置，而是“一个完全即兴的表达，本质上是移动的，由动作和它们短暂的静止构成……既非模型也非副本，它处于成形之前并构成成形的基础，因此也是

① 关于拉康的这些概念的介绍参见第五章，英文原文第 97～99 页。

观视映照，只承认与语言或肢体节奏的类比”(《革命》,24)。[①]

在克里斯蒂娃看来，意义生成性(signifiance)是一个定位的问题。如果要产生意义，符号连续体必须被分裂。符号的“穹若”的分断(coupure)是“命题”(thetic)阶段(源自命题，thesis)，它使主体能将差异和之后的表意归因于“穹若”的不停的异质性。克里斯蒂娃追随拉康假设镜像阶段为第一步，“为所有客体的形成开辟了一条道路，从此它们将与符号的穹若分离”(《革命》,44)，并假设俄狄浦斯阶段及其阉割的威胁为分离或分裂过程彻底完成的时刻。一旦主体进入了象征秩序，穹若将或多或少被成功压制，只能被视为对象征语言推进的压力：作为象征语言中的矛盾、无意义、中断、缄默和缺失。穹若并非一种新语言而是一个有节奏的推动。换句话说，它构成了语言的异质性的、分裂性的维度，永远不会落入传统语言学理论的封闭中。

克里斯蒂娃很敏锐地意识到试图将无法理论化的穹若理论化的矛盾，这个矛盾位于符号学研究的中心。她写道：

> 因为其解释性的元语言力量，符号学成为社会凝聚力的动因，当每个社会理解一切，下至且包括那些自愿消耗这一意象的实践时，符号学推动了每个社会予以自身令人安慰的意象的形成。(“系统”,53)

如果克里斯蒂娃仍旧认为符号学应该取代语言学，这是源于她相信，尽管这一新科学总会陷入相互矛盾的意识形态的多重网络中，但它也能够扰乱这些架构：

> 符号心理分析(Semanalysis)继续进行着符号的发现……它服务于需要系统化、沟通和交流的社会法则。然而如果它要这样做，它不可避免地必须服从一个更进一步、更新近的要求——这一要求消除了“纯科学”的魅影：符号元语言的主体必须质疑自己，尽管很短暂，必须脱离存在于逻辑体系内的

① 本章中，除参考文献中列出相应的英文译本以外，援引自克里斯蒂娃作品中的所有引文都由我翻译。

超验自我的保护壳，然后用否定性恢复自己的状态——不仅是驱力控制的，也是社会的、政治的和历史的否定性——能使社会符码破裂并重生的否定性。

（“系统”，54～55）

此处已能辨别克里斯蒂娃的语言学理论中的革命主题。在我们探讨这个问题之前，我们必须更近距离观察她关于语言和女性气质之间关系的观点。

作为边缘性的女性气质

克里斯蒂娃断然拒绝界定“女人”（woman），她在接受来自“精神分析与政治”组织的女性采访时说道，“相信一个人‘是个女人’几乎和相信一个人‘是个男人’一样荒谬和蒙昧”，这一访谈于1974年出版（《女人》，20）。尽管政治现实（父权制定义女性并由此压迫她们的事实）仍然使女性必须以女性的名义进行抗争，但很重要的一点是，我们要认识到在这场斗争中女性无法存在（be）：可以说，她只能通过拒绝那些被给予的一切而负面地存在：“我因此这样理解‘女人’”，她继续说，“她无法被表征，也不能被言说，一直存在于命名和意识形态之外。”（《女人》，21）虽然这让人回想起伊里加蕾的女性意象，但与伊里加蕾不同，克里斯蒂娃视她提出的“定义”完全是具有相对性和策略性的。在“女性”中定位从属于边缘性的负面性和拒绝的意图在于，暗中破坏首先将女性定义为边缘的菲勒斯（阳具）中心论的秩序。克里斯蒂娃语言学理论中占主导地位的颠覆伦理观也由此渗入她的女权主义思想之中。她对于身份认同的深刻怀疑（在新的理论和科学空间内，身份认同这一概念已经受到挑战，那么在这一空间中“身份认同”，甚至是“性别身份认同”到底意味是什么？[《女性的时间》，34]）[①]使其拒绝“女性书写”或“女性话语”等任何声称存在内在阴性或女性的想法，她在出版于1977年的访谈中声称：“女性过去或现在的出版物中似乎没有一部能让我们确定有一种‘女性书写’（écriture féminine）”（《从多元语言实用逻辑开始》，496）。克里斯蒂娃承认，人们在女性写

① 关于这一点上克里斯蒂娃理论的政治意涵的深入探讨，参见我的导论章节，英文原文第12～13页。

作中可能辨识出各种反复出现的文体和主题特性；但并不能说这些特性应该归因于一个“真正的女性特质，社会文化的边缘性或更简单地归因于现今市场在全体女性潜质中所偏爱和挑选的一种特定结构(例如歇斯底里)”(《从多元语言实用逻辑开始》，496)。

从某种意义上来看，克里斯蒂娃并没有一个关于“女性气质”的理论，也更没有所谓“女性”的理论。她有的是关于边缘性、颠覆和异议的理论。[①] 只要女性仍被父权制定义为边缘，她们的斗争就可以和其他与中央集权制权力结构抗争的运动一样被理论化。因此，克里斯蒂娃使用完全相同的术语来描述持异见的知识分子，某些先锋派作家和工人阶级：

> 只要它还未分析过它们与权力之间的关系，还未放弃对自己身份的信仰，任何自由主义运动(包括女权主义)都可能被此权力和世俗化或公开宗教性的灵性信仰收编。解决方法？……谁知道？无论如何，它都要经过话语和生产关系中被压抑的部分。称之为“女人”或“社会中受压迫的阶级”，这都是同一场的斗争，两者缺一不可。(《女人》，24)

这一方法的优势在于它不妥协的反本质主义；它的主要缺陷在于将极为明显和特殊的斗争同质化，这一问题将在本章最后一部分具体讨论。

反本质主义的方法也被带入她的性别差异理论建构。至今，我们已经看到她的主体形成和意指过程的理论与不存在性别差异(穹若是一个前俄狄浦斯现象)的前俄狄浦斯期的发展密切相关。差异的问题只在进入象征秩序时才变得有关，克里斯蒂娃在她的著作《中国妇女》(Des Chinoises，翻译为 About Chinese Women)中探讨了处在这一时刻的小女孩的情况，这一作品与《诗性语言的革命》于同一年在法国出版。她指出由于符号的穹若属于前俄狄浦斯期，因此它与母亲相关，然而据我们所知，象征层是被“父亲的律法”所统治。面对这样的情形，小女孩不得不做出一个选择：“她要么认同她的母亲，要么将自身升入她父亲的象征

① 参见她关于不同政见的文章，《一种新型的知识分子》(Un nouveau type d'intellectuel)。

层。第一种选择会加强前俄狄浦斯期(口腔和肛门的性欲)。”(《中国女人》,28)从另一方面来看,如果小女孩认同她的父亲,“她获得的通往象征统治的入口(将会)审查前俄狄浦斯期并消除最后一些依靠母亲身体的痕迹”(29)。

克里斯蒂娃因此解释了给予女性的两个不同的选择:认同母亲,会加剧女性心理的前俄狄浦斯要素并使之位于象征秩序的边缘;或者认同父亲,会创造一个从同一个象征秩序中获得身份的女人。很明显,克里斯蒂娃并未在这些段落中将女性气质定义为具有前俄狄浦斯和革命的本质。与之相反,克里斯蒂娃认为女性气质是一系列选择的结果,小男孩也同样有这些的选择。这就是为何在《中国女人》的开端她重复了她的论点“这样的女人并不存在”(16)。

“马克思主义—女权主义文学集体”(Marxist-Feminist Literature Collective)、贝弗莉·布朗(Beverly Brown)和帕维恩·亚当斯(Parveen Adams)提出声明(30),认为克里斯蒂娃将符号学与女性气质联系在一起是建立在误读的基础之上。符号学的液体流动性的确是与前俄狄浦斯期相联系的,因此与前俄狄浦斯的母亲相连,但是克里斯蒂娃明确提出她赞同弗洛伊德和克莱恩,将前俄狄浦斯母亲视为包括男性气质和女性气质在内的形象。这一幻象的形象,对于小男孩和小女孩同样重要,正如布朗和亚当斯所意识到的(40),不能被缩略为“女性气质”的例子,原因很简单,女性气质和男性气质之间的对立在前俄狄浦斯期并不存在。克里斯蒂娃和所有人一样认识到这一点。强调没有性别差异的符号层,必会削弱传统的性别分类,而非导致再次强调“女性气质”的传统概念。这就是为何克里斯蒂娃强硬地坚持必须拒绝任何基于绝对身份认同形式信念的理论或政治。女性气质和符号层确实有一点相同之处:它们的边缘性。如同女性气质被定义为父权制下的边缘,符号层也是语言的边缘。这就是为何这两个类别与其他形式的“异议”都可以在克里斯蒂娃的作品中通过大致相同的方式被理论化。

认为克里斯蒂娃持有一个本质主义或生物学主义的女性气质的概念,这一观点很难维持。① 她赞同弗洛伊德,相信身体建立了主体形成的物质基础,这一点当然真实无误。但是正如让·拉普朗什(Jean Laplanche)所示,这绝不会产生一个

---

① 关于从不同角度对此问题的探讨参见帕贾斯克斯卡(Pajaczkowska)。

简单化的将欲望等同于生理需求的等式。在拉普朗什看来,“口腔”和“肛门”的驱动力之所以是“口腔的”和“肛门的”是因为它们是最先被制造出满足与口唇和肛门相连的纯粹生理需要的衍生物(依附物),虽然它们绝不可能简化为或等同于这些需求。

如果“女性气质”在克里斯蒂娃的术语中有一个定义,那正如我们已经看到的,可能只是简单的“被父权制象征秩序边缘化”的事物。这一相关的“定义”如同多种形式的父权制一样不断改变,使她能够主张男人也能被象征秩序建构为边缘,如同她在她对男性先锋派艺术家的分析中所示(乔伊斯、塞利纳、阿尔托、马拉美、洛特雷阿蒙)。例如在《诗性语言的革命》中,她声称这些艺术家中的阿尔托坚决强调艺术家的性认同具有流体性,而“‘作家’(author)则即刻成为他的‘父亲’‘母亲’和‘自我’”(606)。

克里斯蒂娃强调女性气质是父权制的构建,使女权主义者们能够反抗来自菲勒斯(阳具)中心主义辩护者的一切形式的生物主义攻击。将所有的女性假设为必须具有女性气质并将所有男性假设为必须具有男性气质,这一举动正使父权制权力能够定义,不是定义女性气质,而是把所有女性定义为象征秩序和社会的边缘。如果,如西苏和伊里加蕾所示,女性气质被定义为缺失、否定性、意义的缺失、非理性、混乱、黑暗——简而言之,作为非存在(non-Being)——克里斯蒂娃对边缘性的强调使我们能够从定位而非本质来看待对于女性的压迫。在某个特定时间什么可以被视为边缘要靠它所在的位置决定。一个简要的例证可以说明从本质向位置的转变:如果父权制认为女性在象征秩序里占据了一个边缘位置,那么它可以将她们理解为那一秩序的界限或边界。从菲勒斯(阳具)中心论的观点来看,女性将表征男性和混沌之间的必要的边界;但是正是由于她们的边缘性,她们也似乎总在后退并融入外围的混沌中。换言之,被视为象征秩序的界限的女性将分享所有边界的令人不安的特性:她们既不在内也不在外,既不为人所知,也并非全然无人知晓。正是这一位置使男性文化有时可以诋毁女性,污蔑她们代表这黑暗和混沌,将她们视为莉莉斯或巴比伦的淫妇,有时又会将她们提升为更高尚、更纯洁本性的代表,将她们尊为圣女或上帝的母亲。在第一种情况下,边界被看做外界混沌的荒野的一部分,在第二种情况下,它被看做内部生来具有的一部分:这一部分保护并防御着象征秩序不受想象的混沌的侵扰。更不用说,没有任何的位置可以与女性的本质真实相对应,虽然父权制权力希望我们能相信他们所相信的。

女权主义、马克思主义、无政府主义

克里斯蒂娃的著作绝不能被看做女权主义著作:它在方法上甚至都没有坚持一贯的政治性。克里斯蒂娃于20世纪60年代后期以语言学家的身份出道,她于1974年才开始就女性和女权主义相关的主题进行写作,大概在同一时期,她开始接受精神分析学家的培训。从20世纪70年代后期至今,她的作品以其对精神分析议题日益增长的研究兴趣著称,通常聚焦于性欲、女性气质和爱的问题。女权主义者可以从她关于母亲身份问题的研究以及其他研究方面收益颇丰。在《诗性语言的革命》一书中,她已经声称并非是女人在父权制社会受到压迫,而是母亲身份(motherhood)(453)。问题不单在于女性的享乐,如同拉康在《继续》(*Encore*)中所述,也是在于生育和享乐之间的必然关系:

> 如果女性在社会符号中的位置在今日仍是一个问题,它并不完全在于神秘的女性享乐的问题……而是在于深层的、社会的和象征的关于生育的问题和在此问题中明确表达的享乐。(《革命》,462)

这一视角为女权主义者开拓了一片有趣的调查领域,而克里斯蒂娃本人也贡献了几个引人入胜的关于西方文化中的母亲身份表征的分析,特别是关于具体化为圣母玛丽亚人像[《爱的异端》(Héréthique de l'amour)]和西方绘画艺术[《乔瓦尼·贝利尼眼中的母亲》(Motherhood according to Giovanni Bellini)]。她对于圣母玛丽亚像的专注研究构成了《诗性语言的革命》一书中她的研究工作的重要发展。在其中,她通过对女性受压迫的物质基础,即母亲身份,进行的意识形态和精神分析的解析,质疑了女性在象征秩序中所扮演的角色。与之相似的是,她更近期的著作,例如《恐怖的力量》(Pouvoirs de l'horreur)(1980,英译为 *Powers of*

Horror，1982），特别是《爱的故事》（Histoires d'amour）（英译"*Love stories*"，1983），都可以让女权主义者有所获益。

众所周知，克里斯蒂娃早期对马克思主义的投入，混杂着各种源自无政府主义的影响，为政治参与提供了新的怀疑态度。她拒绝了于20世纪70年代后期对毛泽东领导下的中国的理性分析，并突然显现出她对于后期美式资本主义自由主义可能性的令人担忧的迷恋。① 她对于美国资本主义令人生恶一面的漫不经心的忽视确实让她大部分政治左翼的读者们感到不安。他们的惊愕恐慌与她明显地对政治的漠不关心聚合成为一个新的正统思想，现在是时机胜出了，"我对小团体不感兴趣。我对个人感兴趣"，她在近期伦敦的一次辩论中宣称。忠于自己的理论，她用自己特定的状况来解释这一脱离政治的发展："这是个人历史的观点。我设想在座的各位都有各自不同的历史，那么对于政治现实的认知也就不同。"（ICA，24～25）这一远离马克思主义和女权主义的发展并不像乍看之下那么惊人。克里斯蒂娃早期强调边缘的马克思主义或女权主义的作品，已经揭示了强烈的无政府主义的倾向，自由主义和直接的自由个人主义之间的间隙也从未消除。在随后关于她的立场的简要研究中，我将试图展示克里斯蒂娃很多最重要的见解有时就是基于颇富争议的各种形式的主观主义政治。

甚至是在她早期更女权主义的作品中，克里斯蒂娃并没有从"女性"立场言说或为"女性"言说。对于克里斯蒂娃而言，"作为女性言说"（speak as a woman）无论如何都是无意义的，因为，正如我们所知，她认为"如此的女性并不存在"。她并未单独强调言说者的社会性别，而是推荐了共同构建个体的多种话语（包括性与社会性别）的分析：

> 正是在分析她与母亲、她与自身和其他人（包括男人和女人）间的差异之间的困难关系的过程中，女人遭遇了"女性气质"之谜。我赞同将女性气质理解为包含着如女人一样众多的"女性气质"的统称。
>
> （《从多元语言实用逻辑开始》，499）

① 关于克里斯蒂娃对美国的论述参见《为什么是美国？》（Pourquoi les Etats-Unis?）

因此，以放弃女性气质的普通理论，甚至是简单的政治参与为代价，个体主体的特定性被置于显著的位置。她后期的个人主义（对“群体”的拒绝）已明显存在于这些论断中。

许多女性反对克里斯蒂娃高度知识分子风格的话语，因为作为一个女人和一个投身批判所有权力体系的女权主义者，她不应该以另一位“思想大师”来展现/描述自己。[①] 从单一的观点来看，这一指控似乎有些不公：从一个视角看来似乎是边缘的，从另一个视角看来可能是令人沮丧地位于中心，而且人们无法合乎逻辑地去颠覆占统治地位的知识分子话语（正如克里斯蒂娃一样）而同时不会遭到智识主义的指控。然而，从另一个角度来看，拥有大学语言学系主任身份和精神分析实践经验的克里斯蒂娃似乎将自身定位于左岸传统知识分子权力结构的中心。

如果克里斯蒂娃式的主体已被永远插入象征秩序中，那么这种无法消解的独裁主义式的、菲勒斯（阳具）中心论的结构如何才能被打破？这显然不能通过简单地拒绝象征秩序实现，因为拉康认为进入人类关系的完全失败会使我们精神错乱。我们不得不接受我们作为已经被插入一个先于我们存在且无法逃离的秩序的地位。这里已不再有我们可以言说的其他空间：如果我们能够言说，那我们所说一定存在于象征语言的框架之下。

革命的主体，不论是男性还是女性，都是能够允许符号灵活性的快感/享乐扰乱一成不变的象征秩序。这类“革命”活动之中的最佳例子可以在19世纪后期先锋派诗人如洛特雷阿蒙和马拉美或现代派作品如乔伊斯的作品中找到。因为符号永远不能取代象征，人们可能会问符号如何能感知自己呢？克里斯蒂娃对这一点的回复即，将一些符号的驱力释放进入象征的唯一可能的途径主要在于通过肛门（或口腔）的排出（expulsion）或排斥（rejection）。从文本角度，这可被译为掩盖死亡驱力的否定性（negativity），克里斯蒂娃将它看做可能是最本质的符号驱力。诗人的否定性因此如同象征语言中一系列的破裂、缺失和缝隙一样可被分析，但

① 关于对克里斯蒂娃表示失望和气愤的女权主义回应的例子参见斯通（Stone）。

它也可被回溯到他执着的主题。关于“革命”主体的这一论述的问题之一在于它回避了革命自主性。谁或什么在克里斯蒂娃的颠覆计划中作用?在一政治语境中,她对于作为无意识力量的符号的强调排除了任何关于有意识决策过程的分析,而这正应该是任何集体革命事业的组成部分。强调否定性和扰乱,不关心组织和团结的问题,实际上导致了克里斯蒂娃的无政府主义和主观主义的政治立场。在这一点上,我同意“马克思主义—女权主义文学集体”的观点,即批判克里斯蒂娃的诗学“在政治上是令人不满意的”(30)。阿隆·怀特(Allon White)也指责克里斯蒂娃的政治无能,声称克里斯蒂娃的政治“仍是在持续不断的自我传播状态下的净化过的无政府主义”(16~17)。

最终,克里斯蒂娃无法解释主体与社会间的多种关系。尽管她以典范的方式讨论了她在《诗性语言的革命》中所研究的诗人的社会和政治语境,但为何展现某些文学实践打破语言结构如此重要(当它们似乎除此以外并未打破其他),这一原因并未明了。她似乎从本质上认为主体,这些文本中展现的“过程中的主体”(sujet en procès)的扰乱预示了或平行于社会的革命扰乱。然而她唯一支持这一论点的论述却是一个非常缺乏说服力的比较或同源性比较。我们并未被给予一个特定的关于实际社会或政治结构的分析,而只有这样的分析才能产生主体和社会间的同源关系。

同样值得注意的是克里斯蒂娃的“边缘性”概念中关于社会关系唯物主义分析的缺失,她的这一概念只是把所有种类的边缘的和对抗的群体混在一起作为潜在的颠覆社会秩序的力量。在她的文章《一种新型的知识分子:持异见者》(Un nouveau type d'intellectuel: le dissident,英译“A new kind of intellectual: the dissident”)中,她借用了马克思的观点,并惊呼“一个幽灵正在欧洲游荡:持异见者的幽灵”(4),她便利地选择忽略她所列举的包括(攻击政治权力的)反叛者、精神分析学家和先锋派作家在内的“异见”团体与女性之间的诸多差异。如我们所见,在别处,她将女性的斗争等同于工人阶级的斗争。然而,从马克思主义的角度来看,这些群体在本质上是迥然不同的,这是由他们在生产方式上不同的定位决定的。工人阶级具有革命的潜质是因为它是资本主义经济不可或缺的一部分,而不是处于资本主义经济的边缘。同理,女性身处繁殖过程的中心位置,而非边缘位置。恰恰是因为统治秩序必须通过持续地剥削和压迫这些群体才能维持现状，所以它试图通过在文化、意识形态和政治的层面将他们边缘化以掩盖他们的经济核心作用。女性与工人阶级立场的悖论在于他们同时既是中心的也是边缘（被边缘化）的。就知识分子来说，不论是先锋派艺术家或精神分析学家，他们在资本主义后期所扮演的角色确实是外围的，因为他们在经济秩序中并不能起到关键作用，这很类似布莱希特在他的《三便士歌剧》（*Threepenny Opera*）中理想化的流氓无产阶级（lumperproletariat）。因此，克里斯蒂娃对于先锋派的政治重要性的极度夸大的信心正是基于她对于先锋派和女性及工人阶级在政治和经济地位上差别的误识。正如早期的布莱希特，克里斯蒂娃对边缘的浪漫想象是一种反资产阶级形式的自由论，而非反资本主义形式的自由论。

这里针对克里斯蒂娃的政治理念的批判不应掩盖她作品中积极的方面。她对于边缘性和颠覆问题透彻的理论探究的投入，她对于主体身份的激进解构，她对于研究的艺术作品的物质和历史语境的广泛考量，都为女权主义进一步探寻打开了多重视角。她的语言及其具有争议性的主体（"过程中的主体"）的理论使我们能够从一个反人道主义、反本质主义的视角来探查女性和男性的书写。克里斯蒂娃的视界并非全然或本质的女权主义，但强加于意义和语言之上的等级制的闭合在此被打开，迎接意符的自由游戏。运用在性别身份和差异的领域，这成为了社会的女权主义视界，性别意符可以在其中自由移动；生为男人或女人的事实也不再决定主体的与权力相关的地位，因此，权力的本质本身也将发生转变。

雅克·德里达曾提出问题："如果我们将接近……性别标签的符码在其中不再具有识别性的、与他者关系的领域，那么会发生什么？"[《编舞》（*Choreographies*），76]。我想以他的回答作为结尾，如同很多乌托邦式的言语，是同时既具有神谕性又富有暗示：

> （与他者）的关系并非是超越-性别的，与之相反，它更是性别的：超越控制所有符码礼节的二元对立的差异，超越女性气质/男性气质的对立，超越归于一处的同性恋与异性恋。如同我梦想留下这一问题提供的机遇，我想要

相信性别标记的声音的多元性，我想要相信大众，这一无法计数的混杂的声音，这一无法确认的性别言语的风铃，它的编舞可以带来，分裂或成倍增长的每个个体的身体，无论他是否能依据实际用途的标准被归类于“男人”或“女人”。 (76)

后记:政治与理论,过去到现在

从“文学理论”到“理论”

《性与文本政治》于1982年至1984年间完成,1985年9月出版。此次文本的重印并未有任何改动。在我看来,没有必要对《性与文本政治》进行修改更新。这部作品属于它的时代和时刻,那时英国正处于20世纪80年代早期的“理论革命”。20世纪90年代后期,我发现我不得不撰写另一本完全不同的关于女权主义理论的书,即《何谓女人?》(1999)。[①]

然而读者们仍旧认为《性与文本政治》令他们受益。我猜测这意味着书中提出的问题至今仍与女权主义理论密切相关,因为它们仍困扰着我们,抑或是它们已然被当做理解女权主义理论近期发展的必要的出发点。只要这样的情况依然存在,那么这本书仍有用武之地。然而这一目的已经改变。20世纪80年代早期的女权主义理论在当时我所在的英国和挪威的许多学者眼中仍是一场边缘的和有些可疑的知识分子活动。时至今日,女权主义理论已经是学术界不可或缺的一部分,这不仅是在我现在居住的美国。文化语境的改变也改变了《性与文本政治》的本质:1985年它是具有颠覆性的领域内的一个颇具争议的、最前沿的干预措施;2002年它已经成了一本教科书。

① 对我近期关于女权主义理论问题分析感兴趣的人应该看看《何谓女人?(*What Is A Woman?*)》,尤其是第一章、第二章和第九章。《何谓女人?》的前言也包含了一些对于《性与文本政治》的反思。

我写《性与文本政治》时,心中有两个目标:首先,我想要对我认为是当代女权主义理论中的关键问题进行严肃且明晰易懂的分析。起初,我只是试图为我 20 世纪 70 年代后期撰写女权主义博士论文的挣扎中一直追寻未果的内容写一本书。当我还是一个住在牛津的没有工作的博士时,我也想介入围绕我周遭的女权主义辩论。从学术角度来说,贯穿本书的反本质主义论辩都要归功于西蒙娜·德·波伏娃的名言:“女人不是天生的,而是被塑造形成的。”从政治角度而言,这是对于蔓延于我四周的讨论做出的反应:福克兰群岛(马岛)战争和位于格林汉姆公地基地由女性组成的和平营地。

1982 年 4 月 2 日,阿根廷入侵了马尔维纳斯群岛,撒切尔夫人立即派遣一支皇家海军特遣舰队前往南大西洋。英国民族主义和军国主义猛烈爆发。因此,贝尔格拉诺将军巡洋舰被击沉并造成数百人丧生的事件在支持撒切尔的狂热派报纸《太阳报》上报导时使用了一个臭名昭著的标题“抓到你了!”。[①] 1982 年 7 月中旬,战争最终结束,共有 255 名英国人和 652 名阿根廷人殒命战场。撒切尔夫人的受欢迎程度已经达到了历史新高。早在 1981 年 8 月底,第一批女性已经把她们的帐篷驻扎在格林汉姆公地之外,格林汉姆公地是位于纽伯里附近的空军基地,距牛津车程不到两小时。她们在此抗议北约在英国部署巡航导弹的决议。这一抗议引发了关于女人的天性、她们和战争与和平间的关系及男人与女权主义之间的关系的激烈辩论。(在 1982 年,在众多争议之后,这一营地成了纯女性的营地)1982 年 12 月 12 日,约有三万名女性来到格林汉姆公地基地,手拉手来“拥抱基地”。[②]

一些女权主义者声称,格林汉姆公地基地事件证明女性比男性更加热爱和平。然而撒切尔夫人对马尔维纳斯群岛战争的热衷又该如何解释?而这也确实破坏了关于女性与和平的简单言论?但是并非如此,我被告知撒切尔夫人其实并不重要,因为她不是一个“真正的”女人,而是一位“认同男性”的“荣誉男性”。我

① 《太阳报》(*The Sun*),1982 年 5 月 4 日刊,头版。

② 我想要感谢我的研究助手阿比盖尔·萨莱诺(Abigail Salerno),她帮我找到并确认了马尔维纳斯群岛(马岛)战争和格林汉姆公地的相关日期与数字。

当时感觉,至今仍然感觉那些试图将一些女性界定为“真正的女人”而其他的则被定义为“异常的”或“非女性化的”或“男性化”的女权主义理论注定是要失败的。[①] 女权主义需要承认女人之间明显的差异。这些差异包括且并不局限于种族和性倾向的差异。《性与文本政治》是建立在任何意图定义女性本质或女性天性的理论都有损于女权主义目标的观念之上的:目标在于为女性争取自由和平等。

在格林汉姆公地基地抗议事件结束之后,在牛津的许多女权主义者深感与女权主义行动派相比,知识分子的女权主义并没有实际的意义。《性与文本政治》正是要充满激情地说服这些女权主义者,使她们相信无论是多么抽象的各类理论也是具有政治意涵的。因此导论章节(“谁惧怕弗吉尼亚·沃尔夫?”)意图通过展现女权主义者认为自身缺乏理论性这一错误观点来支持女权主义理论。她们并非没有理论,我认为她们正处于一个理论之中,只是她们尚未认识到这一点。如果我们(女权主义者们)能在理论方面更加老练,我们就能在政治方面更加精明,对我们自身立场的内涵就更加了解。在这一任务中存在着精神分析的暗示:我假定未被承认的理论远比那些我们能够命名且能思考的理论要难改变得多。

《性与文本政治》当初并未被当做女权主义理论和批评的综述进行构思,而是作为支持这一理论的持续的辩护。然而,本书运用两种截然不同的方式使用理论这一词。(当时我并未意识到这一点)有时,“理论”指“文学理论”;有时它指“女权主义、后结构主义和马克思主义理论”。在当时,我认为第一个意义不证自明。在卑尔根大学,我接受了传统文学理论的扎实训练。我曾选修了叙事学、新批评、俄国与捷克形式主义、格雷马斯与热奈特的结构主义及施莱尔马赫与伽达默尔的阐释学的研讨课。20世纪70年代后期,在卑尔根,研究精神分析文学理论意味着担忧文本的精神分析解读,而不是关于主体性的普遍发展。同样,我们的马克思主义文学理论的研讨课讨论的是现实主义和文学形式,而非意识形态和生产方式。在1980年,那时的文学理论对我来说仍是有关文本和读者间、文本和作者间、文本和社会间关系的理论。

---

① 关于女性气质的普遍化问题的深入探讨,参见《何谓女人?》,尤其是题为《反对女性气质》的部分(第99～112页)。

与20世纪80年代出版的所有其他有关“理论”的著作一样,《性与文本政治》帮助改变了这个词的含义。因此,《性与文本政治》本身在新旧理论概念之间也有些挣扎。它从“文学理论”出发,以“理论”的概念结束。当时,理论已粗具它今天的含义,即如马克思主义、后结构主义、后殖民主义、精神分析、酷儿理论、女权主义或各类有关最广博普遍意义的概念如主体性、意涵、意识形态和文化的后现代思想。传统意义上的“文学理论”是本书第一部分的关注点。这一部分的标题,“英美女权主义批评”旨在指出最主要的几位美国女权主义评论家深受通常称之为“英美新批评”(Anglo-American New Criticism)的批判传统的影响。这一典故的运用,我怀疑,已经不再为人所知。我在本书第一部分运用的唯一的后结构主义理论是后结构主义文本理论,当我利用罗兰·巴特的著名论文《作者之死》来驳斥作者的意图应当是文学意义的唯一决定因素的观点(参见英文原文第63页)。

传统意义上的“文学理论”过去常被认为不具有政治性。我想要展示这样的理论其实是具有政治意涵的。我的主要观点在于指出反专制主义的女权主义者热衷于将(女性)作家作为神一样的权威的前后矛盾性。女权主义者们应该拥有质疑所有权威的自由,包括女性的权威在内。《性与文本政治》始终倾向于赞同读者的自由高于作者的权力。本书的第一部分的写作计划在于勾画传统文学理论(美学)与女权主义政治之间的关系。

本书的第二部分题为“法国女权主义理论”。在这半部分中,“理论”的意义开始转变。在20世纪80年代早期,从“文学理论”向“理论”的转变是很难确切说明并进行定义的。克里斯蒂娃、西苏和伊里加蕾都可被视为传统意义上的文学理论家——她们毕竟书写过女性的创造力,以及写作、文本和语言。然而,至关重要的是,那些在女权主义者看来似乎是最激荡人心和最重要的著作并非是,或不完全是文学批判之作。尽管西苏显然是一位非常“文学的”思想家,尽管克里斯蒂娃也曾是一位小说理论家和语言学家,她们对女权主义者的吸引力在于她们对女性气质、主体性和文化意义的探究。从第一部分到第二部分,从肖沃尔特、吉尔伯特和古芭到西苏、伊里加蕾和克里斯蒂娃,本书从文学问题转入哲学和精神分析的问题。尽管文本和意义的理论仍是全书兴趣的焦点,但最终还是圆满地完成了从“文学理论”到“理论”的转型。

失去声音？女性、主体性和操演

《性与文本政治》对同质的、非矛盾性的、非冲突性的主体性模式大加批判。本书反对意向性的浪漫主义理论，并从精神分析的角度提出了对于主体的理解。克里斯蒂娃体现的“言说的主体”是本书的基础。在我看来，从古至今，总有人在言说、行动、思考、写作。[①] 那些人并不需要被描绘成为一个完全在场的、非矛盾性的意向性。在《性与文本政治》中，主体是分裂的、去中心的、脆弱的，始终受到瓦解的威胁。与此同时，这一分裂的和去中心的主体具有行动和做出选择的能力。然而，这些选择和行动一直是超越决定的（overdetermined），也就是说受到无意识的意识形态效忠、无意识的情感投资和幻想以及有意识的动机的影响。

当我撰写《性与文本政治》时，我从未质疑这世界上还有拥有能动性（agency）和为其行动负责的女人。在我看来，撰写《性与文本政治》与继续我的下一个写书计划——女性知识分子西蒙娜·德·波伏娃研究之间并无矛盾。[②] 我不曾（也依然不会）将女性仅仅作为性别话语的结果或性别歧视环境下的受害者，我也不曾感到有任何需要将诽谤强加于“女人”这一词上。与西蒙娜·德·波伏娃及其他绝大多数的人一样，我认为女人只是一个有着普遍生理和解剖学性别特征的人

---

① 如今我会加入以下观点，即在书中起支配作用的，受克里斯蒂娃启发的对于主体性的精神分析学的理解，与西蒙娜·德·波伏娃和莫里斯·梅洛-庞蒂（Maurice Merleau-Ponty）的现象学研究方法总体上是一致的。我试图在我的论文《解剖学是命运吗?》（Is anatomy destiny?）中展现弗洛伊德、波伏娃和梅洛-庞蒂之间的密切关系（《何谓女人?》，369～393）。这篇文章应与《何谓女人?》，特别是题为《身体作为一种情况》（The body as a situation）的部分（59～83）结合在一起阅读。在《性与文本政治》中，我对克里斯蒂娃的理解主要源自《诗性语言的革命》（1974 年法文版首次出版；1984 年优秀的但不完整的英文译本出版）。我并不是说 1984 年以后所有克里斯蒂娃的作品都与我个人的女权主义思想一致，或事实上与她自己早期的作品一致。《性与文本政治》中参考的许多克里斯蒂娃的文本都收录在我编辑的《克里斯蒂娃读本》（*The Kristeva Reader*）中。

② 参见莫伊，《西蒙娜·德·波伏娃：制造女性知识分子》（*Simone de Beauvoir: The Making of an Intellectual Woman*）（1994）。

类。[1] 之所以要强烈驳斥本质主义，其目的在于阻止对这一阶级的人进行性别歧视性的归纳，而不是否定这一人群的存在。

1985 年时，我不曾想象到会很快出现一波新的理论家批判“女人”这一词。在 1989 年，戴安娜·弗斯（Diana Fuss）就已声称“女人”这一词，不论是运用其单数还是复数形式，都强行推行了同质的概念并消除了女人的差异性[特别见于《从本质上讲》（Essentially Speaking），3～4]。1990 年，朱迪斯·巴特勒（Judith Butler）出版了她极具影响力的著作《性别麻烦》（*Gender Trouble*），颇具争议性地提出生理性别同社会性别一样都是被建构的，而社会性别是具有“操演性”的。[2] 她在随后的著作《造就身体》中进一步巩固自己之前的观点，并声称物质本身（造就身体的物质）只是“随着时间消逝而变得稳定并制造出我们称之为物质的边界、固定物和表面的效果的物质化过程”的产物（《造就身体》，9）。我在《何谓女人?》一书中对这些理论进行了相当详尽的探讨（特别见于 30～59 页），此处不再赘述。我只想说在很多后结构主义社会性别理论中，尤其在巴特勒的理论中，“社会性别”（gender）一词已经取代了“女人”（woman）一词，或是：“女人”和“社会性别”被当做近义词。与此同时，“社会性别”与“生理性别”（sex）相对。这样的结果在于女人被从她们的身体中分离出来，而“女人”已经被变成一个话语的和操演的效果。这很难看出这一错综复杂的观点可能具有的优势。

为了避免本质主义和生物决定论，我们所需要做的就是否认生物学造就了社会规范。我们不必声称女性不存在或“女人”的范畴本身在意识形态上具有可疑性。这并不是要否认性别歧视者将所有种类的意识形态强加于“女人”一词上的企图。而是要否认他们永远都会成功。尽管经济、社会、政治和意识形态的压迫依然存在，尽管这些压迫剥夺了女人的自由，但是我们没有理由认定女人不能为改变而努力，女人所受的压迫如此之大、如此深入我们的女性心理，以至于我们永

① 人们不应该由此推断我认为不存在意义含糊的或深奥难懂的例证、不存在变性者、不存在双性人、不存在异装癖者等等。我的观点很简单，就是中间类别的存在并不会证明“女性”一词通常的定义有误。（我在与《何谓女人?》文集同名的文章中较为详尽地探讨了这一论断，以及变性者和其他跨性别人士的地位。）

② 参见巴特勒（Butler）的《性别麻烦》（*Gender Trouble*），第 25 页、141 页。

远无法从性别歧视的眼罩中挣脱出来。同样，这也不是需要我们假定我们唯一可能的反抗策略就只剩下戏拟或戏仿。①

从精神分析或现象学的主体性理论向生理性别、社会性别、“监管的话语”和“操演性”的无代理的概念的转变是普遍后结构主义主体批判的一部分。这一批判最初是针对业已成熟的意向性的浪漫主义形而上学理论。② 然而大多数后结构主义社会性别理论家很快表明了他们的观点，好像任何有关能动性、主体性和责任的引用都可以成为浪漫主义形而上学的铁证。不必说，这当然是一种过激反应。后结构主义对能动性的厌恶，试图否定“每件事之后都有一个实干者”的愿望，想象言说者和写作者仅仅是一个大型话语机器内部的齿轮。一个特定的关于什么该说和该写的哲学图景在此起作用：在此图景中，言说者或写作者感到她的言语并非是她自己的；是他人通过她在言说；她无法为她所说赋予意义，或是说她无法说出她想要表达的意义。③ 她的言语对于她来说很陌生，对于她的言语来说她同样很陌生。这样的言说者会感到被隔离、孤立和被误解。

在他对于多种形式的现代怀疑论的权威分析中，史丹利·卡维尔(Stanley Cavell)说过，一个“幻想，或恐惧，都不善表达，在任何一方中我不仅不为人所知，而且我无力让我自身被他人理解，或是在此之中我要表达的内容已经超出我的控制范围”(“声明”，351)。这一幻想在我已经调查过的两种文化位置中产生：后结构主义理论和 19 世纪的通俗剧。这一幻想为女权主义者所熟知：斯塔尔夫人

---

① 为了与这些观点保持一致，我批评了西苏的观点，即认为意识形态是一层完全自我一致、不存在矛盾的膜，这层膜并没有给女性留有空间使之产生对这一意识形态的批判意识(参见英文原文第 122 页)，我允许自己对伊里加蕾的观点，即“戏拟”总是女性最佳的对抗策略产生质疑(参见英文原文第 139～142 页)。

② 关于这一批评的一个极佳的例子可以在德里达题为《签名、事件、语境》(Signature event context)的评述约翰·奥斯丁(J. L. Austin)的文章中找到。这一文章也恰巧是为巴特勒提供了“引用性”(citationality)和“重复”(iteration)两个概念。在我看来，德里达未能真正对抗奥斯丁的思想。关于德里达对奥斯丁的解读的最佳分析参见史丹利·卡维尔(Stanley Cavell)的文章“反-哲学和声音的典当”(Counter-philosophy and the pawn of voice)，收录在卡维尔的著作《哲学高调》(*A Pitch of Philosophy*)(第 53～127 页)。

③ 对于“哲学图景”的引用源自对维特根斯坦的原话，“一幅图画囚禁了我们。我们无法走出这幅画，因为它存在于我们的语言中，且语言似乎在向我们不可阻挡地重复自己”(《哲学研究》，§ 115)。

(Madame de Staël)笔下的科琳娜也深受其折磨。① 然而这一无法让别人理解自己、无力向他人展现自己的幻想肯定会出现,不只存在于受压迫的女人中,对于女权主义也没有任何帮助。科琳娜郁郁寡欢,孤独离世,相信这世界也不值得拥有她。女权主义理论需要了解为何我们时常都被趋向于通俗剧,同样它也需要了解如何找寻回归平凡和日常之路,回归到政治战斗已然存在的地方。后结构主义理论的通俗剧是我们女权主义遗产无法逃避的一部分;但它并非我们的唯一遗产。

"理论的政治性":通俗剧与普通人

正如我们所见,《性与文本政治》参与了从"文学理论"转变为"理论"的革命。做理论,尤其是女权主义理论,在撰写本书的时期和所处的地方,被(理论家或反理论家们)一致认为是对学术机构具有颠覆性的。在当时,"理论的政治性"这一词组的出现是有明显和必然的意义。既然"理论"已经将自身安置于首要学术的共识,那么这些就不再是不言而喻的事情了。相信理论仅仅是具有政治性的,或是继续追寻完美的理论——援引乔纳森·库勒(Jonathan Culler),"保证政治的激进主义,与理想情况下政治的有效性的理论"已不再可能(218)。2002 年是重新审视政治与理论之间关系的时候了。

关于"理论的政治性"的问题实际上主要是由后结构主义者提出,他们的理论与语言、话语和主体性有关。但是言说"理论的政治性"可能说得太过笼统。毕竟在各种类型的语境下,各种类型的人会使用各种不同的理论。一个关于真理和话语的理论与政治之间的关系和全球资本主义理论或女性受压迫的理论与政治间的关系并不一样。同理,"政治"一词在不同的情况下,不同的时期里,它的含义也会不同。20 世纪 30 年代,一出政治剧可能会与阶级或法西斯主义有关。如今一场政治剧可能关于艾滋病、种族、社会性别,或性欲取向。

---

① 关于我对于这一通俗文本中幻想的解读,参见我评述《科琳娜》(Corinne)的文章,《未知的女性欲望》(A woman's desire to be known),特别是第 166~171 页。

针对“理论是否是政治的?”这一问题,人们只能回答“视情况而定”。[①] 我们无法提供一个“保证”。如果人们必须要让政治与理论之间的关系看似能保证获得“激烈的效果”,那政治与理论间的关系会是怎样的图景?在我看来,关于保证的观点是有些形而上和情绪化的,让我想起了史坦利·卡维尔关于怀疑论及其“对绝对性的要求”的分析:

> 我们将对绝对性的要求[……]强加于一个概念之上,随后当我们发现我们对于这一概念的日常运用并不能满足我们的这一要求时,我们只是尽可能地去适应这一差距。运用这些熟悉的模式:我们并没有真正看到物质客体,而只是间接地看到了它们;我们无法肯定任何以实际经验为依据的提议,而只能几乎肯定;我们不能真正感知他人的感觉,而只能进行推断。
>
> (“美学问题”,77)

简而言之,就“理论的政治性”提问是对一项人类的活动提出绝对性的要求,而这绝对性是无从获得的。对于这样的一个问题,我们可以给予的任何答案不是形而上的就是毫无意义的,或者两者兼具。

就“理论的政治性”提问并非是思考知识分子工作的政治价值的唯一途径。这也并非只对当代文学理论家提出绝对性的要求。我将用萨特和波伏娃的两个声明来表达我的意思。“面对一个垂死的孩童,恶心(Nausea)并不值得”,萨特在1964年如是说,这一年间他出版了《词语》。[②] 差不多相同的时间,1963年,西蒙娜·德·波伏娃写道:“我是一名女性知识分子,我认为词汇和真理都有价值。”

---

① 科拉·戴蒙德(Cora Diamond)在她论述女权主义认识论或“女性求知的方式”的杰出论文《理解龙卷风和其他事物(Knowing tornadoes and other things)》中将短语“视情况而定”(it depends)应用于哲学思考。参见我在《何谓女人?》中对戴蒙德文章的论述(156~160页)。

② “面对一个垂死的孩童,恶心并不值得”(En face d'un enfant qui meurt, la Nausée ne fait pas le poids)。萨特在与雅克琳·皮艾迪耶(Jacqueline Piatier)的题为《让-保罗·萨特解读〈词语〉》(Jean Paul Sartre s'explique sur Les Mots)的访谈中说出了以上的话。这一访谈刊登在1964年4月18日的《世界报》(*Le Monde*)上。此处我引自康塔特(Contat)和里巴尔卡(Rybalka),398页。

(《时势的力量》,378)[①]在这两个声明中有着对于政治和使用的词语的两种不同的态度。我现在想要说明为什么我认为萨特的意象不仅是形而上而且是情绪化的原因,而与之相对,我称波伏娃的声明为知识分子责任感的普通观点。(我对词语的选择意图表明史坦利·卡维尔对我的深刻影响,以及通过他,接受的来自维特根斯坦的影响[②])

过去,很多人认为萨特所言意味着他认为在一个饥饿的世界上文学没有存在的理由。然而我们并不清楚萨特自己是否这样想,或他只是想通过这一刺激性的言论来提出关于写作的政治效用的问题。我将这一普遍、极端的阐释归因于"萨特",但我所描述的"萨特"并非萨特,而是过去和现在这样理解萨特所言的那些人。

1964年,萨特59岁,他正慢慢地失去视力,他深受高血压的折磨。他同时也是闻名世界的知识分子,为激进的事业不知疲倦地斗争着。鉴于他的特殊情况,他可以做的最具政治效用的事就是继续写作。而这正是他所做的。垂死孩童的意象与任何实际的考量相比,却具有极其强大的影响力。尽管他的选择可能是有正当理由的,但这一意象使他的知识分子生涯看似是不充分的,甚至是冷酷无情的。这一意象告知我们,不论他作为知识分子做过什么,萨特痛苦地意识到他做的永远不够。

"永远不够"这一词组揭示了问题症结所在。写作当然永远不够。它怎么可能足够呢?什么样的人类活动才是"永远足够"的?足够做什么?在"永远不够"这一模糊的、非特定的和笼统的词组中,形而上学——卡维尔的"对绝对性的需求"——抬起了头。如果我们面对一个垂死的孩童,我们照料她。我们喂养她,照顾她,拥抱她,尽我们所能给她提供药物和安慰。在这样的情况下,我们做的就是照顾这个孩童。只有一个冷血的杀人犯才会在孩子面前转身离去,回到她的书

---

① "我是一名女性知识分子,我认为词汇和真理都有价值(Je suis une intellectuelle, j'accorde du prix aux mots et à la vérité.)"[《时势的力量》(La Force des Choses)2:120]。

② 在通俗剧模式和称为怀疑论的形而上学之间的牢固的关系正是卡维尔在《奋争之泪》(Contesting Tears)中探寻的要点,我在论述斯塔尔夫人的《科琳娜》文章中也将此论点用于女权主义。我一直以来试图探索波伏娃的存在主义与卡维尔的普通语言哲学两者间相互启发的方式,参见《何谓女人?》(第169~250页)。

桌旁。

然而如果这是对的，那么萨特的意象其实并未告诉我们知识分子工作的政治和伦理价值。众所周知，小说或理论不能填饱肚子或救治病人。他在对谁言说呢？谁才会从恶心不能拯救垂死的孩童的想法中得到启迪呢？答案显而易见：就是那些一度狂热地认为恶心可以救助孩童的人们。这让人立刻想到萨特对文学救赎的青春信念，也恰巧是《词语》一书的主要关注点。然而相同的态度也可以在当今那些坚信理论的力量可以使一切变得政治正确的知识分子中发现，他们认为如果我们详细阐述关于主体性或话语或真理的正确理论，各种各样的压迫就会随之消失。

在萨特的垂死孩童的例子中存在这一种极具诱惑力的幻想，认为能够产生一种写作，强大到可以拯救垂死的儿童。这里没有中间立场：写作要么拯救一切，要么一事无成。我并非要忽略萨特所言具有否定的形式的事实，即他所要表达的观点是恶心并不能为垂死的孩童做出任何救助。相反，这一声明的形式正是在进行一场超自然能力的工作，其任务就是要否定(negate)全能写作的幻想，萨特在《词语》一书中对此幻想进行过极为熟练的探究。"否定是认识到被压迫的事物的一种方式。(……)一个否定的判断是压迫的智识替代品，"弗洛伊德曾这样写道(235～236)。声称自己的写作未被证明是有理的，萨特一直继续着以文学作为见证的梦想，然而情绪反应(affect)已经从炫目华丽地欢庆写作的全能变成了对写作失败卑贱的失望和负罪感。

意象的强烈程度正再次加强并表达了被否定的幻想中含有的截然不同的情绪反应。将一个垂死的孩童与衰老的男性知识分子并置，萨特将误解的纯真与内疚和衰退相竞争。将知识分子的责任感的问题推向极致，他要折价交换单调的绝对准则，通俗剧的要么获得一切要么一无所有的逻辑。① 通过这样的方式，他邀请我们相信政治极可能是写作存在的唯一理由，如果写作不能拯救一个垂死的孩

① 在彼得·布鲁克斯(Peter Brooks)的颇有影响的研究《通俗剧式的想象》(The Melodramatic Imagination)中，他写道："词语(通俗剧)的含义包括：强烈的情感主义的沉溺；道德极化和图示化；存在、情境、行动的极端状况；公开的邪恶行为，对善的迫害(……)"(11)。

童,那写作就毫无用处。

在今天的知识分子当中,萨特引发焦虑的幻想的泄密症状是对政治失败或知识分子无能产生的极度的痛苦和过度的内疚。而其必然存在的反面则是对于理论的权力的过度乐观。一旦我们对此失去信心,我们就可能深陷萨特的通俗剧。除非我们能够找到在同等强烈和情绪满溢(affect-laden)的立场间拉锯以外的另一种选择,我们可能会变得怨愤,失去对知识分子工作的价值的信念。这一反讽在于我们在追寻政治正当理由路上投入的情感越强烈,我们就越容易获得极度的政治不满。

我们如何能够从拉锯的状态中解脱出来?波伏娃所言"我认为词语和真理拥有价值",在我看来比萨特的知识分子与垂死孩童的通俗剧更加真实。例如,她只说"拥有价值",而非"拥有绝对的价值",或"永远具有政治价值",这一点很有意义。在我听来,波伏娃邀请我们一起来思考在一个特定的情况下词语和真理会拥有哪些价值,没有更多,也不会再少。波伏娃的解决方式使我们能够用普通、日常的语言而非形而上学的空洞术语来讨论理论和政治间的关系。

对波伏娃来说,当时,知识分子应该在何时何地、以何种方式奉献自我成了一个具体的、个人的和实际的问题(相对于一个抽象的、普遍的和形而上的问题):我能够为我所做的进行辩解吗?我在这方面能够做到多好?我是否有从事其他事物所需要的天赋和技艺?我能否有效地获取它们?谁能更好地服务于我所坚信的事业,是一名资质平平的游击队战士还是一位一级的作家?这样说来,我确实非常想知道知识分子到底能为拯救垂死的孩童们做些什么。我在文章中读到:"美国通过计算得出,对(世界上)225 家最大企业的财富积累征收低于 4%的税就可以满足全世界人口对食物、饮用水、教育和医疗的基本需求。"(拉蒙奈〈Ramonet〉,1)这看起来似乎能够最大限度帮助垂死儿童的人并非知识分子,而是那 225 家企业的主人。

作为知识分子,我们只能传播这一知识。但是我们也需要承认,除非我们是经济学家或医生,我们的日常工作不可能去具体关注饥荒和死亡的预防。因此,在人文学科领域内工作的知识分子不仅要问普通知识分子能做什么,还要问什么事是我们能做而其他学科的人无法胜任的,以及在什么情况下我们可以做这些事。在一个受饥饿折磨的世界里，研究观念、文化和写作的意义是什么？这些问题很重要，它们也有答案，只是没有绝对的、唯一的答案。

波伏娃的态度的优势在于它使我们承认激发萨特描写严酷意象的痛苦的存在，但同时我们不必放弃词语和写作能够拥有政治意涵的想法。除政治内疚和痛苦以外的唯一出路并非恳切地默认孩童的死亡。知识分子生活中的一部分就是持续地问寻知识分子工作的政治、伦理和存在的价值。这里我想要表述的是对此问题不必追求代表所有知识分子的一个唯一答案，更不需说一个一劳永逸的答案。

然而正当性的问题依然存在。我们有正当理由谈论理论吗？或是任何事物？即便我们并不认为我们的写作造成了孩子们的死亡，但当我们赋予自身言说和写作的权利而数百万人仍无法言说和写作时，我们还是会对此权利隐约感到内疚。难道这里不存在一种无法承受的傲慢吗？我们与他人相比并无高下，那究竟是什么赋予我们“篡夺声音的权利”（援引史坦利·卡维尔的用语）？[①]

我直言不讳：答案是没有答案。我们的言说——即便是最激昂的政治武装集结号召——也只能被我们自身言说的希望证实其存在的正当性：“除我之外谁还能给予我权威为大家言说？”卡维尔写道（《哲学高调》，9）寻求普遍的正当性就是寻求我们脚下一片形而上的土地。随意写作似乎都有些傲慢和不公。当其他数百万的人们无法写作时，我怎可能动笔呢？我又怎能证明自己篡夺他人声音的正当性呢？其他人又怎能？如果我们决定去写，那么在纠结于写作的“排他”效应的内疚中耗尽自己本身是毫无意义的。因此，问题并不在于如何证实写作的正当性，而是确认人们写作的目的。

波伏娃说过写作即呼吁他者的自由。[②] 如果我们赞同这一观点的意涵，我们

---

① “篡夺声音”这一用语强调了理论的或哲学的言语行为中包含的无根据的篡夺时刻，以及为自身要求诉诸他人判断力的权利这一行为的难以避免的傲慢。参见卡维尔的《哲学高调》（1～51 页）和莫伊的《何谓女人？》（233～235 页和 249～250 页）。

② “语言是对他者自由的呼吁，因为当符号被意识所掌握时，符号只能成为符号，”波伏娃在《皮洛士与齐尼亚斯（Pyrrhus et Cinéas）》中写道（104 页）。“我只能为他人的自由呼吁，而非限制它”，她补充道（112 页）。（这里两处的译文由我翻译）关于为他人呼吁的观点的深入探讨，参见莫伊的《何谓女人？》（226～237 页）。

就会意识到我们无法控制我们自身写作的政治效应。读者们会自由地回应我们的呼吁，可能会抱有热情，或无动于衷，或充满敌意，或是沉默。呼吁他者的自由可能会以被拒绝为代价。如果我们想有坚定的政治立场，那么我们所需要做的就是说出我们不得不说的内容，并为我们所言负责。简而言之，我们不能言不由衷。[①]

鉴于以上所述，《性与文本政治》本身能称得上一场政治干预吗？1985 年时，毫无疑问我确实是这么认为的。尽管我无法保证永远都能确切表达我的意思，但我确信我没有言不由衷。我为女权主义反本质主义的激情辩护具有思想意义和政治意义，而且事实上也确实改变了一些人的思想。这本书也有助于女权主义在学术圈内为更多人接纳。《性与文本政治》是我的第一部著作；它教育我，任何人——以我为例——都能够大声言说，有权发言，并参与到女权主义事业中。2002 年，女权主义需要新的愿景和新的声音。我知道这本书曾激励了许多女权主义学术发声，充满激情地表达她们的分歧或支持。通过翻译，这本书延续其影响并继续影响着来自世界各地的读者。如果《性与文本政治》在今后数年中继续引发讨论，那么它仍然是一本有用的书。

---

① 我将在此处概述的观点进一步发展，参见文章《说话算话："理论的政治性"和知识分子的责任》(Meaning what we say: The "politics of theory" and the responsibility of intellectuals)，收录在艾米莉·格劳舒兹(Emily Grosholz)编辑的论文集中。

参考文献

Abel, Elizabeth and Abel, Emily (eds) (1983) *The 'Signs' Reader: Women, Gender, and Scholarship*. Chicago: University of Chicago Press.

Ardener, Edwin (1975) 'The "problem" revisited', in Ardener, Shirley (ed.), *Perceiving Women*. London: Malaby Press.

Ascher, Carol (1981) *Simone de Beauvoir: A Life of Freedom*. Brighton: Harvester.

Auerbach, Nina (1978) *Communities of Women: An Idea in Fiction*. Cambridge, Mass.: Harvard University Press.

Bakhtin, Mikhail (1968) *Rabelais and His World*. Cambridge, Mass.: MIT Press.

Barrett, Michèle (ed.) (1979) *Virginia Woolf: Women and Writing*. London: The Women's Press.

—— (1980) *Women's Oppression Today*. London: Verso.

Barthes, Roland (1970) 'L'étrangère', *La quinzaine littéraire*, 94, 1–15 mai, 19–20.

—— (1976) *The Pleasure of the Text*, trans. Miller, Richard. London: Jonathan Cape.

—— (1977) 'The death of the Author', in Heath, Stephen (ed.) *Image Music Text*. London: Fontana.

Bazin, Nancy Topping (1973) *Virginia Woolf and the Androgynous Vision*. New Brunswick, N.J.: Rutgers University Press.

Beauvoir, Simone de (1944) *Pyrrhus et Cinéas*. Paris: Gallimard.
—— (1949) *Le deuxième sexe*. Paris: Gallimard. Trans. Parshley, H.M. (1972) *The Second Sex*. Harmondsworth: Penguin.
—— (1963) *La force des choses*. Paris: Gallimard (Coll. Folio), 2 vols.
—— (1984) *Simone de Beauvoir Today. Conversations with Alice Schwartzer 1972–1982*. London: Chatto.
—— (1987) *Force of Circumstance*. Trans. Richard Howard. Harmondsworth: Penguin.
Beer, Gillian (1979) 'Beyond determinism: George Eliot and Virginia Woolf', in Jacobus, Mary (ed.), *Women Writing and Writing About Women*. London: Croom Helm, 80–99.
—— (1984) 'Hume, Stephen and elegy in *To the Lighthouse*', *Essays in Criticism*, 34, 33–55.
Beer, Patricia (1974) *Reader, I Married Him: A Study of the Women Characters of Jane Austen, Charlotte Brontë, Elizabeth Gaskell and George Eliot*. London: Macmillan.
Belsey, Catherine (1980) *Critical Practice*. London: Methuen.
Boumelha, Penny (1982) *Thomas Hardy and Women: Sexual Ideology and Narrative Form*. Brighton: Harvester.
Bowlby, Rachel (1983) 'The feminine female', *Social Text*, 7, Spring and Summer, 54–68.
Brooks, Peter (1985) *The Melodramatic Imagination: Balzac, Henry James, Melodrama, and the Mode of Excess (1976)*. New York: Columbia University Press.
Brown, Beverly and Adams, Parveen (1979) 'The feminine body and feminist politics', *m/f*, 3, 35–50.
Brown, Cheryl L. and Olson, Karen (eds) (1978) *Feminist Criticism: Essays on Theory, Poetry and Prose*. Metuchen: Scarecrow Press.
Burke, Carolyn (1980) 'Introduction to Luce Irigaray's "When our lips speak together" ', *Signs*, 6, 1, Autumn, 66–8.
—— (1981) 'Irigaray through the looking glass', *Feminist Studies*, 7, 2 Summer, 288–306.
Butler, Judith (1990) *Gender Trouble: Feminism and the Subversion of Identity*. New York: Routledge.
—— (1993) *Bodies That Matter: On the Discursive Limits of 'Sex'*. New York: Routledge.
Cavell, Stanley (1969) 'Aesthetic problems of modern philosophy', *Must We Mean What We Say?* Cambridge: Cambridge University Press, 73–96.
—— (1994) *A Pitch of Philosophy: Autobiographical Exercises*. Cambridge, Mass.: Harvard University Press.

—— (1996) *Contesting Tears: The Hollywood Melodrama of the Unknown Woman*. Chicago: University of Chicago Press.

—— (1999) *The Claim of Reason: Wittgenstein, Skepticism, Morality, and Tragedy*. New York: Oxford University Press. With a new preface.

Chasseguet-Smirgel, Janine (ed.) (1970) *Female Sexuality*. Ann Arbor: University of Michigan Press.

Chodorow, Nancy (1978) *The Reproduction of Mothering. Psychoanalysis and the Sociology of Gender*. Berkeley: University of California Press.

Cixous, Hélène (1968) *L'Exil de James Joyce ou l'art du remplacement*. Paris: Grasset. Trans. Purcell, Sally (1972) *The Exile of James Joyce or the Art of Replacement*. New York: David Lewis.

—— (1974) *Prénoms de personne*. Paris: Seuil.

—— (1975) *La Jeune Née* (en collaboration avec Catherine Clément). Paris: UGE, 10/18. An excerpt from 'Sorties' is trans. by Liddle, Ann, in Marks, Elaine and Courtivron, Isabelle de (eds) (1980) *New French Feminisms*. Brighton: Harvester, 90–8.

—— (1975) 'Le Rire de la Méduse', *L'Arc*, 61, 39–54. Trans. Cohen, Keith and Cohen, Paula (1976) 'The laugh of the Medusa', *Signs*, 1, Summer, 875–99. Here quoted from the reprint in Marks, Elaine and Courtivron, Isabelle de (eds) (1980) *New French Feminisms*. Brighton: Harvester, 245–64.

—— (1976) *LA*. Paris: Gallimard.

—— (1976) 'La Missexualité, où jouis-je?', *Poétique*, 26, 240–9.

—— (1976) 'Le Sexe ou la tête?' *Les Cahiers du GRIF*, 13, 5–15. Trans. Kuhn, Annette (1981) 'Castration or decapitation?', *Signs*, 7, 1, 41–55.

—— (1976) *Portrait de Dora*. Paris: des femmes. Trans. Burd, Sarah (1983) *Portrait of Dora, Diacritics*, 13, 1, Spring, 2–32.

—— (1977) 'Entretien avec Françoise van Rossum-Guyon', *Revue des sciences humaines*, 168, octobre-décembre, 479–93.

—— (1977) *La Venue à l'écriture* (en collaboration avec Annie Leclerc et Madeleine Gagnon). Paris: UGE, 10/18.

—— (1979) 'L'Approche de Clarice Lispector', *Poétique*, 40, 408–19.

Conley, Verena Andermatt (1984) *Hélène Cixous: Writing the Feminine*. Lincoln and London: University of Nebraska Press. Includes the appendix 'An exchange with Hélène Cixous', 129–61.

Contat, Michel, and Rybalka, Michel (1970) *Les écrits de Sartre*. Paris: Gallimard.

Coombes, Anna (1979) 'Virginia Woolf's *The Waves*: a materialist reading of an almost disembodied voice', in Barker, Francis *et al.* (eds), *Proceedings of the Essex Conference on the Sociology of Literature, July*

1978. Vol. 1: 1936: The Politics of Modernism. Colchester: University of Essex, 228–51.

Cornillon, Susan Koppelman (ed.) (1972) *Images of Women in Fiction: Feminist Perspectives*. Bowling Green, Ohio: Bowling Green University Popular Press.

Coward, Rosalind (1983) *Patriarchal Precedents. Sexuality and Social Relations*. London: Routledge & Kegan Paul.

—— (1984) *Female Desire. Women's Sexuality Today*. London: Paladin.

—— and Ellis, John (1977) *Language and Materialism*. London: Routledge & Kegan Paul.

Culler, Jonathan (1974) *Flaubert. The Uses of Uncertainty*. London: Paul Elek.

—— (1992) 'Literary Theory', in Gibaldi, Joseph (ed.) *Introduction to Scholarship in Modern Languages and Literatures*. 2nd ed. New York: MLA, 201–35.

Dahlerup, Pil (1972) 'Omedvetna attityder hos en recensent', in Berg, Karin Westman (ed.), *Könsdiskriminering förr och nu*. Stockholm: Prisma, 37–45.

Dardigna, Anne-Marie (1981) *Les Châteaux d'Eros ou les infortunes du sexe des femmes*. Paris: Maspéro.

Delphy, Christine (1984) *Close to Home. A Materialist Analysis of Women's Oppression*, trans. and ed. Leonard, Diana. London: Hutchinson.

Derrida, Jacques (1967) *De la grammatologie*. Paris: Minuit. Trans. Spivak, Gayatri (1976) *Of Grammatology*. Baltimore: Johns Hopkins University Press.

—— (1967) *L'Ecriture et la différence*. Paris: Seuil, Trans. Bass, Alan (1978) *Writing and Difference*. Chicago: University of Chicago Press.

—— (1975) 'The purveyor of truth', *Yale French Studies*, 52, 31–114.

—— (1978) *Eperons. Les styles de Nietzsche*. Paris: Flammarion.

—— (1982) 'Choreographies'. Interview with Christie V. McDonald, *Diacritics*, 12, 2, 66–76.

—— (1988) 'Signature event context', *Limited Inc*. Evanston, Ill.: Northwestern University Press, 1–23.

Diacritics (1975) Winter.

—— (1982) Summer.

Diamond, Cora (1991) 'Knowing tornadoes and other things', *New Literary History* 22: 1001–15.

Dijkstra, Sandra (1980) 'Simone de Beauvoir and Betty Friedan: the politics of omission', *Feminist Studies*, 6, 2, Summer, 290–303.

Doederlein, Sue Warrick (1982) 'Comment on Jehlen', *Signs*, 8, 1, 164–6.
Donovan, Josephine (1972) 'Feminist style criticism', in Cornillon, Susan Koppelman (ed.), *Images of Women in Fiction: Feminist Perspectives*. Bowling Green, Ohio: Bowling Green University Popular Press, 341–54.
—— (ed.) (1975) *Feminist Literary Criticism: Explorations in Theory*. Lexington: The University Press of Kentucky.
Eagleton, Terry (1976) *Marxism and Literary Criticism*. Berkeley: University of California Press.
—— (1983) *Literary Theory. An Introduction*. Oxford: Blackwell.
Eisenstein, Hester (1984) *Contemporary Feminist Thought*. London: Allen & Unwin.
—— and Jardine, Alice (eds) (1980) *The Future of Difference*. Boston, Mass.: G. K. Hall.
Ellmann, Mary (1968) *Thinking About Women*. New York: Harcourt.
Engelstad, Irene and Øverland, Janneken (1981) *Frihet til å skrive. Artikler om kvinnelitteratur fra Amalie Skram til Cecilie Løveid*. Oslo: Pax.
Faderman, Lillian (1981) *Surpassing the Love of Men: Romantic Friendship and Love Between Women From the Renaissance to the Present*. New York: William Morrow.
Felman, Shoshana (1975) 'The critical phallacy', *Diacritics*, Winter, 2–10.
Felstiner, Mary Lowenthal (1980) 'Seeing *The Second Sex* through the second wave', *Feminist Studies*, 6, 2, Summer, 247–76.
Feminist Studies (1981) 7, 2, Summer.
Féral, Josette (1978) 'Antigone or the irony of the tribe', *Diacritics*, Fall, 2–14.
—— (1980) 'The powers of difference', in Eisenstein, Hester and Jardine, Alice (eds), *The Future of Difference*. Boston, Mass.: G. K. Hall, 88–94.
Freud, Sigmund (1905) 'Dora', in *Case Histories I*. Pelican Freud Library. Vol. 8. Harmondsworth: Penguin (1977).
—— (1919) 'The uncanny', in *Standard Edition*. Vol. 17, 219–52.
—— (1923) 'Negation' in Strachey, James (trans. and ed.) *The Standard Edition of the Complete Psychological Works*, 24 vols. London: The Hogarth Press, 1953–74. Vol. 19, 233–9.
—— (1933) 'On femininity', in *New Introductory Lectures on Psychoanalysis*, Lecture 33. Pelican Freud Library. Vol. 2. Harmondsworth: Penguin (1971).
Friedan, Betty (1963) *The Feminine Mystique*. New York: Dell.

Fuchs, Jo-Ann P. (1980) 'Female eroticism in *The Second Sex*', *Feminist Studies*, 6, 2, Summer, 304–13.
Fuss, Diana (1989) *Essentially Speaking: Feminism, Nature and Difference*. New York: Routledge.
Gallop, Jane (1982) *Feminism and Psychoanalysis: The Daughter's Seduction*. London: Macmillan.
—— and Burke, Carolyn G. (1980) 'Psychoanalysis and feminism in France', in Eisenstein, Hester and Jardine, Alice (eds), *The Future of Difference*. Boston, Mass.: G. K. Hall, 106–22.
Gilbert, Sandra M. and Gubar, Susan (1979) *The Madwoman in the Attic: The Woman Writer and the Nineteenth-Century Literary Imagination*. New Haven: Yale University Press.
Greer, Germaine (1970) *The Female Eunuch*. London: MacGibbon & Kee.
Greimas, Algirdas Julien (1966) *Sémantique structurale. Recherche de méthode*. Paris: Larousse.
Haukaa, Runa (1982) *Bak Slagordene. Den nye kvinnebevegelsen i Norge*. Oslo: Pax.
Heath, Stephen (1978) 'Difference', *Screen*, 19, 3, Autumn, 51–112.
Heilbrun, Carolyn G. (1973) *Toward Androgyny. Aspects of Male and Female in Literature*. London: Victor Gollancz.
Herrmann, Claudine (1976) *Les Voleuses de langue*. Paris: des femmes.
Holly, Marcia (1975) 'Consciousness and authenticity: towards a feminist aesthetic', in Donovan, Josephine (ed.), *Feminist Literary Criticism. Explorations in Theory*. Lexington: The University Press of Kentucky, 38–47.
Holm, Birgitta (1981) *Fredrika Bremer och den borgerliga romanens födelse. Romanens mödrar I*. Stockholm: Norstedt.
Irigaray, Luce (1973) *Le Langage des déments*. Paris: Mouton.
—— (1974) *Spéculum de l'autre femme*. Paris: Minuit.
—— (1976) 'Women's Exile'. Interview in *Ideology and Consciousness* (1977) 1, May, 62–76. First published as 'Kvinner i eksil', in Haugsgjerd, Svein and Engelstad, Fredrik (eds) (1976) *Seks samtaler om psykiatri*. Oslo: Pax.
—— (1977) *Ce sexe qui n'en est pas un*. Paris: Minuit. Three articles from *Ce sexe* have been translated into English: 'Ce sexe qui n'en est pas un', as 'This sex which is not one', and 'Des marchandises entre elles', as 'When the goods get together', both trans. Reeder, Claudia (1980), in Marks, Elaine and Courtivron, Isabelle de (eds), *New French Feminisms*, Brighton: Harvester, 99–106 and 107–10 respectively; and 'Quand nos lèvres se parlent', trans. Burke,

Carolyn (1980) 'When our lips speak together', *Signs* 6, 1, Autumn, 69–79.
—— (1977) 'Misère de la psychanalyse', *Critique*, 30, 365, octobre, 879–903.
—— (1979) *Et l'une ne bouge pas sans l'autre*. Paris: Minuit. Trans. Wenzel, Hélène Vivienne (1981) 'And the one doesn't stir without the other', *Signs*, 7, 1, Autumn, 60–7.
—— (1980) *Amante marine de Friedrich Nietzsche*. Paris: Minuit.
—— (1981) *Le Corps-à-corps avec la mère*. Montréal: les éditions de la pleine lune.
—— (1982) *Passions élémentaires*. Paris: Minuit.
—— (1983) *La Croyance même*. Paris: Galilée.
—— (1983) *L'Oubli de l'air chez Martin Heidegger*. Paris: Minuit.
Jacobus, Mary (1979) 'The buried letter: feminism and romanticism in *Villette*', in Jacobus, Mary (ed.), *Women Writing and Writing About Women*. London, Croom Helm, 42–60.
—— (ed.) (1979) *Women Writing and Writing About Women*. London: Croom Helm.
—— (1981) 'Review of *The Madwoman in the Attic*', *Signs*, 6, 3, 517–23.
—— (1982) 'Is there a woman in this text?', *New Literary History*, XIV, 1, 117–41.
Jehlen, Myra (1981) 'Archimedes and the paradox of feminist criticism', *Signs*, 6, 4, 575–601.
Jones, Ann Rosalind (1981) 'Writing the body: toward an understanding of l'écriture féminine', *Feminist Studies*, 7, 2, Summer, 247–63.
Kaplan, Cora (1978) 'Introduction' to Elizabeth Barrett Browning, *Aurora Leigh and Other Poems*. London: The Women's Press.
—— (1979) 'Radical feminism and literature: rethinking Millett's *Sexual Politics*', *Red Letters*, 9, 4–16.
Katz-Stoker, Fraya (1972) 'The other criticism: feminism vs. formalism', in Cornillon, Susan Koppelman (ed.), *Images of Women in Fiction: Feminist Perspectives*. Bowling Green, Ohio: Bowling Green University Popular Press, 315–27.
Keohane, Nannerl O., Rosaldo, Michelle Z. and Gelpi, Barbara C. (eds) (1982) *Feminist Theory: A Critique of Ideology*. Chicago: The University of Chicago Press.
Kofman, Sarah (1980) *L'Énigme de la femme: la femme dans les textes de Freud*. Paris: Galilée.
Kolodny, Annette (1975) 'Some notes on defining a "feminist literary criticism"', *Critical Inquiry*, 2, 1, 75–92. Reprinted in Brown, Cheryl L. and

Olson, Karen (eds) (1978) *Feminist Criticism: Essays on Theory, Poetry and Prose*. Metuchen: Scarecrow Press, 37–58.

—— (1980) 'Dancing through the minefield: some observations on the theory, practice and politics of a feminist literary criticism', *Feminist Studies*, 6, 1, 1–25.

—— (1981) 'Turning the lens on "The Panther Captivity": a feminist exercise in practical criticism', *Critical Inquiry*, 8, 2, 329–45. I quote from the reprint in Abel, Elizabeth (ed.) (1982) *Writing and Sexual Difference*. Chicago: The University of Chicago Press, 159–75.

Kramarae, Cheris (1981) *Women and Men Speaking. Frameworks for Analysis*. Rowley, Mass.: Newbury House.

Kramer, Cheris, Thorne, Barrie and Henley, Nancy (1978) 'Perspectives on language and communication', *Signs*, 3, 3, 638–51.

Kristeva, Julia (1969) *Séméiotiké. Recherches pour une sémanalyse*. Paris: Seuil.

—— (1974) *Des Chinoises*. Paris: des femmes. Trans. Barrows, Anita (1977) *About Chinese Women*. London: Boyars.

—— (1974) 'La femme, ce n'est jamais ça', *Tel Quel*, 59, Automne, 19–24.

—— (1974) *La Révolution du langage poétique*. Paris: Seuil.

—— (1975) 'The system and the speaking subject', in Sebeok, Thomas A. (ed.), *The Tell-Tale Sign. A Survey of Semiotics*. Lisse, Netherlands: The Peter de Ridder Press, 47–55.

—— (1977) 'A partir de *Polylogue*'. Interview with Françoise van Rossum-Guyon in *Revue des sciences humaines*, 168, décembre, 495–501.

—— (1977) 'Héréthique de l'amour', *Tel Quel*, 74, Hiver, 30–49. Reprinted as 'Stabat mater', in Kristeva, Julia (1983) *Histoires d'amour*. Paris: Denoël, 225–47.

—— (1977) *Polylogue*. Paris: Seuil.

—— (1977) 'Pourquoi les Etats-Unis?' (avec Marcelin Pleynet, Philippe Sollers), *Tel Quel*, 71/73, Automne, 3–19. (1978) 'The U.S. now: a conversation', *October*, 6, Fall, 3–17.

—— (1977) 'Un nouveau type d'intellectuel: le dissident', *Tel Quel*, 74, Hiver, 3–8.

—— (1980) *Desire in Language: A Semiotic Approach to Literature and Art*. Ed. Roudiez, Léon S., trans. Jardine, Alice, Gora, Thomas and Roudiez, Léon. Oxford: Blackwell.

—— (1980) 'Motherhood according to Giovanni Bellini', in Kristeva, Julia, *Desire in Language: A Semiotic Approach to Literature*. Oxford: Blackwell, 237–70. The first part of this essay is also translated under the title 'The maternal body', trans. Pajaczkowska, Claire (1981), *m/f*, 5 and 6, 158–63.

—— (1980) *Pouvoirs de l'horreur*. Paris: Seuil. Trans. Léon Roudiez (1982) *Powers of Horror*. New York: Columbia University Press.

—— (1980) 'The ethics of linguistics', in Kristeva, Julia, *Desire in Language: A Semiotic Approach to Literature*. Oxford: Blackwell, 23–35.

—— (1981) 'Women's time', Trans. Jardine, Alice and Blake, Harry, *Signs*, 7, 1, 13–35.

—— (1983) *Histoires d'amour*. Paris: Denoël.

—— (1984) 'Julia Kristeva in Conversation with Rosalind Coward', in Appignanesi, Lisa (ed.) *Desire*. London: ICA Documents, 22–7.

—— (1984) *Revolution in Poetic Language*, trans. Waller, Margaret. New York: Columbia University Press.

—— (1986) *The Kristeva Reader*. Moi, Toril (ed.). Oxford: Blackwell.

Kuhn, Annette and Wolpe, Ann Marie (eds) (1978) *Feminism and Materialism: Women and Modes of Production*. London: Routledge & Kegan Paul.

Lacan, Jacques (1966) *Ecrits*. Paris: Seuil. A selection trans. Sheridan, Alan (1977) *Ecrits*. London: Tavistock.

—— (1975) *Encore. Le séminaire livre XX*. Paris: Seuil.

Laplanche, Jean (1976) *Life and Death in Psychoanalysis*, trans. Mehlman, Jeffrey. Baltimore: Johns Hopkins University Press.

Leclerc, Annie (1974) *Parole de femme*. Paris: Grasset.

Le Doeuff, Michèle (1980) 'Simone de Beauvoir and existentialism', *Feminist Studies*, 6, 2, Summer, 277–89.

Lemaire, Anika (1977) *Jacques Lacan*. London: Routledge & Kegan Paul.

Lemoine-Luccioni, Eugénie (1975) 'Review of *Spéculum*', *Esprit*, 43, 3, 466–9.

—— (1976) *Partage des femmes*. Paris: Seuil.

Levy, Jette Lundboe (1980) *Dobbeltblikke. Om at beskrive kvinder. Ideologi og aestetik i Victoria Benedictssons forfatterskab*. København: Tiderne Skifter.

Lewis, Philip E. (1974) 'Revolutionary semiotics', *Diacritics*, 4, 3, Fall, 28–32.

Lovell, Terry (1982) *Pictures of Reality. Aesthetics, Politics and Pleasure*. London: British Film Institute.

Lukács, Georg (1972) 'Preface', in *Studies in European Realism. A Sociological Survey of the Writings of Balzac, Stendhal, Zola. Tolstoy, Gorki and others*. London: Merlin Press, 1–19.

Macherey, Pierre (1966) *Pour une théorie de la production littéraire*. Paris:

Maspéro. Trans. Wall, Geoffrey (1978) *A Theory of Literary Production*. London: Routledge & Kegan Paul.

Makward, Christiane (1978) 'Structures du silence/du délire: Marguerite Duras, Hélène Cixous', *Poétique*, 35, septembre, 314–24.

—— (1984) 'To be or not to be. . . . a feminist speaker', in Eisenstein, Hester and Jardine, Alice (eds), *The Future of Difference*. Boston, Mass.: G. K. Hall, 95–105.

Marcus, Jane (1981) 'Thinking back through our mothers', in Marcus, Jane (ed.), *New Feminist Essays on Virginia Woolf*. London: Macmillan, 1–30.

Marcuse, Herbert (1968) 'A critique of Norman O. Brown', in *Negations: Essays in Critical Theory*. With translations from the German by Jeremy J. Shapiro, London, Allen Lane, 227–47.

Marder, Herbert (1968) *Feminism and Art. A Study of Virginia Woolf.* Chicago: The University of Chicago Press.

Marini, Marcelle (1977) *Territoires du féminin avec Marguerite Duras*. Paris: Minuit.

Marks, Elaine and Courtivron, Isabelle de (eds) (1980) *New French Feminisms*. Brighton: Harvester.

Martin, Wendy (1970) 'The feminine mystique in American fiction', in Howe, Florence (ed.) *Female Studies II*. Pittsburgh: KNOW.

Marxist-Feminist Literature Collective (1978) 'Women's writing: *Jane Eyre, Shirley, Villette, Aurora Leigh*', *Ideology and Consciousness*, 1, 3, Spring, 27–48.

Meisel, Perry (1980) *The Absent Father. Virginia Woolf and Walter Pater*. New Haven: Yale University Press.

Millett, Kate (1969) *Sexual Politics*. London: Virago, 1977.

Mitchell, Juliet (1971) *Woman's Estate*. Harmondsworth: Penguin.

—— (1974) *Psychoanalysis and Feminism*. Harmondsworth: Penguin.

—— (1984) *Women: The Longest Revolution. Essays in Feminism, Literature and Psychoanalysis*. London: Virago.

—— and Jacqueline Rose (eds) (1982) *Feminine Sexuality. Jacques Lacan and the École Freudienne*. London: Macmillan.

Moers, Ellen (1976) *Literary Women: The Great Writers*. New York: Doubleday. Reprinted (1977) London: The Women's Press.

Moi, Toril (1981) 'Representation of patriarchy: sexuality and epistemology in Freud's "Dora"', *Feminist Review*, 9, Autumn, 60–74.

—— (1994) *Simone de Beauvoir: The Making of an Intellectual Woman*. Oxford: Blackwell.

—— (1999) *What Is a Woman? And Other Essays*. Oxford: Oxford University Press.

—— (2002) 'A woman's desire to be known: Expressivity and silence in *Corinne*', in McDayter, Ghislaine (ed.) *Untrodden Regions of the Mind: Romanticism and Psychoanalysis, Bucknell Review* 45.2: 143–75.

Montrelay, Michèle (1977) *L'Ombre et le nom. Sur la féminité*. Paris: Minuit.

Morgan, Robin (ed.) (1970) *Sisterhood is Powerful: an anthology of writings from the women's liberation movement*. New York: Vintage Books.

Neusüss, Arnhelm (1968) 'Schwierigkeiten einer Soziologie des utopischen Denkens', in Neusüss, Arnhelm (Hrsg) *Utopie. Begriff und Phänomen des Utopischen*. Neuwied: Luchterhand, 13–112.

Newton, Judith Lowder (1981) *Women, Power, and Subversion. Social Strategies in British Fiction 1778–1860*. Athens, Georgia: University of Georgia Press.

Norris, Christopher (1982) *Deconstruction. Theory and Practice*. London: Methuen.

Olsen, Tillie (1980) *Silences*. London: Virago.

Ortner, Sherry B. (1974) 'Is female to male as nature is to culture?', in Rosaldo, Michelle Zimbalist and Lamphere, Louise (eds) *Woman, Culture and Society*. Stanford: Stanford University Press, 67–87.

Pajaczkowska, Claire (1981) 'Introduction to Kristeva', *m/f*, 5 and 6, 149–57.

Plaza, Monique (1978) '"Phallomorphic power" and the psychology of "woman"', *Ideology and Consciousness*, 4, Autumn, 4–36.

Prokop, Ulrike (1976) *Weiblichen Lebenzusammenhang. Von der Bescränktheit der Strategien und den Unangemessenheit der Wunsche*. Frankfurt: Suhrkamp.

Questions féministes (collective) (1980) 'Variations on common themes', in Marks, Elaine and Courtivron, Isabelle de (eds), *New French Feminisms*. Brighton: Harvester, 212–30.

Ramonet, Ignacio (1998) 'Politics of hunger', translated by Barry Smerin, *Le monde diplomatique* November: 1. (Supplement to *Manchester Guardian Weekly*, 22 November, 1998.)

Register, Cheri (1975) 'American feminist literary criticism: a bibliographical introduction', in Donovan, Josephine (ed.), *Feminist Literary Criticism. Explorations in Theory*. Lexington: The University Press of Kentucky, 1–28.

Rich, Adrienne (1979) *On Lies, Secrets and Silence. Selected Prose 1966–1978*. Reprinted (1980) London: Virago.

—— (1980) 'Compulsory heterosexuality and lesbian existence', *Signs*, 5,4. Reprinted as a separate pamphlet (1981), London: Onlywomen Press.

Rigney, Barbara Hill (1978) *Madness and Sexual Politics in the Feminist Novel. Studies in Brontë, Woolf, Lessing and Atwood*. Madison: The University of Wisconsin Press.

Robinson, Lillian S. (1978) 'Dwelling in decencies', in Brown, Cheryl L. and Olson, Karen (eds), *Feminist Criticism: Essays on Theory, Poetry and Prose*. Metuchen: Scarecrow Press, 21–36. First published (1971) in *College English*, 32, May, 879–89.

—— (1978) *Sex, Class and Culture*. Bloomington: Indiana University Press.

—— and Vogel, Lise (1972) 'Modernism and history', in Cornillon, Susan Koppelman (ed.), *Images of Women in Fiction: Feminist Perspectives*. Bowling Green, Ohio: Bowling Green University Popular Press, 278–307.

Rochefort, Christiane (1972) *Archaos ou le jardin étincelant*. Paris: Grasset.

Rogers, Katharine M. (1966) *The Troublesome Helpmate. A History of Misogyny in Literature*. Seattle: University of Washington Press.

Roudiez, Léon S. (1980) 'Introduction', in Kristeva, Julia, *Desire in Language: A Semiotic Approach to Literature and Art*. Oxford: Blackwell, 1–20.

Rule, Jane (1975) *Lesbian Images*. Garden City, N.Y.: Doubleday.

Ruthven, K. K. (1984) *Feminist Literary Studies: An Introduction*. Cambridge: Cambridge University Press.

Said, Edward W. (1975) *Beginnings: Intention and Method*. New York: Basic Books.

Schweickart, Patrocinio (1982) 'Comment on Jehlen', *Signs*, 8, 1, 170–6.

Showalter, Elaine (1971) 'Women and the literary curriculum', *College English*, 32, May.

—— (1977) *A Literature of Their Own. British Women Novelists from Brontë to Lessing*. Princeton, N. J.: Princeton University Press.

—— (1979) 'Towards a feminist poetics', in Jacobus, Mary (ed.), *Women Writing and Writing About Women*. London: Croom Helm, 22–41.

—— (1981) 'Feminist criticism in the wilderness', *Critical Inquiry*, 8, 1, 179–205. Reprinted in Abel, Elizabeth (ed.) (1982) *Writing and Sexual Difference*. Chicago: University of Chicago Press, 9–36.

—— (1982) 'Comment on Jehlen', *Signs*, 8,1, 160–4.

Signs (1981) 7, 1, Autumn.

Smith, Barbara (1980) *Towards a Black Feminist Criticism*. Pamphlet, 19 pp. New York: Out and Out Books. First published in 1977 in *Conditions: Two*.

Spacks, Patricia Meyer (1976) *The Female Imagination. A Literary and Psychological Investigation of Women's Writing*. London: Allen & Unwin.

Spender, Dale (1980) *Man Made Language*. London: Routledge & Kegan Paul.

—— (1982) *Women of Ideas and What Men Have Done to Them*. London: Routledge & Kegan Paul.

Spivak, Gayatri Chakravorty (1981) 'French feminism in an international frame', *Yale French Studies*, 62, 154–84.

Stanton, Donna C. (1980) 'Language and revolution: the Franco-American dis-connection', in Eisenstein, Hester and Jardine, Alice (eds), *The Future of Difference*. Boston, Mass.: G. K. Hall, 73–87.

Stone, Jennifer (1983) 'The horrors of power: a critique of Kristeva', in Barker, Francis *et al.* (eds), *The Politics of Theory. Proceedings of the Essex Conference on the Sociology of Literature, July 1982*. Colchester: University of Essex, 38–48.

Stubbs, Patricia (1979) *Women and Fiction. Feminism and the Novel 1880–1920*. Brighton: Harvester; London: Methuen, 1981.

Taylor, Barbara (1983) *Eve and the New Jerusalem: Socialism and Feminism in the Nineteenth Century*. London: Virago.

Thorne, Barrie and Henley, Nancy (1975) 'Difference and dominance: an overview of language, gender, and society', in Thorne, Barrie and Henley, Nancy (eds), *Language and Sex: Difference and Dominance*. Rowley, Mass.: Newbury House, 5–42.

Vološinov, V. N. (1929) *Marxism and the Philosophy of Language*, Trans. Matejka, Ladislav and Titunik, I. R. (1973). New York: Seminar Press.

Wenzel, Hélène Vivienne (1981) 'Introduction to Luce Irigaray's "And the one doesn't stir without the other" ', *Signs*, 7,1, Autumn, 56–9.

White, Allon (1977) *'L'éclatement du sujet': The Theoretical Work of Julia Kristeva*. Birmingham: University of Birmingham Centre for Contemporary Studies. Stencilled Occasional Paper no. 49.

Whitman, Walt (1855) *Leaves of Grass*, in *The Portable Walt Whitman*. Harmondsworth: Penguin, 1977.

Wittgenstein, Ludwig (1953) *Philosophical Investigations*. Anscombe, G. E. M. (trans.) 3rd edn. New York: Macmillan, 1968.

—— (1963) *Philosophical Investigations*, trans. Anscombe, G. E. M., Oxford: Blackwell.

Wolff, Janet (1981) *The Social Production of Art*. London: Macmillan.

Woolf, Virginia (1925) *Mrs Dalloway*. Harmondsworth: Penguin, 1964.

—— (1927) *To the Lighthouse*. London: Dent, 1977.

—— (1929) *A Room of One's Own*. London: Granada, 1977.

—— (1938) *Three Guineas*. Harmondsworth: Penguin, 1977.

Wright, Elizabeth (1984) *Psychoanalytic Criticism: Theory in Practice*. London: Methuen.

Yale French Studies (1981) 62.

Zimmerman, Bonnie (1981) 'What has never been: an overview of lesbian feminist literary criticism', *Feminist Studies*, 7, 3, 451–76.